이세계에서 스킬을 해체했더니

치트급 아내가

증식 했 습 니 다

개념 교차의
스트럭처

4

센게츠 사카키 지음 | 토자이 일러스트

S NOVEL

Contents

제1화 「얻은 집은 수도 설비에 문제가 있었다」

"자 그럼, 『살 곳』을 받으러 가볼까."

"예. 나기님." "알았어, 나기." "같이 갈 거야, 나 군." 『알았다 주인님!』

짧은 여행을 마치고 우리는 드디어 목적지에 도착했다.

여기 이르가파는 바깥 바다와 접한 항구 도시라서, 문을 통과하면 넓은 바다를 볼 수 있다. 큰길을 따라가면 항구가 있고, 화물선이 여러 척 정박해 있다. 항구 옆에는 창고 거리. 사람도 많이 지나다니는 게, 정말로 번창하는 교역 거점인 것 같다.

"레티시아한테 받은 지도를 보면 우리 집은 저쪽인 것 같아."

우리는 지도를 손에 들고 시내를 걸어갔다.

내 옆에 있는 세실과 리타는 나와 파티를 맺기 전까지 자유롭게 여행을 해본 적이 없고, 뒤에서 따라오는 아이네는 원래 있던 지역을 벗어난 적이 거의 없었다. 마검 레기는 혼자서 장거리 이동을 할 수가 없고. 그리고 나한테는 이 세상 자체가 다른 세계.

그러다 보니 우리 일행은 모든 것들이 너무나 신선하게 여겨졌고, 처음 보는 경치와 많은 사람들, 바다와 바닷바람과 축제 분위기―그런 것들에 압도당하면서 걸어갔다.

이곳에 온 것은 레티시아가 준 별장을 받기 위해서.

레티시아가 시내 지도를 주기는 했지만, 지도로 보는 것과 실제로 걸어가는 것은 큰 차이가 있다.

그나저나 정말 사람이 많네. 왕도에도 뒤지지 않을 것 같은데.

해양 무역도시라서 그런지 인종도 복장도 다양하다. 인간, 엘프에 드워프, 수인, 다크 엘프도 있다. 입고 있는 옷도 내가 살던 세계 옷과 비슷한 것도 있고, 하늘하늘한 드레스도 있고. 웃통을 벗고 문신을 잔뜩 넣은 우락부락한 남성도 돌아다닌다. 그야말로 인종 전시장이라는 느낌.

"저기 보세요, 나기 님. 축제 준비하고 있어요!"

세실이 가리킨 건물 지붕에 거대한 용 모양 장식물이 있었다.

울퉁불퉁한 머리에 뿔이 여덟 개 달려 있다. 몸은 뱀처럼 길고 꼬리에는 복잡한 모양의 지느러미가 있고.

저게 『해룡 케르카톨』의 모습인가.

비슷한 장식이 시내에 잔뜩 보인다. 인형도 있고 간판도 있고. 기념품으로 『해룡 가면』까지 판다. 얼굴 위쪽 절반을 가리는 타입이고, 뿔이 잔뜩 달려 있다.

축제 전이다보니 시내의 분위기가 상당히 달아오른 것 같다.

"……이 동네 사람들이 이리스가 잡혀갈 뻔했다는 걸 알면 아주 난리가 나겠지……."

항구 도시 이르가파 영주의 딸이자 『해룡의 무녀』 이리스 하페우메어.

이리스와는 온천에서 헤어진 뒤로 본 적이 없다.

시내의 상황을 보니 이리스가 얼마나 중요한 인물인지 알 수 있었다. 그만큼 부담도 크겠지. 이리스…… 그 사건 때문에 많이 약해졌던데, 괜찮으려나.

이르가파에 도착하면 찾아가기로 약속했는데.

"……우리도 아무 말 안 하기로 했으니까. 이리스 유괴 미수 사건에 대한 건 비밀이니까……."

"병사들이 무녀를 성대하게 맞이하러 갔다…… 고 하기로 했었지……."

"……못된 놈이 습격했지만, 정규병들이 전부 쓰러트린 게 됐었죠……."

"……그래서 나 군이 멋지게 활약한 건 아이네와 우리들만의 비밀이야……."

"""그래요~.""""

세 사람이 동시에 말했다. 그걸로 되는 건가.

하지만 뭐, 실제로 정규병이 이리스의 유괴를 막은 걸로 돼 있으니까.

이쪽 세계에는 사진 같은 것도 없고 목격 증언을 SNS에 올려서 퍼트릴 수도 없으니까, 정보를 얻을만한 건 소문뿐. 그것도 이르가파 영주 가문이 인정하지 않으면 정말인지 아닌지 알 도리가 없다.

나도 그게 더 좋기는 하지만.

"그나저나 여기는 아주 활기찬 것 같은데……."

여기라면 효율 좋게 일할 수 있으려나.

이리스한테 받은 보수 덕분에 그럭저럭 먹고 살 수 있게는 됐지만, 일하지 않고 살기에는 한참 부족하다. 스킬을 활용해서 돈을 벌려면 모험자가 되거나 장사를 하는 수밖에 없다.

위험하지 않고, 간단하고, 그러면서 블랙하지 않은 일은 없으려나~. 있으면 좋겠다…….

그런 생각을 하는 사이에 우리는 레티시아의 별장에 도착했다.

눈앞에는 철제 문. 자물쇠가 달린 사슬로 잠가 놨다.

자물쇠에는 문장이 그려져 있다. 내가 레티시아한테 받은 열쇠에 있는 것과 똑같은, 미르페 자작 가문의 문장이다.

그렇다면, 틀림없겠지.

오늘부터 여기가 우리 집이다.

"……실례합니다~."

열쇠로 자물쇠를 열고, 우리는 부지 안으로 들어갔다.

손질되지 않은 정원에는 잡초가 가득한데, 어지간한 주차장만큼 넓었다.

건물은 벽돌로 지은 2층 건물이고 벽에는 담쟁이덩굴이 얽혀 있다. 창문 숫자를 보면 방은―하나 두이 서이 너이―여섯.

장소는 이르가파에서도 높은 지대. 전망이 좋다. 바다까지 보인다. 그만큼 바람이 세지만.

바람을 막기 위해서인지 집 주위에 심어놓은 나무들이 작은 숲을 이루고 있다.

그 너머에는 높은 벽에 둘러싸인 부지가 있고, 거기로 은색 병사들이 줄줄이 빨려들어간다.

한마디로 이르가파 영주 가문이다.

알기 쉽게 말하자면 이리스네 집이다.

의외로 이웃사촌이었네.

"저기…… 아이네."

"왜에, 나 군."

"여기, 진짜 좋은 자리 아냐?"

"전에 들은 적이 있거든. 여기는 레티시아네 외갓집 별장이라나봐."

아이네가 잠깐 생각한 뒤에 설명해줬다.

"레티시아네 집안은 조상님이 자작 작위를 샀다는 것 같아."

"……샀다고?"

"응. 그걸로 재산을 다 써서, 남은 건 이 저택뿐이라던가."

그 뒤에 레티시아의 조상님은 부자를 데릴사위로 들였다는 것 같다.

그 뒤로 이 별장은 자작 가문 장녀의 비상금 같은 자산으로 대대로 물려 내려왔다나 뭐라나.

"……정말 이 집을 받아도 되는 건가."

"『계약』을 했으니까, 안 받으면 레티시아가 큰일이 날 거야."

"……그렇군."

이건 정말 엄청난 일이다.

우리가 살 곳. 돌아갈 곳이고 지킬 곳. "다녀왔어"라고 말할 수 있고 "다녀왔어요"라는 말을 들을 수 있는 곳이 손에 들어왔으니까.

"좋았어, 그럼."

나는 세실, 리타, 아이네, 그리고 레기를 둘러봤다.

"오늘부터 여기가 우리 집이다. 이르가파가 우리가 사는 동네고. 하지만 익숙해질 때까지는 혼자서 돌아다니지마. 길을 잃으면 이리스네 집을 보고 찾아오고. 그리고 집에 돌아오면 '다녀왔습니다', '다녀오셨어요'를 잊지 말고. 알았지?"

"예, 나기 님."

"냄새를 잘 기억해서 잊어버리지 않을 거니까 괜찮아."

"일단 청소부터 할래. 아이네한테 맡겨줘."

"각자 방문은 잠그지 마라. 주인님이 언제든 노예들의 침소에 들어가실 수 있도록!"

각자 한마디씩 했다. 그리고 레기 넌 좀 조용히 해.

열쇠를 현관문에 꽂았더니 찰칵, 하는 소리와 함께 자물쇠가 열렸다.

그리고 나는 문을 열었다.

이렇게 해서 우리는 『살 곳』을 손에 넣었다.

새집에 도착하면 먼저 상하수도부터 확인.

이르가파는 수도 설비가 돼 있다는 것 같은데, 그게 제대로 작동하는지 확인해둬야겠지.

물이 잘 나오는지. 어딘가 물이 새는 곳은 없는지, 같은 것.

전에 살았던 집은 나도 모르는 사이에 아래층으로 물이 새서,

이웃끼리 싸움이 벌어질 뻔하기도 했으니까. 아무래도 이런 단독주택에서 옆집으로 물이 새는 일은 없겠지만, 혹시 모르니까.

그렇게 해서, 다른 사람들이 짐을 내려놓으러 간 사이에 나는 주방으로.

문을 열었더니 거기에는 화덕이 있고, 개수대가 있고, 그리고—

벽 쪽 기둥에, 거대한 슬라임이 달라붙어 있었다.

문을 닫았다.

"…………?"

잠깐 기다렸다가 문을 열었다.

슬라임이 있다. 없어지지 않았다.

색은 파랑. 크기는 부엌 벽을 뒤덮을 정도로 크다.

부엌 벽에는 물을 퍼 올리기 위한 펌프가 있다.

슬라임은 거기를 통해서 들어온 것 같다. 거미가 거미집을 치는 것처럼, 여기저기에 점액질 몸을 뻗어 놨다. 벽과 기둥, 벽돌 사이사이까지 꽉꽉……

내가 들어왔다는 걸 알아차렸는지 몸을 부들부들 떨었다. 겁먹었나? 화났나? 아니, 애당초 이건 뭐야? 이세계의 별장에는 슬라임이 상비된 거야?

뭔데 이거. 왜 슬라임이 살고 있는데? 대체 뭐냐고?!

"일단 불법 침입은 확실한 것 같네. 이 녀석을 쫓아내야겠다. 레기, 도와줘!"

나는 등에 멘 마검 레기를 잡았다.

『알았다, 주인님!』

"『발동! 용액 생물 지배!!』"

나와 마검 레기가 동시에 말했다.

『용액 생물 지배 LV1』

자기 주위 반경 몇 미터 안에 있는 슬라임을 불러들여서 사역한다.

『용액 생물 지배』는 나와 아이네, 레기가 만든 USR(울트라 슈퍼레어) 스킬이다. 근처에 있는 슬라임을 사역할 수 있다.

일단 슬라임을 여기서 떼어내자. 자세한 얘기는 그 뒤에!

덜컥, 덜컥덜컥!

벽이 흔들렸다.

로, 로로로로로오로로오오오오오오오오오!

슬라임이 소리를 질렀다.

떨린다. 점액질 몸이 떨린다. 벽에 달라붙은 본체도, 사방 벽으로 뻗은 몸도 흔들리고—그리고—

집이 통째로 흔들리기 시작했다.

『안 되겠다! 주인님, 저항하고 있다!』

로오오오오오오오오!

슬라임은 필사적으로 『용액 생물 지배』에 저항(레지스트)하고 있다.

천장에서 벽돌 조각이 떨어진다. 이 슬라임, 기둥과 벽 안쪽까지 들어가 있는 건가? 이 녀석의 진동이 집의 서까래에 직접 전해지고 있다. 이 녀석이 날뛰면 집이―무너지는 건가?!

"레기, 그만! 스킬을 일단 멈춰!"

『알았다!』

마침 레기의 떨림이 멈췄다. 스킬이 정지한다.

동시에 슬라임도 움직임을 멈췄다.

"……『용액 생물 지배』가 듣지 않아……."

『용액 생물 지배』는 슬라임을 지배하에 두고 마음대로 조작할 수 있는 스킬이다. 그 대신 지성이 높은 상대는 저항할 수도 있다.

한마디로 이 슬라임은 그만한 능력을 가지고 있다는 건가…….

귀찮은 점은 이 슬라임의 몸이 기둥과 벽 틈새까지 파고들었다는 점이다. 날뛰기라도 하면 집이 무너질 수도 있다.

"교섭해서 평화적으로 나가 달라고 하는 수밖에 없나."

슬라임은 움직이지 않는다. 공격하지 않는다는 건 싸울 생각은 없다는 뜻인지도 모른다.

하지만 이 녀석의 몸이 수도와 배수구를 막고 있다. 이대로 두면 물을 받을 수도 없고 설거지도 할 수 없다. 목욕도 못 하고.

대체 어디서 들어온 거냐고. 정말이지.

"나기 님, 무사하신가요?!" "적, 적은 어디 있어?!" "당장 바짝 말려버릴 거야!"

세실, 리타, 아이네가 부엌으로 뛰어들어왔다.

"""스, 슬라임———?!"""

그리고 눈앞에 펼쳐진 광경을 보고 눈이 등잔만 해졌다.

"이 녀석이 집 관리인은 아니겠지, 아이네."

"그런 얘기는 들은 적 없어. 레티시아가 정기적으로 사람을 보내서 여기 청소를 부탁했거든. 전에 부탁한 게 반년 전이고, 그때는 아무 일도 없었다고 했어⋯⋯."

그렇다면 이 녀석은 최근 반년 사이에 몰래 들어왔다는 건가.

레티시아는 책임감이 강하니까, 슬라임이 눌러앉았다면 우리한테도 말을 했겠지.

"레기. 이 녀석의 정체가 뭔지 알겠어?"

『「용액 생물 지배」를 저항할 정도의 고위 존재라면 「엘더 슬라임」이겠지. 엘프 같은 마법이 뛰어난 자가 육체와 지성을 강화한 마물이다.』

검 모습 그대로, 레기가 나한테 가르쳐줬다.

『엘프에 대해서는 알고 있나, 주인님?』

"숲에 살고 마법 특성이 있는 종족이지?"

『그렇다. 엘프는 동물과 마물을 강화해서 사역마로 삼았다고 한다. 숲은 사람 사는 곳과 달라서 성벽도 파수대도 없다. 그래서 경비병 대신 사역마들한테 순찰을 맡겼던 것이다.』

"이 녀석도 엘프의 사역마였다는 건가?"

『아니, 이 근처에 숲이 있었던 것은 옛날 일이니까. 어떤 멍청한 엘프가 만들어놓고는 처치가 곤란해서 버렸겠지.』

"불법 투기잖아!"

그나저나…… 지능이 강화됐다면 말 정도는 통하려나.

나는 웃옷 주머니에서 육포를 꺼냈다.

"발동! 『생명 교섭 LV1』"

이것은 식재료를 화폐 대신 사용해서 교섭하는 스킬이다.

대상은 동물이건 마물이건 OK. 커뮤니케이션 스킬 중에서는 치트 중의 치트다.

"내 말 알아듣겠나, 엘더 슬라임."

내가 말했다.

"우리는 이 저택에 이사 온 자다. 널 죽일 생각은 없어. 하지만 가능하다면 나가줬으면 싶다.

루——루으루——이——몸, 이 몸——은,

슬라임의 몸이 파란색과 흰색으로 깜박이기 시작했다.

그리고—

『이 몸은—엘프의 비술에 의해 만들어지고—시간을 거친—슬라임이—다.』

슬라임의 목소리가 내 귀에 들려왔다.

톤이 높은 허스키 보이스. 슬라임의 성별은 모르겠지만 말투를 들어보면 여성 같다.

나는 슬라임의 말을 들으면서 내용을 세실과 다른 사람들한테도 동시통역 해줬다.

정보는 공유해두고 싶다. 다른 사람들이 뭔가 좋은 생각을 할지도 모르니까.

"잘 들어 슬라임. 우리의 요구는——."

『흥! 그딴 육포 하나로 교섭하겠다니, 가소롭구나! 이 애송이!!』

·················뭐요?

『이 몸은 슬라임 중의 슬라임! 「엘더 슬라임」이시다!! 태어나자마자 일을 시작하고 기술을 익혀서 엘프를 지키는 사명을 다해왔다. 자유로운 시간 따위는 없었다. 젊은 시절에는 엄청나게 고생했단 말이다!

그런데 요즘 젊은 것들은…… 참으로 한심하구나. 겨우 부엌 좀 점거했다고 이 난리라니! 부끄러운 줄을 알아라! 알겠나!』

……뭔가 떠들기 시작했다.

『무엇보다 이 몸은 태곳적에 이 땅에 있었다고 하는 「달가의 숲」에 사는 엘프들이 만든 엘더 슬라임이다! 그렇기에 이 이르가파 어디에건 있을 권리가 있다!

에잇, 네놈들 같은 애송이하고는 말이 안 통한다! 엘프 불러와라, 엘프! 그러면 말을 들어줄 수도 있다! 자, 멍하니 있지 말고 빨리 움직여라! 고귀한 귀족을 이곳으로 데려오거라!!』

"…………후, 후후후후후후."

목소리가 들려온다.

고개를 들어보니 세실이 초점 없는 눈으로 엘더 슬라임을 쳐다보고 있었다.

"나기 님을………… 모욕했단 말이죠?"

세실이 갈색 팔을 들었다.

"한마디로 목숨이 필요 없다는 뜻이겠죠? 산산조각이 나고 싶다는 뜻이죠?"

세실의 가느다란 손끝에 마력이 집중된다―

"―나기 님을 모욕한 죄, 백번 죽어 마땅합니다! 갑니다, 『고대어 마법 플레임 애로』!"

제2화 「이세계의 면접은 의외로 난이도가 높았다」

"자, 세실. 이제 그만!"

"우웁~ 우으읍~. 우우, 나기 니임!"

나는 세실을 안아 올리고, 그러면서 입도 막았다.

"왜, 왜 그러헤여! 이 슬라임은 나기 니믈, 나기 니믈———"

"저택이 피해를 입으면 『계약』 위반이 되잖아!"

"…………예?!"

내 품 안에 있는 세실의 몸이 경직됐다.

"…………제가, 제가…… 무슨 짓을…….''

얼굴이 새파래진 세실이 부들부들 떨기 시작했다.

이제야 알아차린 것 같다.

나는 『별장을 소중히 다루겠다』고, 레티시아와 『계약』 했다. 만약 건물에 치명적인 피해를 입힌다면 이곳의 소유권을 잃고 아이네와의 주종관계도 해제된다. 최악의 경우에는 『계약의 벌』 이 내려지게 될지도 모른다.

"죄송해요 나기 님…… 이 슬라임이 나기 님을…… 그래서, 저는…….''

"화를 내준 거지. 그러면 됐어.''

"예……. 죄송해요…… 벌을 주세요…….''

세실이 어깨를 축 늘어트렸다.

뭐, 『계약』 때문이 아니라도 이 엘더 슬라임은 해치우기 힘드니까.

『음! 그렇게 하거라 애송이. 단숨에 해치워다오오오오!』

라고, 눈앞에서 눈물을 뚝뚝 흘리며.

몸에서 점액질 물방울을 떨어트리며.

『어차피 버림받은 몸이다! 더 이상 폐를 끼치느니, 이 몸은─ 그대 같은 젊은이의 손에 죽는 것이…… 훌쩍…… 차라리 낫다! 자, 죽여라! 당장 죽여라───!!』

"……저기."

『아…… 도발이 부족했나. 정말이지, 이래서 요즘 젊은 것들은! 결단력이 없어!』

"그건 이제 됐고."

나는 마검을 내려놓고 부엌 바닥에 앉았다.

"이대로 해치우면 왠지 찜찜하잖아. 아무튼 사정을 말해봐, 엘더 슬라임."

『이 몸은 이곳 이르가파의 수로에 숨어 있었다.』

조금 지나서 엘더 슬라임이 더듬더듬 말하기 시작했다.

이 녀석은 수십 년 전에 엘프의 연구실에서 강화되고 『엘더 슬라임』이 됐다.

하지만 그 사람이 죽으면서 버려진 것 같다. 연구를 이어받은 엘프가 무능해서 엘더 슬라임을 완성하지 못했다나.

버림받은 뒤에는 수로에 숨어서 살았다. 계속. 오랫동안.

하지만 최근 몇 주 사이에 몸에 변화가 나타났다.

『아마도 미완성인 채로 버려진 탓일 텐데, 몸이 비대해지기 시작했다. 이 몸은 도시 밖에서는 살아본 적이 없고, 그렇다고 사람들 눈에 보여서 좋을 것도 없다. 살 곳을 찾아 떠도는 사이에 이곳까지 오게 된 것이다…….』

슬슬 수명이 된 것 같다고 체념하고 빈집이었던 이곳을 죽을 자리로 정한 것까지는 좋았는데, 몸의 비대화가 예상보다 빨랐다. 어느새 몸을 마음대로 움직일 수도 없게 돼버린 것이다.

『이대로 몸이 계속 부풀어서, 집과 함께 터져버리겠지.』

"……잠깐?!"

『폭주를 막으려면 엘프의 신체 일부가 필요하다. 머리카락이라도, 손톱 조각이라도 좋다. 그것을 포식하면 이 몸의 세포가 안정돼서 원래대로 돌아갈 것이다…….』

엘프의 숲을 지키는 사역마들은 신체를 유지하기 위해서 엘프의 머리카락이나 손톱, 체액이 필요하도록 만들어진다. 거역하면 바로 처분할 수 있도록. 엘더 슬라임도 그런 존재인 것 같다.

『……사명을 다하지 못하는 것은 어쩔 수 없지만, 젊은 것에게 폐를 끼칠 수는 없으니—』

그런 이야기를, 몸에서 파란 젤리를 떨어트리면서 하고 있으니…….

"알았어. 엘프를 데리고 오면 되는 거지."

우리는 엘더 슬라임을 도와주기로 했다.

그리고 『생명 교섭 LV1』에 의해, 나는 엘더 슬라임과 이런 거래를 했다.

(1)소마 나기는 「엘프의 일부(머리카락이나 손톱, 체액)을 엘더 슬라임에게 제공한다. 엘더 슬라임은 그것을 마력원으로서 포식한다.」

(2)엘더 슬라임은 「마력원을 포식하는 동시에 이 집에서 나간다. 또한 교섭 성립, 불성립이 확정될 때까지 소마 나기 일행을 적대하지 않는다.」

그렇게 해서, 나는 엘프를 찾으러 나가게 됐다.

『주인님은 크게 걱정하지 않는 것 같다.』
내 등에 있는 마검 레기가 말했다.
"그런 거야? 나기."
옆에서 걷고 있던 리타가 내 얼굴을 보면서 물었다.
여기는 시내의 큰길. 우리는 이르가파의 모험가 길드로 가고 있다.
마검 레기는 호신용으로, 리타는 내 호위로 따라왔다.
"뭐, 모험자 길드에 가면 엘프가 한두 사람 정도는 있을 테니까. 사정을 말하고 도와달라고 하거나 길드를 통해서 정식으로 의뢰하면 크게 힘들진 않을 것 같다."
『면목이 없다, 주인님.』

갑자기, 내 앞에 사람 모습의 레기가 나타났다.

크기는 손바닥에 올라가는 정도. 빨간 트윈 테일을 흔들면서 내 어깨에 올라탔다.

"이 몸이 슬라임 한 마리도 지배하지 못하다니."

"레벨 차이는 어쩔 수 없잖아."

"상냥하구나, 주인님. 이 몸은 그 상냥함의 은혜를 어찌 갚아야 할는지……."

피규어 크기의 레기는 탁, 하고 손뼉을 쳤다.

"그래! 좋은 기획이 생각났다!"

"좋은 기획?"

"음! 밤에 대비해서 사역할 수 있는 슬라임을 소환해두자! 그것에 주인님의 옷을 입히고 방의 의자에서 자게 하는 것이다. 주인님의 방에 들어온 수인 계집애가 침대 쪽으로 가면, 그대로 주인님이 행복을 가르쳐주면 된다. 하지만 슬라임 쪽으로 간다면, 그것은 사전에 준비를 하고 싶다는 뜻이 된다. 온몸을 구석구석 자극해서 적당히 발정했을 때 주인님이―잠깐, 그만, 그만해라! 이 몸의 본체를 바다에 던지려고 하지 마라!"

"―정말이지."

나는 바다를 향해 던지려던 마검 레기를 다시 등에 멨다.

"쓸데없는 짓 하지 말라고 했지."

"그렇다면 확인하겠다. 수인 계집. 너는 싫은가?"

"난 여기서 뭐라고 대답해야 하는 건데?!"

푸슈~ 하고, 머리에서 김이 나올 정도로 얼굴이 새빨개진 리타가 레기한테 따지고 들었다.

파닥파닥 흔들리는 꼬리 끝부분이 부풀어 있다.

이 반응은…… 화난 거겠지……?

"아, 아무튼. 지금은 엘더 슬라임 대책이 먼저야!"

리타는 서둘러서 화제를 바꿨다.

"하지만…… 난 아는 엘프가 없는데. 원래 인간 지상주의 교단에 있었으니까…… 도움이 못 돼서 미안해, 나기."

"후후후, 어설프구나 수인 계집. 이 몸에게는 짚이는 것이 있다."

내 옷깃 속에 숨으며, 사람 모양 레기가 가슴을 활짝 폈다.

"온천 도시에서 만나지 않았나. 주인님 일행은 전투 중이라서 잘 몰랐겠지만, 이 몸은 똑똑히 기억하고 있다."

"그러고 보니 나도 생각나는 사람이 있네."

온천 도시에서 만났던…… 정확히는 혼욕할 뻔했던 엘프 소녀가 있었다.

그 사람도 병사들 행렬이랑 같이 왔을 테니까 이르가파에 있을지도 모른다.

"레기 쪽은 어떤 사람이었어?"

"이 몸이 본 자는—상당한 인재로 보였다."

"인재?"

"그렇다. 뭐랄까, 딱 보기만 해도 몸도 마음도 괴롭히고 싶어진다고 할까, 마음속 깊은 곳에 있는 본성을 끄집어내고 싶어진다고나 할까."

왜 손을 조물조물하는 건데, 레기.

"본인은 알아차리지 못했겠지. 참으로 아까운 일이다. 자기 안에 있는 본성을 깨달으면 본인도 주위 사람도 행복해질 텐데. 그런 자는 왕궁의 비밀 창고에라도 넣어둬야 한다. 왕의 지친 마음을 달래준 비밀의 **아티팩트**로서 말이다."

"……난 엘프 얘기 하고 있었거든."

"……이 몸도 엘프 얘기를 하고 있다만?"

"지금부터 일을 부탁할 거니까, 실례되는 짓은 하지 마라?"

"안 한다. 본인이 바라지 않는 한은 말이다."

레기는 조용히 중얼거리고는 마검 속으로 돌아갔다.

……틀림없이 이상한 생각 하고 있겠지.

그런 얘기를 하면서 걸어가는 사이에 모험자 길드가 눈에 들어왔다.

간판이 걸려 있다. 안에서 사람 목소리가 들려온다. 꽤 북적거리는 것 같네.

"온천에서 만났던 엘프는…… 라필리아 그레이스라고 했었지."

분명 그 사람도 이리스가 고용했을 것이다. 길드에 없으면 이리스한테 물어보자.

그렇게 생각하면서 모험자 길드의 문을 연 순간─

"왜 그런 소리까지 들어야 하는 거죠~?!"

그 사람─라필리아의 목소리가 귀에 들어왔다.

찾을 필요도 없었다.

나는 길드 안을 둘러봤다. 접수는 1층. 그 주위에는 의자와 테이블. 벽 쪽에는 퀘스트 보드. 안쪽에는 주점 카운터. 모험자 같은 사람들이 술과 차를 마시고 있다.

그리고 입구 근처에 있는 의자에 엘프 소녀가 앉아 있었다.

살짝 짧은 핑크색 머리. 꼬리가 약간 처진 눈에는 당장이라도 흘러내릴 것 같은 눈물이 글썽이고 있다. 팔다리는 새하얗고 몸도 날씬한데 가슴만은 테이블 위에 올라갈 정도로 크다. 그녀는 테이블에 매달린 채, 도움을 청하는 것처럼 주위를 둘러보고 있다.

그녀 주위에 남자들이 몇 명 서 있다. 얼굴은 보이지 않는다. 하나같이 은색 가면을 썼다.

이야기하는 내용은, 그러니까―

"지원 동기가 너무 어설프군요. 이런 이유로 퀘스트를 받을 수 있다고 생각하십니까? 애당초 당신의 스킬을 본 파티에서 살릴 수 있을지에 대해 생각해본 적은 있으십니까?"

……뭐?

"이 정도 스킬로, 잘도 저희가 의뢰한 퀘스트를 신청할 생각을 했군요. 설마 정말로 자신이 채용될 거라고 생각하셨습니까? 지난번 퀘스트를 마치고 이번 퀘스트를 신청할 때까지 뭘 하셨습니까? 생활비가 부족하다는 건 자기 관리를 제대로 못 했다는 증거가 아닌가요?"

"자, 자기 관리? 하, 하지만 어쩔 수 없잖아요? 지난번에 있던 도시에서 출발하기 전에 여관에 있던 짐들을 도둑맞았으니까~."

"흠. 자기 관리 능력에다 위기관리 능력도 없다."

"뭐, 뭐예요 그게에에에에!"

"일을 하려면 항상 최악의 상황을 상정하고 움직여야 합니다. 그런데 뭐라고요? 『가짜 마족』이 습격해 왔을 때 건물 벽에 금이 갔고, 나중에 무너졌고, 그리고 짐이 떨어졌다? 당신 것만? 떨어진 줄도 몰랐는데 지나가던 사람이 가져갔다? 그래서 어쨌다고요? 자신의 실수는 미뤄두고, 남 탓만 하면 문제가 해결된다는 겁니까?"

은색 가면을 쓴 남자들이 엘프 소녀를 둘러싸고 있었다.

"그러니까, 그런 얘기는 안 했잖아요! 대체 뭐냐고요!"

"뭐라고요? 당신이 저희가 의뢰한 퀘스트에 응모하지 않았습니까?"

"그렇다고 그런 소리까지 할 건 없잖아요! 저, 저는 고향에 돌아가는데 필요한 돈을 벌고 싶을 뿐인데!"

"다른 이야기는 하지 마세요. 우리는 당신의 인간성을 문제삼고 있습니다. 타인의 시간을 빼앗아놓고, 자기한테 불리해지니까 불만을 제기하는 겁니까? 당신 부모님이 대체 어떻게 가르친 겁니까? 그런 어설픈 생각으로 이 퀘스트에 신청한 겁니까?"

"과, 관둘래요! 다른 일 찾아볼게요!"

"그러니까, 이쪽은 당신의 인간성을 문제시하고 있다는 말입니다. 저희 말을 안 들었습니까? 그러니까 파티 멤버들이 당신

만 버리고 도망친 게 아닌가요? 예? 도망친 게 아니라고요? 목
적지가 달라서 사이좋게 헤어졌다? 예의상이라는 말을 모르는
겁니까? 당신 정도의 사람을 제대로 상대해줄 사람이 있을 리가
없지 않습니까?"

"시, 실례하겠습니다, 안녕히—!"

"어딜 가려는 겁니까, 도망치게 둘 것 같습니까. 도망치면 향
후의 케스트 수주에 영향이 있을 수도 있습니다. 라필리아 그레
이스 씨. 당신의 개인정보**숙소**는 이미 파악——."

"제발 그만해에에에———!"

핑크색 머리의 엘프 소녀는 완전히 포위당한 상태다. 도망칠
수 없다. 모험자 길드에 있는 사람들과 길드 카운터에 있는 사
람은…… 못 본 척하고 있잖아? 왜?

"……이거, 압박 면접이잖아."

나도 모르게 손으로 입을 막았다. 토할 것 같다.

왜 이세계에서 이딴 짓을 하는 건데.

"저기, 리타."

"왜에, 나기."

"이쪽 세계에 마음이 꺾일 때까지 말로 몰아붙이는 면접이라
는 게 있어?"

"들어본 적 없는데."

"보통 길드가 말리겠지."

"길드 사람, 허둥지둥하기만 하네."

"대응할 수 없다든지 의미를 모르겠다든지, 둘 중 하나겠지."

"어느 쪽이건 최악이네."

"난 저런 방법으로 몰려본 적이 있거든."

아르바이트 면접에서.

채용하려는 건지 떨어트리려는 건지 확실히 하라고…… 라는 생각이 들 정도로, 끈질기게.

그래서 잘 안다. 저건 내게 있던 세계의 수법이다.

"……『내방자』거나, 이쪽 세계의 블랙 파티려나……."

어느 쪽이면 어때. 아무튼 지금 우리는 엘프의 도움이 필요하다.

달리 아는 사람도 없으니까 저 아이와 교섭하는 게 가장 빠르다.

『주인님…… 저 아이를 구하시게. 이대로 가면 저 가면 쓴 놈들에게 끌려간다.』

"나도 알아. 작전은 생각해놨어."

『절대로 놓쳐서는 안 된다…… 저 녀석이 이 몸이 말했던 인재다.』

"……인재?"

『말 하지 않았나? 마음 속 깊은 곳에 있는 본성을 끌어내주길 바라는 자가 있다고. 저 소녀 안에는 주인이 원하는 「일하지 않아도 먹고 살 수 있는 스킬」의 힌트가 있을지도 모른다! 저 놈들에게 빼앗기지 마라, 지금 당장 납치해라!』

레기는 자신만만했다.

이 녀석이 여자를 보는 눈은 확실하기는 하지만, 납치라니.

『왕 곁에서 수많은 공주, 왕녀, 미소녀들을 보아온 나는 알 수 있다. 은근히 감도는 불행한 기적. 자신이 없어 보이는 표정. 그러면서도 신들이 변덕을 부려서 만든 것처럼 아름답다. 「경국의 미녀」라고나 할까. 저런 녀석은 반드시 본인도 모르는 신기한 스킬을 가지고 있는 법이다! 구해라, 주인님! 』

"말 안 해도 구해줄 생각인데 말이야."

설마 이세계까지 와서 압박 면접을 보게 될 줄이야─보기만 해도 기분이 더러워진다.

남자들은 가면으로 얼굴을 가리고 있다. 표정은 모른다.

원래 세계에서 면접 볼 때도 똑같은 일이 있었다. 상대가 저녁노을이 들어오는 창을 배경으로 서고, 이쪽은 역광 때문에 얼굴이 보이지 않는 상태에서 계속 압박하는 질문을 던져대는, 그런 것.

표정을 읽을 수 없게 만드는 것은, 교섭에서는 압도적으로 유리한 어드밴티지가 된다.

"……같은 수법으로 대항해볼까."

나는 일단 밖으로 나갔다. 길가에 있는 노점들을 둘러봤다. 찾는 물건은─있다.

주인이 부르는 가격으로 물건을 사고 다시 길드 앞으로.

"레기, 나 좀 도와줘."

『알았다. 하지만 이 몸은 마검 본체에서 그리 멀리 떨어질 수 없다만?』

"움직일 수만 있으면 돼."

레기한테 작전에 대해 말해줬다.

"리타는 밖에서 기다려. 전투가 벌어지면 신호를 보낼게. 그러면 지원해줘."

"알았어. 조심해."

"괜찮아. 압박 면접 상대는 익숙하니까."

어쨌거나, 그 쪽 방면에서는 (당하는 쪽)프로니까.

"혹시 모르니까, 리타도 그거 입어. 그리고 귀랑 꼬리도 감추고."

나는 노점에서 산 축제 용품을 리타와 레기에게 건넸다. 나도 같은 것을 얼굴에 착용.

두 사람에게 고개를 끄덕이고, 나는 모험자 길드로 들어갔다.

사람들은 우리의 모습을 보고도 놀라지 않았다. 축제 시즌이고, 게다가 라필리아를 둘러싸고 있는 놈들도 은색 가면을 쓰고 있기 때문일까.

"정말이지, 이제 됐죠?! 그 퀘스트 안 할게요! 말 걸어서 죄송했습니다!"

라필리아는 테이블을 쾅쾅 두드리고, 눈물을 글썽이며 엎어졌다.

"모험자가 되고 싶어 한 자체가 잘못이었어요…… 전설을 다시 한번 보고 싶다는 생각 따위는 하지 말았어야 했다고요……."

"안 되겠군요. 이거 완전히 저희가 괴롭힌 것처럼 보이지 않습니까. 오해는 확실히 풀어두지 않으면 저희의 평판에도 문제가 생깁니다. 저희는 이 이르가파에 『이노베이티브』한 『솔루션』을 제안하기 위해서 고귀한 분의 명령을 받고―어이쿠, 여기까지 알게 됐으면 더 이상 당신을 그냥 둘 수 없겠는데요?"

"난 아무한테도 말 안 할 거예요!"

"이런, 보내줄 것 같습니까? 라필리아 씨. 저희는 조용히 이야기를 하는 겁니다. 도망치기라도 하면 당신의 경력에 흠집이 납니다. 앞으로 모험자 길드에서 일을 받지 못하게 될지도 모릅니다. 그러면 어떻게 먹고 살 생각입니까?"

"아, 으, 아으으으으."

"대답이 없군요. 그렇다면 퀘스트를 수주했다고 보면 되겠습니까? 무례한 태도를 취한 벌로서 보수는 5분의 1로 하겠습니다. 대신에 숙소를 제공하지요. 저희와 같은 숙소니까 즐길—아니, 여러모로 편리할 겁니다. 이런, 눈이 죽은 생선처럼 돼버렸군요. 아주 좋습니다. 자, 장소를 옮겨서 천천히——."

"대답할 수 없게 될 때까지 질문을 반복한다."

내가 말했다.

"반론하면 상대의 인간성을 부정한다."

다시 한번 말하자 가면 쓴 남자들이 나를 쳐다봤다.

"그 자리를 떠나는 것도 허락하지 않는다. 목적은 자신들에게 좋은 조건으로 계약을 맺는 것. 완전히 악덕 상법이라니까. 이 가파의 모험자 길드에서는 그런 방식으로 퀘스트를 의뢰하나?"

쿠웅!

나는 『건축물 강타 LV1』(파괴 특성 무효)로 벽을 살짝 두드렸다.

모험자 길드의 건물이 흔들렸다.

길드 안에 있던 사람들이 전부 나를 쳐다봤다.

"방해해서 미안해. 댁들 수법이 너무 거지 같아서 나도 모르게 끼어들었군."

"뭡니까 당신은!"

가면 쓴 남자 중에 하나가 외쳤다.

"『해룡의 무녀를 존경하는 자』라고 해두지."

나는─얼굴을 가린『해룡 케르카톨 가면』을 쓰다듬었다.

얼굴을 가리기에 딱 좋아서 이 가면을 썼다. 나중에 이리스한테 허가를 받아야지.

"라필리아 그레이스에게 일을 의뢰하려는 자다. 댁들과 달리 **정당하게.**"

최대한 거만하게 말하면서 길드 안을 둘러봤다.

길드 안에 있는 사람들의이 시선이 이쪽으로 몰려 있다.

좋았어, 아무도 레기를 알아차리지 못했다.

사람 모습이 된 레기가 테이블 밑에 숨어서 라필리아 쪽으로 가고 있다.

레기가 라필리아의 다리를 문지른다. 멍하니 있던 라필리아가 움찔, 했고. 그 틈에 레기가 라필리아의 발밑에서 작은 양피지를 건네고 손가락으로 날 가리켰다.

뭐라고 써야 할지도 미리 말해뒀다.

『온천에서 만났던 사람입니다. 가면 쓴 남자들을 제거하고 당신에게 일을 의뢰하고 싶습니다. 저를 믿는다면 말을 맞춰주세요.』

　내 얼굴은 가면으로 가려서 라필리아가 알 수 없다. 그래서 레기는 한 마디를 추가했다.
　그 말을 들은 라필리아의 얼굴이 새빨개졌다.
　레기가 속삭인 건 극비 정보다.
　내가 이리스와 아는 사이고 라필리아와 만난 적이 있다는 것. 장소가 리헬다의 온천 시설이었다는 걸 알게 해주려면―
　그녀의 배꼽 오른쪽에 점이 세 개 있는 걸 알고 있다는 사실을 전해줘야만 했다.
　"…………하으. 그, 그 때에…….."
　라필리아는 나와 눈을 마주치고 끄덕끄덕, 고개를 끄덕였다. 화는 안 난 것 같다.
　레기는 테이블 밑으로 기어가서 구석 쪽으로. 모르는 첫, 멀리 떨어져서 구경하는 사람들 사이에 섞였다.
　"다시 한번 부탁드립니다. 라필리아 그레이스 씨."
　나는 라필리아에게 고개를 숙였다.
　"당신의 힘이 필요합니다. 제 일을 도와주시겠습니까?"
　"아, 그러니까― 예."
　"뭡니까 당신은! 지금 장난하는 겁니까, 그 가면은 대체 뭡니까?!"
　라필리아의 말을 자르고, 가면 쓴 남자가 말했다.
　나는 축제 가면을 쓴 채로 대답했다.

"해룡의 용사라도 된다는 겁니까?! 정말이지…… 사람들 앞에서 가면을 쓰고 다니는 수상한 자하고는 말도 섞어선 안 됩니다, 라필리아 그레이스!"

""뭐?""

나와 라필리아가 동시에 가면 쓴 남자들을 가리켰다.

은색 가면 안쪽에 있는 남자들의 눈이 휘둥그레졌다— 뭐야, 받아칠 거라고 생각도 못 했던 거야?!

"우, 우리는 『신명 기사단』입니다. 당신과 다릅니다."

"신명 기사단?"

"우리는 현재 이 이르가파에서 최상위의 퀘스트 공략 달성률을 자랑하는 파티죠. 이 은가면은 신명 기사단 일원이라는 증거. 겨우 축제 가면 따위하고는 다릅니다."

"하지만 난 당신들을 모른다."

나는 라필리아 쪽을 봤다.

"그리고 나는 라필리아 양과 아는 사이다. 이 상태에서 교섭에 응할지 여부는 라필리아 씨 본인이 정해야겠지."

"아, 알아요. 이분은 제게 있어…… 잊을 수 없는 분이니까요."

"이대로 계속 교섭하셔도 문제가 없으시겠습니까?"

"전혀, 하나도 없어요…… 하으."

왠지 뜨거운 한숨을 내쉬었다.

뭐, 그렇게 압박 면접을 당했으니 열이 날 만도 하지.

"제가 라필리아 양께 부탁드리고 싶은 것은 『슬라임 대책』입니다. 소요 시간은 길어야 2시간 가량. 전투는 없습니다. 연구

용 슬라임에게 줄 소재를 제공해주시기만 하면 됩니다. 보수는 120 아르샤. 이 조건에 납득하신다면 저희를 도와주십시오."

제3화 「이세계의 고용계약과 그 방법」

"일을 의뢰할 때 반드시 길드를 통해야 한다면 그렇게 하겠는데, 이 경우에는?"

나는 길드 접수처 쪽을 봤다.

카운터 앞에 있던 여성분이 눈을 돌렸다. 작은 소리로 중얼거린다. "본인들이 납득하면 됩니다. 길드는 간섭하지 않습니다."

뭐야 이건.

"어떻게 하시겠습니까, 라필리아 양. 제 의뢰를 받아들이시겠습니까?"

"아, 예. 그 조건이라면⋯⋯."

"당신의 경력에 흠집이 생깁니다, 라필리아 그레이스."

가면 쓴 남자가 의자에서 일어난 라필리아 앞을 가로막았다.

이 자식들 끈질기네.

"저희가 이렇게까지 설명하게 해놓고 거절하겠다는 겁니까?"

"너무 무책임한 것 아닙니까?"

"이런이런, 이런 분이라면 앞으로 모험자 길드에서도 일을 부탁하지 않겠군요. 모든 엘프의 연대책임이 될지도 모릅니다. 타인에게 폐를 끼치다니, 정말 최악입니다."

가면 쓴 남자 셋이 제각기 라필리아를 몰아붙였다.

원래 세계의 면접에서 흔히 있었던 패턴이다. 장래에 대해 걱정하게 만들어서 면접 보러 온 사람을 몰아붙인다. 자신에게 가치가 없다고 생각하게 만들어서, 고용한 뒤에 직장의 룰에 거스르지 못하게 만드는―.

하지만, 이쪽은 그런 수법에 질릴 정도로 당해봤다고.

"라필리아 양. 주제넘은 짓일 지도 모르겠지만 신명 기사단과 잠시 이야기를 나눠도 되겠습니까?"

"아, 예! 물론이죠. 그, 그렇게 하세요!"

라필리아가 허락해줬다.

이제 신명 기사단인가 하는 놈들이 찍소리도 못하게 만들기만 하면 된다.

치트 스킬로 날려버리면 나중에 귀찮아지니까 평화적인 방법 으로 해결하자.

"레기."

"예, 주인님."

사람들 사이에 섞여 있던 레기를 불러서 양피지를 건넸다.

레기는 길드에 비치돼 있던 펜을 집어서 슥삭슥삭, 하고 내가 지시한 문장을 적어나갔다. 아는 아직 이쪽 세계의 문자를 적는 데 익숙하지 못하니까.

좋았어. 이만하면 되겠지.

"들어보게, 신명 기사단. 그쪽의 사정은 알겠다. 그럼, 서로 고용 조건을 적은 뒤에 라필리아 양 당사자에게 선택하도록 하 는 건 어떤가?"

레기가 적어준 고용 조건을 라필리아와 가면 쓴 남자들에게 보여줬다.

내용은 아까 말한 것과 같다. 업무 내용은 슬라임 대책. 내용은 연구 소재 제공. 보수는 120 아르샤. 소요 시간은 약 2시간. 전투는 없음. 만에 하나 전투가 발생하면 우리가 해결한다.

"이렇게 하면 서로의 고용 조건을 확실히 알 수 있으니 공평하겠지?"

"왜 그래야 하는 겁니까?"

"나는 그쪽의 고용 조건을 모른다. 댁들이 이것보다 훨씬 좋은 조건을 제시했는데도 방해한다면 그건 내가 창피해질 뿐이겠지? 얌전히 물러나겠다."

내가 대답했다.

"……정말입니까?"

"그래."

내가 고개를 끄덕이자 가면 쓴 남자가 길드 접수 아가씨를 불렀다. 혀를 차고 테이블 위에 올려놓은 양피지 위에 펜으로 글을 적었다.

"이러면 불만 없겠죠?!"

가면 쓴 남자가 양피지를 들어서 모험자 길드 안에 있는 사람들에게 보여줬다.

『퀘스트 : 던전 탐색 보조.

일정 : 최단 3일, 최단 5일.

업무 내용 : 전투 보조. 후위. 접근전 불필요. 회복마법 무상 제공. 방어 서포트 포함.

장비품 무상 대여 가능. 고용 기간 중에는 숙소 제공. 개인실.

욕실 포함. 식사 포함. 휴식 포함.

　보수 : 6,000 아르샤.』

　호오~ 길드 안에 한숨 소리가 울렸다.

　분명히 깜짝 놀란 만큼 좋은 조건이다.

　"이것이 신명 기사단이 라필리아 그레이스에게 제공하는 조건입니다."

　"아까 태도가 나빠서 보수를 5분의 1로 줄인다고 하지 않았던가?"

　"글쎄요, 무슨 말씀이신지?"

　"그럼 그 고용 조건이 라필리아 양에게 틀림없이 제공된다는 뜻이지?"

　"그만하시죠. 그렇다고 하지 않았습니까?"

　"하긴…… 그 조건이라면 이쪽은 어쩔 도리가 없군."

　그 말에 라필리아의 얼굴이 새파랗게 질렸다.

　"무책임한 짓은 할 수 없지. 타인의 인생이 걸렸으니까. 고용 조건은 중요하고, 충분한 조건을 제공할 수 없는 쪽은 빠지는 것이 당연한 일이지."

　"저, 저기요. 잠깐만요?"

　떨고 있는 라필리아.

　대조적으로 가면 쓴 남자들은 가슴을 활짝 폈다.

　"이제 아셨나보군요. 그럼 빨리 가버리십시오. 그녀는 저희의 충실한 노──그러니까, 파티 멤버가 될 테니까."

"음. 그럼 만약을 위해서, 서로 이 조건으로 라필리아 양을 고용한다는『계약』을 해둘까."

".................예?"

가면 쓴 남자의 입이 떡 벌어졌다.

좋았어, 걸렸다.

"음? 아무 문제도 없을 텐데. 라필리아 양에게 어떤 고용 조건이『틀림없이』제공되는지에 대한 얘기니까."

"──?!"

"업무 내용과 조건은 그것이 틀림없고, 퀘스트가 종료된 뒤에는 그 보수를 지불한다는『계약』을 해도 상관없지 않겠나?『계약의 벌』이 떨어질 리도 없고. 그리고 아까 그쪽은 라필리아 양과 그 조건으로『계약』하려고 하지 않았나?"

"모, 모험 중에는 돌발 상황 등이 발생합니다.『계약』으로 묶어두면 그런 일이 발생했을 때 누군가가 위험해질 가능성이 있습니다. 그러니까──."

내 말을 들은 가면의 남자가 도와달라는 것처럼 주위를 둘러봤다.

"난 상관없다. 하지만 이쪽은 고용하면서 이 조건을 지키겠다는 뜻으로 라필리아 양과『계약』할 생각이다. 보수가 적은 만큼 확실하게 지불한다는 보증을 해두고 싶으니까."

모험에 돌발 상황이 따라다닌다는 건 알고 있다.

그래서 내가 물은 것은 이 녀석들이 보증할 수 있는 최저선이다.

원래는 모험자 길드가 조정을 맡아서 모험자를 지켜줘야 한다. 아이네가 운영했던『서민 길드』처럼.

하지만 이르가파의 모험자 길드에서는 그 기능이 작용하지 않는다.

그렇다면『계약의 신』을 모시는 수밖에 없지 않겠어.

"내 쪽의 보수는『계약』에 의해 확실하게 지불된다. 신명 기사단과의 보수 차이를 확실성으로 메울 생각이니까. 그쪽은 어떻게 하겠나? 보수 금액 정도는 보증해도 되겠지?"

"아니…… 그게, 그게!"

가면 쓴 남자가 고개를 저었다.

"탐색의 성과에 따라서 다소 변동되는 경우가 있다! 물론 부족한 만큼은 장기적으로 봤을 수입에 의한 생계 불안의 우려를 없애는 방향으로 추진하겠지만!"

"퀘스트에 성공하면 확실하게 지불한다는 조건은 어떤가? 전액이 힘들다면 반액을 보증하는 쪽으로."

"아니, 그게, 그게!"

가면 쓴 남자는 엄청나게 당황해서 고개를 젓고 있다. 어라?

"……10분의 1 정도라면."

"아니, 아니, 아니!"

"…………백분의."

도리도리도리도리도리.

"⋯⋯⋯업무 내용은 회복 마법이고, 접근전은 필요 없는 게 맞지?"

"아니, 그게. 현장의 판단이라는 것이 있으니까⋯⋯."

"장비품 대여. 숙소, 욕실, 휴식 포함은──."

"그 정도는 일일이『계약』할 필요도 없지 않은가! 사회인이라면 당연히 아는 일이지!"

"가장 마음에 걸리는 것은 고용 기간인데 말이야."

정말로 라필리아를『모험자』로서 고용할 생각일까?

"틀림없이, 최장 5일 안에 그녀를 해방한다는 정도는『계약』해도 되지 않겠나? 더 이상 길어질 것 같으면 다시『계약』한다든지 하면서. 그 정도는 할 수 있겠지?"

"⋯⋯⋯큭."

놈들이 이를 악물었다.

이쪽을─정확히는 레기의 목줄을 빤히 보고 있다.

이 자식들, 라필리아를 노예로 삼을 생각이었나?

"위대하신『해룡』의 가호를 받은 도시의 이름을 걸고, 어떤가."

나는『해룡 케르카톨』의 가면을 땡, 소리가 나게 두드렸다.

모험자 길드 안에 있는 모든 사람들에게 들리도록 말했다.

"신명 기사단이 제시한 조건을 납득할 수 없어서 거절한다고 해서, 라필리아 양의 모험자 경력에 흠집이 날 정도로 무책임하다고 할 수 있겠나?"

길드 접수원 여성은 모른 척하고 있다.

하지만 이 자리에 있는 모험자 중에 몇 명은 확실하게 고개를 저었다.

모험자 길드는 신명 기사단을 거스르지 못하는 상황인지도 모른다. 하지만 모험자들은 아니라는 뜻이려나. 퀘스트 조건은 말 그대로 생계에 관련된 문제니까.

"그래서, 라필리아 양은 어떻게 하시겠습니까?"

"그, 그거야 당연하죠!"

라필리아는 테이블 위에 올려놓은 손을 바들바들 떨면서, 그러면서도 필사적으로 큰 소리를 냈다.

"저는 해룡 가면 쓴 분의 의뢰를 받아들이겠어요.『신명 기사단』하고는 엮이고 싶지도 않아요! 솔직히 6,000 아르샤는 또 뭐냐고요! 제가 응모한 건 던전 탐색 준비 보조, 200 아르샤짜리 일이었잖아요!"

"…………이봐.

대충 하는 것도 정도가 있지, 신명 기사단.

"신명 기사단이 이르가파 최강의 파티라고 해서, 또 전설을 볼 수 있을지도 모른다고 생각했어요…… 리헬다에서 봤던 그 다크 히어로 같은…….

──다크 히어로?

리헬다에 그런 녀석이 있었나? 최소한 난 본 적이 없는데……?

하지만 라필리아는 너무나 진지했다. 눈물을 글썽이며, 가면 쓴 남자들을 노려보며.

"하지만…… 아니었어요. 제가 착각했어요. 당신들 따위는 진짜 히어로로 발끝도 못 따라가요. 그냥 거만하게 굴기만 하는 비겁한 사람들이라고요! 차, 차, 창피한 줄을 아세요!!"

"……뭐 됐다. 이쪽은 마력을 조정할 인재가 필요했을 뿐이니까."

가면 쓴 남자는 라필리아와 나를 보고 콧방귀를 뀌었다.

이 자식이 되레 잘난 척이네.

"오해하지 마십시오, 라필리아 그레이스. 저희가 그렇게 말한 것은 당신의 정신력을 시험하기 위한 것이었습니다. 근성과 기합은 무엇보다 소중하니까요."

"…………웃기고…… 있네."

숨을 헐떡이는 느낌으로, 라필리아가 중얼거렸다.

그래도 남자들은 계속해서 말했다.

"그 영문도 모를 자를 따라간 뒤에야 당신 자신이 얼마나 어리석은지 알게 될 것입니다. 보나 마나 그 녀석은 당신의 아름다움에 마음이 끌렸을 테니까요. 틀림없이 이렇게 말할 겁니다―본성을 드러내고."

가면 쓴 남자가 나와 라필리아한테 손가락질을 했다.

"당신에게.『내 노예가 돼라』고 말입니다!"

"그만 좀 하라고요! 이제 당신들하고는 상관없는 일이잖아요?!"

쾅, 쾅쾅, 라필리아가 테이블을 두드렸다.

"그리고 내가 노예가 될 리가 없다고요! 우습게 보지 마세요!"

"당연한 얘기다."

나도 화가 났다. 이 자식들 대체 뭐야.

"그런 말을 할 리가 없지 않은가! 라필리아 양에게『내 노예가 돼라』니!"

"하읏!"

라필리아가 움찔, 하고 몸을 뒤로 젖혔다.

"마, 마마마마자요. 제, 제가―이 사람 노, 노예―따위가―하
읏―― 되, 될 리가, 없다고요…… 뭐야, 이거…… 우, 우습게
보지 말라고요. 이…… 이젠. 그런 소리 해봤자…… 소용, 없어
요. 소용없다고요!"

…………저기, 잠깐만요.

왜 치마를 누르면서 움찔움찔 떠는 건가요 라필리아 양.

"됐습니다. 당장 여기서 나갑시다."

"……예에."

나는 라필리아의 손을 잡아끌며 길드 밖으로 나갔다.

"레기. 뒤쪽 봐줘. 그놈들이 따라오는지."

"알았다, 주인님."

레기는 으슥한 곳으로 들어가서 손바닥만 한 크기로 돌아와서
는 내 옷깃 속에 숨었다.

"그놈들을 따돌리겠습니다. 조금 빨리 걸어야 할 텐데, 잘 따
라와 주세요."

"아, 알겠습니다!"

우리는 빠른 걸음으로 인파 속으로. 레기는 뒤쪽을 확인하고
있다. 그 자식들 은색 가면 따위를 쓰고 있어서 엄청나게 눈에
띈다. 따라 오는 게 훤히 보인다.

우리는 큰길에서 항구 쪽으로 빠졌다. 집과 반대쪽이지만 이

쪽이 으슥한 곳이 많다. 배에 실으려고 쌓아둔 커다란 나무 상자 같은 것도 있어서. 그 말은—

"와웅————————!"
와장창!

리타가 숨어 있을 곳들이 잔뜩 있다는 뜻이다.

고개를 돌려보니 상자 뒤에서 튀어나온, 해룡 가면을 쓴 금발 소녀의 모습.

사전에 얘기한대로.

그녀는 가면 쓴 남자들 발 쪽으로 슬라이딩. 한 번에 전부 쓰러트리고, 그 기세를 타고 곧바로 이탈. 가면 쓴 남자들은 쌓여 있던 나무 상자에 머리를 처박았다.

그대로 우리는 리타와 합류.

익숙하지 않은 시내를 뛰어다니고 이리스네 집을 목표로 삼아 집 근처까지 왔을 때—

"구해주셔서…… 정말 고맙습니다———!"

엘프 소녀 라필리아 그레이스가, 우리한테 큰절을 했다.

제4화 「다크 히어로 전설(시 포함)」

엘프 큰절.

그것이 이세계에서 처음으로 본 큰절이었다.

라필리아는 손도 발도 이마도 땅바닥에 댄, 도감에 실어도 될 정도의 자세.

"아니…… 그렇게까지 할 건 없는데."

"『온천에서 만났던 분』이 아니었다면 그 사람들한테 무슨 짓을 당했을지 몰라요. 덕분에 살았습니다…… 정말 고맙습니다."

땅바닥에 이마를 댄 채, 라필리아가 큰 소리로 말했다.

"『온천에서 만났던 분』이라고 하지 마. 난 소마 나기라고 해."

"예. 『온천에서 만났던 분』, 이 아니라 소마 나기 님!"

라필리아가 겨우 고개를 들었다.

리타는 이상하다는 표정으로 날 보고 있다.

왜 『온천에서 만났던 분』인지는 나중에 설명해주자.

"다시 한번 소개할게. 난 소마 나기, 이쪽은 리타 멜페우스. 우리는 수상한 사람들이 아냐. 해룡의 무녀 이리스랑 아는 사이고."

"저는 라필리아 그레이스라고 합니다. 모험자가 되다 만 몸이에요."

"되다 말아……?"

"이번 일로 확실히 알았어요. 전 모험자 체질이 아니에요."

"그래?"

"모험하러 나온 뒤로…… 나쁜 일만 일어났거든요……."

라필리아는 일어나서 무릎을 털었다.

"리헬다에 도착했을 때도 어째선지 강한 마물들만 나타났고, 간신히 쓰러트릴 때쯤 적이 멋대로 강으로 뛰어들어서 소재도 회수할 수가 없었고. 그다음에 상처를 치료하려고 치료원에 갔더니 불이 나고, 기운 내려고 식당에서 밥을 먹었더니…… 재료가 상했는지 저 말고 전부 식중독에 걸려서……."

불행했네.

"그리고—여관 벽이 무너져서 제 짐만 밖으로 떨어진 적도 있었어요. 온천 도시 리헬다에 마물이 쳐들어왔을 때, 저희가 묵었던 여관도 공격당했는지…… 벽에 금이 갔는데 아무도 몰랐다니까요. 그래서 짐이랑 전 재산이 행방불명……."

말도 안 되는 확률이었다.

"그래도 이리스 님네 병사들 끝에 붙어서 간신히 여기까지 왔어요. 그리고 여비를 벌기 위해서 모험자 길드에 갔다가 가면 쓴 사람들한테 붙잡혔어요……."

만남 자체가 최악이었다.

"전에 여기 왔을 때는 모험자 길드가 일을 잘 처리해 줬거든요. 그래서 안심하고 퀘스트를 받으려고 했는데…… 제가 뭘 하려고 하면…… 항상 이런다니까요."

라필리아는 가슴에 손을 얹고 한숨을 쉬었다.

"저리, 라필리아는 고향이 어디야?"

나도 모르게 그렇게 물었다.

그냥 두면 이 근처에서 죽거나 노예가 돼버릴 것 같아서.

"메테칼 쪽이면 아는 사람이 있으니까, 잘 챙겨달라고 부탁해 줄 수도──."

"배로 한 달 쯤 가야 하는 반도에 있는 작은 마을이에요."

"반대 방향인가……."

"사실 태어난 고향은 아니에요. 제가 최근 5년 이전의 기억이 없거든요."

""……뭐?""

팔짱을 끼고 곤란하네요, 라며 고개를 끄덕이는 엘프 소녀.

"제가 기억을 잃고서 헤매고 있을 때, 키워주신 부모님이 거둬주셨거든요."

"갑자기 그런 무거운 얘기를 하면 어떻게 반응해야 좋을지 모르겠거든?!"

하지만 라필리아는 우리를 「믿을 수 있는 사람」으로 인정한 것 같다.

예쁜 엘프 귀를 손가락으로 만지면서, 쑥스럽다는 듯이 말했다.

라필리아가 5년 전에 이르가파 말고 다른 항구 도시에 흘러들어왔고, 빵가게 노부부가 거둬줬다는 얘기.

처음에는 사이가 좋았지만 근처 다른 빵가게가 생긴 탓에 경영이 기울기 시작했고, 라필리아도 있을 곳이 없어졌다는 얘기.

게다가 노예로 팔려버릴 뻔 했다는 얘기.

그래서 큰마음 먹고 모험가가 되기 위해서 여행을 떠났다는 얘기.

전투능력은 그럭저럭 있는데 어째선지 강대한 마물들만 만났다는 얘기. 위험한 상황이 벌어져도 어떻게든 필사적으로 동료들을 지켜가며 싸웠다는 얘기.

그래도 라필리아가 있으면 안 좋은 일이 일어나서 곱지 않은 시선으로 쳐다봤다는 얘기.

그른 얘기들을, 하나도 심각하지 않게, "허이야~" "그리고~"라는 추임새에 몸짓까지 하면서 얘기를 하니, 나와 리타(그리고 레기)는 멍하니 듣고 있을 수밖에 없었다.

"그리고 온천 도시 리헬다를 출발해서 항구 도시 이르가파에 도착했고, 정말로 땡전 한 푼 없게 돼버리면서 라필리아 그레이스의 대모험은 끝났어요."

"…………기억도 없으면서 너무 무리한 건 아닌가…….."

대단하다~.

위기관리라든지 안전대책이라든지, 그런 것과 정반대로 내달려왔네~.

"그나저나 대체 왜 모험자가 되겠다고 생각한 거야?"

"제 안에 있는 옛날 기억이 이름이랑 어릴 적에 『영웅의 모험 이야기』를 들었던 것, 제가 뭔가를 『지켰다는』 것밖에 없거든요."

"그러니까, 모험가가 돼서 누군가를 지키면……?"

"예. 저는 제가 누구인지 기억이 나지 않을까 싶었어요."

라필리아는 하늘색 눈동자를 반짝거리면서 저물어가는 하늘을 향해 주먹을 치켜들었다.

"그러니까요. 어쩌면 제 정체가 능력이 봉인된 전설의 영웅이 거나 구국의 대마법사일지도 모르잖아요! 위기에 처하면 펑, 하고 각성해서 마왕을 해치우고 사람들을 구해줄 수 있을지도 몰라요!"

""됐으니까 그냥 고향으로 돌아가(요)!""

나와 리타가 동시에 딴죽을 걸었다.

위태위태해서 봐줄 수가 없네.

다른 세계에서 소환된 나도 처음에는 아슈타르테한테 정보를 얻었고, 세실이랑 리타가 있어서 어떻게든 살고 있다.

라필리아는—자기 정체도 모르면서 모험자가 되겠다고 혼자서 여행이라니…… 눈을 가리고 분쟁지대를 지나가는 꼴이나 마찬가지잖아.

압박 면접에 걸릴 만도 하네! 그보다 지금까지 살아남은 게 기적이다!

"고향으로 돌아갈 수 없다면 근처에 아는 동네라든지 있을 것 아냐. 거기서 안전한 일을 찾아보라고."

"그러려고요. 영웅은 못 됐지만…… 만족했으니까."

라필리아는 눈을 감고서 큰 가슴에 손을 얹고, 꿈꾸는 것처럼 중얼거렸다.

"저는 진짜 전설을 봤으니까요. 그것만으로도 남은 인생을 살아갈 수 있어요."

"전설?"

"예. 정의의 다크 히어로요. 그 덕분에 『신명 기사단』하고도 엮이게 됐어요. 이르가파에서 제일가는 파티라면, 그 사람들이 그『다크 히어로』일지도 모른다고 말이죠—착각이었지만."

"이상한 영웅은 잊어버리는 게 좋지 않을까."

"그런가요. 그럼 제가 본『공포와 쾌락으로 노예를 지배하는 다크 히어로』에 대해서는 엘프의 전설로 전해지게 해야겠네요."

라필리아는 얼굴이 살짝 빨개져서 고개를 끄덕였다.

"그런데, 그 다크 히어로는 어디서 봤어?"

"그러니까요, 온천 도시 리헬다에서 이리스 님 습격사건 때요."

온천 도시 리헬다. 이리스 습격사건.

"저희 파티가 전멸할 뻔했을 때, 바람처럼 나타나서 검은 갑옷을 전부 쓸어버려줬어요."

검은 갑옷을 쓸어버렸다.

"한밤중에 나타난 태양과 성벽 같은 불꽃 벽은 잊을 수가 없어요⋯⋯."

한밤중에 나타난 태양 같은『등불』과 거대한『불꽃 벽』.

"헤에⋯⋯정·말·대·단·한·영·웅·이·다·있·네~."

응. 나도 알아. 그 영웅.

한마디로 그건 능력을 숨기고 사람들 앞에 모습을 드러내지 않으려고 하는—

"금색 짐승과 어둠의 대마도 소녀를 거느린, 광기의 영웅이었어요."

"광기 요소가 어디 있는데?!"

"어두워서 얼굴은 못 봤지만, 그 사람의 손가락은 대마도 소녀의 가슴을 더듬어댔고 소녀는 『분해…… 하지만…… 행복해』라는 얼굴이었어요. 히어로의 신비한 지배력이 소녀의 대마법을 이끌어내는 것 같기도 했고요. 제 주관적으로!"

"…………잘못 본 것 아닐까."

"말도 안 돼요! 그 다크 히어로의 보는 이를 전부 매료시키는 아름다운 눈동자(라필리아 주관), 고귀한 느낌이 드는 몸짓(주관), 어디까지나 우아하게, 화려하게, 노예 소녀들을 지배하는 최강의 다크 히어로(주관)을 어떻게 잘못 볼 수가 있겠어요?!"

라필리아는 가슴을 손으로 누르면서 부들, 하고 떨었다.,

"검은 갑옷을 한방에 해치운 그 금색 짐승도, 의문의 살육 메이드도 전부 진실이에요. 정규병이 적을 쓰러트린 걸로 돼 있는 게 그 증거라고요! 그 다크 히어로가 정체를 감추기 위해서 정보를 조작한 거예요!"

그렇구나. 그렇게 생각할 수도 있구나~.

대단하네~.

"그분의 저승에서 울리는 것 같은 목소리는 잊을 수가 없어요. 제 영혼 깊은 곳까지 울린 탓에 그날은 몸이 달아올라서 잠도 오질 않아서, 그분을 찬양하는 시까지 몇 개나 지었다고요……."

"그 얘기, 자세하게 해줄 수 있어?"

조용히 듣고 있던 리타가 덥썩, 라필리아의 손을 잡았다.

"『검은 갑옷』을 쓸어버린 영웅을 칭송하는 시라는 거지? 나중에 가르쳐줄 수 있을까."

"관심 있으신가요!"

"그 시를 사들이고 싶을 정도로."

"제목은『칠흑을 달리는 계약자 ―노예 소녀와 한밤의 밀월―』이거든요."

"훌륭해. 지금 당장 음유시인 길드에 퍼트려야 마땅해."

"좋아하시나요, 다크 히어로."

"사랑한다고 해도 될 정도야."

"노예를 사역해서 악을 물리치는 영웅이니까요."

"전 세계 사람들에게 그가 얼마나 훌륭한지 가르쳐주고 싶어."

""마음이 맞네(요)!""

덥석.

손을 맞잡는 리타와 라필리아.

그렇구나…… 라필리아가 그때 그 엘프 소녀였구나.

한마디로 라필리아가 봤다는『다크 히어로』라는 건 우리들이고.

라필리아가 신명 기사단한테 붙잡혔던 건 그놈들이 그『다크 히어로』라고 착각했기 때문이다, 라는 얘긴가. 다시 한번 동경하는 영웅을 만나고 싶어서.

뭐지………… 이 죄책감.

"그런데 라필리아 양, 딱 하나 잘못된 부분이 있어."

라필리아의 손을 꽉 잡은 채, 리타가 진지한 얼굴로 말했다.

"잘못됐다고요? 어디가요?"

라필리아가 이상하다는 듯이 고개를 갸웃거렸다.

"노예를 지배하는 건 공포와 쾌락이 아니라고 생각해."

"에~ 그럴 리가요."

"아니야. 노예는 그런 것 가지고 진짜 힘을 발휘할 수가 없어. 우리—그 노예들의 힘을 끌어내는 건—그게, 그러니까…… 사, 사, 사라."

"사랑?"

"그, 그래. 사, 사랑. 아마도 그거야, 틀림없이!"

"그렇군요~. 하지만 다크 히어로라는 캐릭터랑 안 어울리니까 기각할래요."

기각당했다.

이렇게 해서 나는『공포와 쾌락으로 노예들을 지배하는 다크 히어로』로서 전해지게 되었다.

우리가 집에 돌아왔을 때는 해가 저물어 있었다.

나는 라필리아를 사람들에게 소개하고 부엌으로.

사정은 여기 오는 동안에 얘기해뒀다. 집에 엘더 슬라임이 눌러 앉았다는 것과 그 녀석을 내보내려면 엘프의 머리카락이나 손톱, 체액이 필요하다는 것도.

"엘프를 데려왔다. 엘더 슬라임."

『오오, 오오, 오오오오오오오!』

뚝, 뚝뚝뚝뚝뚝!

기둥에 달라붙은 엘더 슬라임이 소리를 내면서 바닥에 파란색 물방울을 떨어트렸다.

치우기 귀찮으니까 그만 좀 해.

『잘도, 잘도 데리고 와줬다…… 아아, 엘프. 이 몸을 만들어주신 분과 정말 닮았구나……. 이 몸의 마스터도 이처럼 아름다운 분이셨지.』

"뭐라고 하는 거죠?"

무슨 말인지 물어보는 라필리아에게 통역해줬다.

하는 김에 이 엘더 슬라임의 정체도. 만들어지고, 버림받은 것까지.

그랬더니—

"부, 부, 부쌍해여."

뚝, 뚝뚝뚝!

라필리아의 눈에서도 눈물이 떨어지기 시작했다.

"저, 저도 떠돌이다보니, 이해해요. 고, 고생 많았죠. 엘더 슬라임 씨이이이이."

"이해해주는 것인가. 참으로 상냥한 엘프로구나아아아아."

로로로오로로로오로로오오오오.

으앙~ 엉엉엉엉엉엉엉엉엉엉엉.

눈물을 계속 흘리는 엘프와 슬라임.

뭔가 의기투합했는데.

"제가 할 수 있는 일이라면 뭐든지 말해주세요. 머리카락이건 손톱이건 땀이건, 팍팍 가져가세요."

『오랜 세월을 살아온 끝에 이처럼 훌륭한 엘프와 만나게 되다니, 이 몸은 참으로 행복하구나……..』

"무슨 소리예요. 당신을 괴롭힌 건 저랑 같은 엘프잖아요."

『말 잘 해줬다. 그 마음을 받아들여서 그대의 속옷을 전부 먹도록 하겠다.』

"예! 얼마든지~"

내가 통역한 말을 들은 라필리아는 치맛자락을 올리고 속옷에 손을— 어라,

"잠깐만 기다려봐."

"방해하지 마세요. 저는 슬라임 씨를 위해서—어라, 어라라 라라라?"

라필리아는 속옷에 댔던 손을, 내리기 직전에 멈췄다.

겨우 알아차렸다.

"저기, 『엘더 슬라임』. 필요한 건 엘프의 머리카락이나 손톱, 체액이라고 하지 않았어?"

『했다.』

"왜 갑자기 속옷 얘기가 나온 건데?"

『이 마음 착한 엘프를 봤더니 이 몸의 주인이 생각났다.』

먼 곳을 보는 표정(?)으로, 엘더 슬라임이 말했다.

이 녀석을 만든 자는 라필리아와 아주 닮은 엘프였다고 한다.

그 엘프는 체액을 줄 때 효율이 좋게 전해지도록, 체액이 묻은 속옷을 그대로 줬다. 그것을 시간을 들여서 조금씩 흡수했기 때 문에 이 엘더 슬라임은 지금까지 폭주하지 않았었다는 것 같다.

『엘프의 머리카락, 손톱, 땀 등의 체액에는 마력이 깃든다고 한다. 이분의 속옷을 얻을 수 있다면 이 몸은 완전히 작은 크기 로 돌아가서, 죽을 때까지 숨어 지낼 수 있다…….』

"……………알겠습니다."

라필리아가 고개를 끄덕였다.

"……저랑 같은 엘프가 잘못했으니까, 속옷 정도는 줄 수 있어요. 이것도 『소재 제공』이니까요! 정 원하면 입은 걸 전부 줄 수도 있어요! 이, 이 라필리아 그레이스는 누군가를 지켜주면 행복해지니까요!"

『오오오오오오오오.』

"…………그래도, 최소한, 다른 사람들 안 보는데서……."

뭐 그렇겠지.

부엌 입구에서 지켜보고 있던 세실, 리타, 아이네가 복도로 나갔다.

"그럼 나는 문 너머에서 엘더 슬라임의 말을 통역해줄 테니까. 무슨 일 있으면 바로 불러──."

"……아뇨, 소마 나기 님은 여기 계셔주세요."

꽉, 라필리아가 내 소매를 잡았다.

"꼭. 제가, 왠지 점점 이상한 기분이…… 아니, 무슨 일이 일어날 때에 대비해서."

"……뒤 돌아 있을 테니까 끝나면 말해주세요."

나는 라필리아와 슬라임에게 뒤를 돌렸다.

『…………주인님, 저 엘프에 대해 어떻게 생각하나?』

발밑에 내려놓은 마검 레기가 작은 소리로 속삭였다.

『이 몸은 뛰어난 인재라고 보는데, 주인님의 감상은?』

"위태위태한 사람이라는 건 알겠어……."

『저 녀석을 어찌할 것인가? 방치할 수는 없지 않은가.』

"이리스한테 부탁해볼까 싶어."

라필리아는 신명 기사단한테 찍혀 있다.

집에 오면서 들은 이야기에 의하면, 라필리아는 배를 타고 고향 근처까지 돌아갈 생각이라고 했다. 필요한 것은 뱃삯과 배가 올 때까지 지낼 생활비라고. 아무래도 그만한 보수는 나도 줄 수가 없다.

하지만 축제 기간 동안이라면 이리스한테서 뭔가 일을 받을 수 있을지도 모른다.

『뭐, 그 정도가 타당하겠지. 하지만 이 몸의 생각에는―.』

"노예는 안 된다."

『내가 다크 히어로다!」라고 말하면 바로 복종할 것 같다만.』

"복종시킬 이유가 없잖아."

『주인님의 스킬 연구에 도움이 될 것 같다만. 아, 슬슬 끝나겠다. 지금 위쪽 속옷을 다 벗었다. 이럴 수가. 저렇게 큰데 모양까지 좋다니. 자, 지금부터 아래쪽을 벗―.』

"실황중계 하지 마."

『―――아.』

철썩.

소리가 났다.

나도 모르게 고개를 돌렸고, 보고 말았다.

속옷을 무릎까지 내린 라필리아의 몸이 엘더 슬라임한테 처박혀 있는 모습을.

"……넘어졌어?"

『그러하다.』

"라필리아! 괜, 괜찮…… 아?"

미끌.

엘더 슬라임의 파란색 몸이 라필리아의 팔다리에 감겼다.

"너, 무슨 짓이야?!"

『아니다, 해를 끼치려는 것이 아니다.』

미끌, 찰박, 걸쭉.

엘더 슬라임은 몸을 촉수처럼 벗어서 라필리아의 속옷을 벗겨 냈다.

그리고 바닥에 내려놨던 웃옷도. 치마도.

엘더 슬라임은 라필리아가 입은 것들을 하나도 남김없이 삼키고―금속이나 옷 이외의 것들은 깔끔하게 뱉고는―

『잘 먹었다, 라필리아 그레이스여. 이 몸의 목소리를 들어준 소마 나기여. 그대들은 참으로 훌륭한 이들이다.』

엘더 슬라임의 몸이 줄어들었다.

벽 전체를 차지하던 몸이 포스터 정도 크기로. 그리고 태블릿 정도 크기로. 마지막으로 스마트폰 크기가 됐고―지탱할 것이 없어진 라필리아의 몸이 철푸덕, 하고 넘어졌다.

『이 소녀는 너무나 위태로우니 이 몸의 일부를 남겨두겠다.』

그렇게 말하고, 엘더 슬라임은 자기 몸 일부를 떼어내서 만든, 구슬치기하는 유리구슬 정도 크기의 분신을 라필리아의 등 위에 올려놨다.

『이 몸의 인격은 없으니 이 소녀의 명령에 따를 것이다. 그리고 한 가지만 전하겠다. 이 소녀에게는 미지의 스킬이 있을지도 모른다. 이 몸을 만든 마스터도 그런 자였다. 이 소녀에게서 같은 기척이 느껴진다.』

"본인도 모르는 스킬? 그런 것도 있어?"

『「운명 간섭계 스킬」인지도 모른다. 본인이 각성하거나 「주종 계약」을 하면 알게 되는 것이다. 크게 추천…… 한다.』

"……아무리 그래도 말이야."

나는 바닥에 엎어져 있는 라필리아를 봤다.

알몸이다.

완전히, 기절했다.

"……추가 보수를 줄게."

나는 쓰러진 라필리아에게 웃옷을 덮어졌다.

『잘 있거라 엘프 소녀, 인간 소녀. 그대들의 미래에 행복이 있기를.』

기도하는 것처럼 중얼거리고, 작아진 엘더 슬라임이 창문 밖으로 나가버렸다.

결국 나쁜 녀석은 아니었던 것 같다.

부엌은 깨끗해졌다.

그 녀석은 벽에 달라붙어 있던 부분이라든지 눈물처럼 떨어진 것들까지 전부 수거해갔다.

피해는 라필리아의 옷과 속옷뿐.

"……해냈어요. 퀘스트 성공이에요……."

하지만 기절한 라필리아는 이상할 정도로 행복한 표정이었다.

"이 몸이 말했지? 훌륭한 인재라고."

어느샌가 인간 모양으로 변한 레기가 웃으면서 그렇게 말했다.

그 뒤에 아이네한테 부탁해서 라필리아한테 적당한 옷을 입혔고. 물을 쓸 수 있게 됐으니까 목욕물을 데우고, 순서대로 들어가고. 남은 식재료로『이르가파 도착&물을 쓸 수 있게 된 기념』을 축하했다. 라필리아는 이 시간에 여관을 잡기도 힘들 것 같아서 자고 가기로 했다.

아이네는 뭘 먹어도 "맛있어요오오오오"라며 눈물을 흘리는 라필리아가 마음에 들었는지, 접시에서 넘칠 정도로 음식을 담아줬다. 세실도 세실대로 "진짜 엘프 분이에요……"라면서 감동했고.

식후에는 리타와 라필리아의「다크 히어로를 찬양하는」시 합창회가 벌어졌다.

다들 엄청나게 좋아했다. 완전히 친해진 것 같다. 난 귀를 막고 있었지만.

마지막에 나는 라필리아에게 나중에 이리스한테 소개해준다고 말했고, 본인도 알았다고 했다. 증거로 이리스한테 받은『약간의 성의 목록』에 있는 영주 가문의 문장을 보여줬는데, 라필리아는 "은인의 말을 의심할 리가 있겠어요!"라고 말했다.

이리스를 만나는 건 내일. 이르가파에 도착한 다음 날로 예정돼 있다.

그렇게 해서, 첫날에 이런저런 문제가 있기는 했지만 우리는 겨우 푹 쉴 수 있게 됐다.

　이렇게, 이르가파의 밤은 깊어져 갔다.

　"……밤늦게 죄송합니다. 부탁드릴 게 있어서요……."

　한밤중.

　목소리와 노크하는 소리가 들려서 내 방문을 열었다.

　복도에서, 잠옷 차림의 라필리아가 큰절을 하고 있었다.

　"……대체 왜 또 큰절인데?"

　"소마 나기님이 신뢰할 수 있는 분이라 판단하고 부탁드릴 것이 있어요."

　라필리아가 겨우 고개를 들었다.

　그녀는 눈을 감고 흐읍, 하고 숨을 들이쉬고는ㅡ

　"주, 주인님이 돼서, 저를 구석구석까지 조사해 주시겠어요?!"

　갈라진 목소리로, 그런 선언을 했다.

제5화「불행 체질 엘프 소녀의『어둠』과『소원』」

가끔씩, 라필리아 그레이스는 이런 생각을 했다.

자신이 왠지「운이 없다」고 생각한 것이 언제부터였을까──라고.

빵가게 노부부께 신세를 지기 시작하고 몇 달이 지났을 때 갑자기 근처에 경쟁점이 생겼고, 이쪽 가게의 경영이 기울기 시작했을 때였을까.

조금이나마 생활비에 보탬이 되려고, 일하는 중간에 짬을 내서 했던 부업으로 받은 돈이 전부 노부부의 술값으로 사라지고 있다는 걸 알았을 때였을까.

그렇다면 차라리 모험자가 돼서 일확천금을 노려야겠다는 생각으로 마법을 배우러 간 선생님네 사역마가 어째선지 폭주해서 교실을 완전히 파괴해버렸던 때였을까.

여행을 떠나고 얻어 탔던 상선의 돛대가 부러져서 표류한 탓에, 이르가파에 도착하는데 예정보다 세 배의 시간이 걸렸던 때였을까.

아니면 이리스 하페우메어 습격 사건에서 파티가 전부 전투 불능이 됐을 때?

조짐은 엄청나게 많았다.

라필리아의 주위에서는 항상 불행한 일이 일어난다.

라필리아는 항상 고민했다.

어쩌면 자신은 다른 사람과 같이 있으면 아닌 걸까, 하고.

하지만 원인을 모른다.

그래서 라필리아는 계속 능력을 갈고닦을 수밖에 없었다.

빵집에 있을 때는 잠도 거의 안자고 일해서『제빵』스킬을 LV5까지 올렸다.

마법 교실이 없어진 뒤에는 기억을 더듬어가며 복습해서『화염마법』을 익혔다.

『궁술』도 시간이 나는 대로 연습했다.

할 수 있는 건 뭐든지 했다.

모험자로서 1류가 돼서, 혼자서도 살아갈 수 있도록―

그런데 그런 라필리아에게 엘더 슬라임이 힌트를 줬다.

『라필리아 그레이스 안에는 운명에 간섭하는 스킬이 있을지도 모른다.』

하지만 라필리아 자신은 모른다.

그렇다면 주종계약을 해서 마스터 권한으로 구석구석 살펴달라고 하는 수밖에 없다.

하지만…….

이런 부탁을 해도 괜찮을 사람, 노예를 소중히 여겨줄 사람이 있을까.

그런 사람은―

"그렇게 생각했더니 소마 나기 님이라는 결론이 나왔어요."

라필리아는 그렇게 말하고 고개를 숙였다.

우리가 있는 곳은 집 근처에 있는 숲속.

주종계약을 스킬을 찾는 데 이용하려고 한다는 얘기를 다른 노예 분들한테 들려주고 싶지 않아서요, 라고 해서 여기까지 왔다.

"소마 나기 님. 부디 제 주인님이 돼주세요."

"라필리아 사정은 알았어."

"알아주셨나요."

라필리아는 하아, 하고 한숨을 쉬었다.

상당히 긴장했는지 얼굴이 새빨개져서 가슴에 손을 얹고 있다. 어깨가 움찔, 움찔 떨리고 있다. 거친 숨을 내쉬며, 무릎을 부비고 있다.

마음은 이해한다. 나와 라필리아는 거의 처음 본 사이고 제대로 얘기해본 것도 겨우 몇 시간 정도.

그런 상대에게 자신을 맡기려는 것이니까 무서운 것도 당연한 일이지.

"라필리아는 자기 안에 『운명 간섭계 스킬』이 있는지 아닌지를 알고 싶은 거지."

"예."

"그런데, 그게 정말로 있는지 알아낸 다음엔 어쩔 건데?"

"아무한테도 폐를 끼치지 않게 멀리 갈 거예요!"

라필리아는 딱 잘라서 말했다.

"저는 제가 누구인지 확실히 알고 싶을 뿐이에요. 제가 다른 사람들을 불행하게 만들기만 하는 존재라는 걸 알게 되면 혼자서, 아무도 없는 곳으로 갈 거예요. 그것이 제게 있어 『누군가를 지키는』 일이 될 테니까요!"

목소리가 떨린다.

라필리아, 이제 한계겠지. 일하다가 험한 꼴을 당하고, 이동하고, 일하다가 험한 꼴을 당하고, 이동하고─그런 일을 거듭해왔다.

만약 그것이 『운명 간섭계 스킬』 탓이라면 라필리아는 평생 블랙 노동 확정이다.

어떻게든 해주고 싶지만─

"반대로 『계약』까지 했는데 아무것도 알아내지 못하면? 라필리아가 운이 없는 게 전부 그냥 우연이었다면, 말이야."

"……그때는."

라필리아는 힘없이 어깨를 늘어트렸다.

"가, 각오할 거예요. 솔직히 다크 히어로가 도와주지 않았으면 이미 죽었을 몸이니까. 그분을 섬긴다는 생각으로, 소마 나기 님께 은혜를 갚을 때까지…… 펴, 평생…… 이 몸을 맡기고…… 섬길…… 으응, 각오…… 예요."

아, 예. 그렇게까지 할 필요는 없거든요.

"알았어. 그럼 룰을 정하자."

"룰 말인가요?"

"『은혜를 갚을 때까지 주종계약』은 너무 애매하니까."

나는 지면에 내려놨던 마검 레기─옆에 준비해뒀던 양피지와 펜을 집었다.

사실은 처음부터 도와줄 생각이었거든.

그래서 『평생 노예』라는 계약이 되지 않도록 대책을 생각해

됐다.

"이번 계약은 라필리아가 나한테『스킬 체크』를 의뢰하고, 그 대금을 전부 지불할 때까지 노예가 되는 걸로 하고 싶은데, 어때?"

절차는 이렇다.

먼저 라필리아가—예를 들어서 200 아르샤로 나한테『스킬 체크』를 의뢰한다.

그리고 라필리아는 그 대가를 치를 때까지 내 노예가 된다.

200 아르샤는 퀘스트 한두 개 정도 클리어하면 지불할 수 있는 금액이다. 보름 정도면 다 낼 수 있겠지. 그러면 계약이 해제된다.

나도『운명에 간섭하는 스킬』이라는 게 마음에 걸리고, 만약 그게 정말로 불운을 불러온다면 라필리아를 이대로 이리스한테 소개해줄 수도 없다.

그러니까 이 방법이 제일 좋을 것 같다.

그렇게 설명했더니 라필리아는—

"저…… 내일 죽는 건가요?!"

얼굴이 새파래져서 부들부들 떨었다…… 어라, 왜?!

"왜냐하면, 이런 일은 처음이거든요. 이 얘기를 제대로 들어주고, 진심으로 받아들여 주고, 그렇게까지 생각해준 사람은…… 없었어요."

……그랬구나.

라필리아는 자신의『불운』을 어렴풋이 깨닫고 있었다.

그렇다면 주위에 있는 사람들도 라필리아 곁에 있으면 나쁜 일이 일어난다는 걸 알았을 가능성이 있다. 게다가 라필리아는 옛날 기억도 없는 외지인이고—

어떤 대우를 받았을지는 쉽게 상상할 수 있지.

"부탁할게요, 소마 나기 님."

라필리아는 힘없이 웃고 나서 고개를 끄덕였다.

"저는, 당신의 제안을 받아들일게요. 부탁드려요. 저를…… 소마 나기 님의 노…… 노예로…… 사, 삼아주세요."

"그럼『계약』조건을 적어줘.

나는 라필리아에게 양피지를 건넸다.

내용은 미리 적어뒀다.

금액 적은 곳만 빼고. 라필리아가 적당한 금액을 적을 수 있게.

"알겠습니다. 그러니까, 제가 행복해질 수 있는 금액은——."

예행연습처럼, 라필리아가 손가락으로 공중에 숫자를 그렸다.

이, 공공, 공공공, 공공공.

200,000,000.

"200이면 되잖아?!"

"죄, 죄송해요! 어라? 200이라고 적으려고 했는데…… 제가, 왜……."

라필리아는 이상하다는 듯이 고개를 갸웃거린 뒤에「200」이라고 적었다.

나는 그걸 확인하고 계약 내용을 적은 서류를 나무 밑에 내려뒀다.

"그럼, 이 금액으로『계약』한다."

"아, 예『계약』할게요."

토옥, 우리는 메달리온을 부딪쳤다.

메달리온에서 빛이 나고, 라필리아의 목에 스륵, 하고 가죽 목줄이 감겼다.

계약 완료. 이제 라필리아의 스킬을 확인하기만 하면 된다.

"내 노예, 라필리아 그레이스여."

라필리아의 손을 잡았다.

"주인으로서의 권리를 행사한다. 그대의 주인에게 스킬을 보이라."

"……아웅."

라필리아가 뜨거운 숨을 내쉬었다.

눈의 초점이 흐릿하게 풀어진다.

"주…… 주인님. 제 안은…… 어때, 신가요?"

라필리아의 스킬은—

고유 스킬『마법 적성 LV1』

통상 스킬『궁술 LV3』『제빵 LV5』『회피 LV3』『시인 LV4』
『 』『 』

습득 마법

『화염 마법 LV1』『라이트』『플레임 애로』

『화염 마법 LV2』『플레임 월』

"……이상한 스킬이 있어. 하지만 이름도 능력도 효과도 알 수 없는.”

“흐에에에?!”

“라필리아 스스로는 몰랐던 거야?”

“모, 몰라요. 제 스킬은 마법 말고는『마법 적성』『궁술』『제빵』『회피』『시인』뿐일 텐데…….”

하지만 라필리아 안에는 이름이 공백인 스킬이 있다. 그것도 두 개나

본인에게는 보이지 않는다. 안 보이니까 꺼낼 수도 없다.

……그냥 둘 수는 없겠는데.

이게 정말로 불운을 부르는 스킬이라면 라필리아는 평생 동안 누구하고도 같이 있을 수 없다. 고독과 블랙 노동 확정이다.

“내 말 들어봐 라필리아. 난 이 스킬이 뭔지 알아보려고 하거든. 하지만 그러려면 라필리아가 조금 참아줘야 해.”

“알겠습니다. 뭐든지 할게요.”

“구체적으로는 내가 라필리아의 가슴을 만져야 해.”

“…………하으?!”

“자세한 건 비밀이지만, 나한테는 노예의 스킬에 간섭할 수 있는 스킬이 있어. 그걸 이용하면 라필리아의 스킬이 어떤 건지 자세히 알 수 있을지도 몰라.”

『능력 재구축 LV3』은 자신과 노예의 스킬을 묻지도 따지지도 않고 개념화한다.

라필리아의 공백 스킬도 효과 정도는 알 수 있겠지.

“알겠습니다…….”

라필리아가 오독, 하고 자기 손가락 끝을 깨물었다.

"……마스터는 믿고 있어요. 하지만…… 무서운 건, 제 안에 있는…… 어둠이에요."

"어둠?"

"예. 저는 어둠에 매료돼 있어요."

그렇게 말하면서, 라필리아는 나한테 등을 돌렸다.

허리띠를 풀고 잠옷을 천천히 내렸다. 엘프 귀가 움찔움찔 흔들린다. 귀 끝이 밤인데도 알 수 있을 만큼 빨갛게 물들어 있었다.

"다크 히어로와 만났을 때도, 마스터께서 『노예가 돼라』고 했을 때도 그랬어요. 제 어딘가 어두운 부분에서 『찡』하는 느낌이 들었거든요. 제 안에서, 못된 어둠이 스며 나오는 것처럼……."

못된 어둠.

뭔가 오싹오싹한 느낌이 든다.

"이러는 동안에도 마음 속 깊은 곳에서 어둠—무서운 것이 스며 나오고 있어요……. 저, 제 안에 있는 그 어둠을 받아들이면…… 돌아오지 못할 것 같아서……."

"의미는 잘 모르겠지만."

나는 여자도 아니고 라필리아처럼 전설의 영웅 이야기를 읽은 것도 아니다.

"라필리아라면 그 어둠을 헤치고 각성할 수 있지 않을까. 왜, 지금까지도 많이 힘들었지만 어떻게든 견뎌왔으니까."

라필리아는 혼자서 살아갈 수 있도록 스킬을 갈고닦아왔다.

자신이 불행을 불러들인다면, 누구에게도 폐를 끼치지 않도록.

이리스 습격사건 때도 쓰러진 동료들을 버리지 않았다.

라필리아는 불행한 일을 겪고, 사람들에게도 버림받았는데, 그래도 사람을 믿고 있다.

그렇지 않았다면 나와 『계약』하고 전부 맡기는 짓은 못 했을 테니까.

"만난 지 얼마 안 된 사이지만, 난 라필리아가 상당히 강한 사람이라고 생각해. 그러니까, 어떻게든 되지 않을까 싶거든."

"마스터……."

내 말을 들은 라필리아가 눈을 크게 떴다.

"예, 예. 그랬어요! 저는 누군가를 지키는 사람이에요. 그러니까 어둠을 받아들이고 헤쳐 나와야만 해요!"

그렇게 말하고, 라필리아는 두 손으로 내 손을 감쌌다.

앞섶이 풀어진 라필리아의 잠옷—가슴 윗부분이 보인다. 거기에는 깊고 깊은 계곡이 있고, 그 계곡 좌우에서는 새하얀 봉오리가 흔들리고 있다. 라필리아는 흘러 떨어질 것만 잠옷을 가슴 아래쪽에서 붙잡고 있다. 하으, 헉, 하고 뜨거운 숨을 토하면서. 눈을 가늘게 뜨고, 눈물을 반쯤 머금고.

"저, 열심히 할 게요…… 마스터, 제 부끄러운 곳을 건드려서…… 진짜 저를 꺼내주세요……."

"알았어. 시작할게, 라필리아."

나는 라필리아의 가슴에 손을 댔다.

얇은 잠옷을 통해서 탄력이라든지 무게 같은 것들을 뛰어넘은 『존재감』이 느껴진다.

"발동『능력 재구축 LV3』."

나는 라필리아의『공백』스킬을 창에 불러냈다.

『 』

『 』

그 스킬 두 개에 손가락을 댔다.

마력을 조금만 불어 넣는다…… 반응 없음. 이 정도로는 안
되나.

"세게 할게. 조금만, 참아."

"예, 예엥…… 응, 뜨, 뜨거워, 아웅!!"

손끝에서 단숨에 마력을 쏟아 넣는다―라필리아가 고개를 뒤
로 젖혔다.

스킬이 떨린다. 개념이―보인다.

이것이 라필리아 안에 있는『운명 간섭계 스킬』인가.

『불운 초래 LV3』(잠금 스킬 : 적출 불가 특성)

『불행』을『주위』로『끌어들이는』스킬.

『생존 확률 상승 LV5』(잠금 스킬 : 적출 불가 특성)

『위기』에서『생명력』을『상승시키는』스킬.

라필리아의『보이지 않는』스킬은 두 개.

하나는 라필리아에게 불운을 끌어들이는 스킬.

또 하나는 반대다. 불운이 발생하면 생명력을 상승시키게 돼 있다.

한마디로 라필리아는 항상 운이 없지만, 그것 때문에 죽는 일은 없다.

계속 불행한 채로, 죽지도 못하고.

──최악이다.

뭣 때문에 이런 스킬을 인스톨한 거지? 대체 누가?

"아니, 그런 건 상관없어. 바로 내용을 바꿔버리면 그만이니까."

『운명 간섭계 스킬』이라면 『일하지 않아도 먹고 살 수 있는 스킬』에 참고가 될지도 모른다고 생각했다. 하지만, 아니었다. 이건── 저주다.

상시 발동형, 그러니까 패시브로 불운을 불러들이는 스킬이라면 지금 당장 분해해서 다시 만드는 수밖에 없다.

"……흐에? 왜 그러세요, 마스터?"

라필리아가 공허한 눈으로 날 쳐다봤다.

입은 반쯤 벌린 채.

두 다리가 만나는 부분을 꾹 누르며, 잠옷 옷자락을 필사적으로 붙잡고 있다.

"마스터어, 제 몸, 속…… 어딘가, 이상한가요."

"응. 조금 좋지 않은 게 있네."

"……마스터, 는, 그걸…… 고칠 수 있나…… 요."

"고칠 수는 있지만…… 부담이, 조금 더 커질 수도 있어."

"……참을게요. 제 안을, 만져, 주세요. 마스터……."

"알았어."

이딴 스킬, 후딱 분해해서 바꿔주겠어.

재료는 있다. 이리스가 준 가사 스킬이 아직 남아 있다.

『목욕 보조 LV1』

『몸』을 『깨끗하게』 『씻어내는』 스킬.

이건 노예한테 인스톨하기 위한 스킬이다. 귀족님이 파티에 나가기 전에 몸을 깨끗하게 씻어줄 때에 쓴다는 것 타다. 일단 이걸 내 안에 인스톨 하고.

"간다, 라필리아."

"부탁드려요. 해, 주세요. 마스터어……."

내가 말하자, 라필리아는 고개를 살짝 끄덕였다.

나는 『불운 초래 LV3』에 손가락을 댔다. 하지만.

따악!

"……움직이질 않네?!"

밀어도 당겨도 『개념』이 꿈쩍도 안 한다.

자세히 보니 글자 주위에…… 검은 사슬 같은 것이 감겨 있다. 뭐야 이건.

"…………응, 아, 크응…… 마스터가, 제 안에 있어요…… 기뻐…… 요."

라필리아의 목소리에 맞춰서 움찔, 하고 사슬이 떨렸다.

"하지만…… 안 돼요. 어둠이 와요. 저는…… 행복해지면 안 돼요……."

검은 사슬이 움찔, 하고 튀고 글자와 글자를 조여댄다.

이거, 라필리아의 반응과 연동하는 건가?

"라필리아, 혹시 내가 스킬을 건드리면 뭔가 저항이 느껴져?"

"……아뇨."

라필리아는 도리도리 하는 것처럼 고개를 가로저었다.

"……그런데, 마스터, 가, 해주시면…… 어둠이, 와요…… 기분 좋고…… 빠져나올 수 없을 것 같아서…… 무서워요."

"기분 좋고…… 무서워?"

"오늘 마스터 댁에서 여러분과 사이좋게 밥을 먹은 것도, 어둠이에요오."

"…………뭐?"

"다크 히어로 시에, 박수를 쳐주신 것도 어둠이에요. 즐거웠던 것도, 어둠이에요. 그런 건, 무서워요…… 무서워져요. 잃어버리는 게…… 힘들어서…… 무서워요."

라필리아가 말했다.

──그렇다면.

혹시 라필리아의 『어둠』과 『공포』는 이 스킬에서 나오는 걸까──?

제6화 「저주를 푸는 올바른 방법」

"이유는 모르겠어요. 하지만 마스터의 동료분들과 같이 있을 때도…… 제 안에서 계속 목소리가 울렸어요. 이건 어둠이라고, 가까이 가면 안 된다고……."

떨면서, 라필리아가 말해줬다.

"라필리아, 시험 삼아서 세실이랑 다른 사람들한테 시 얘기하던 때를 떠올려봐.

"예, 예에. 그러니까―

『검은 눈동자의 다크 히어로.

어둠이 깃든 손을 뻗어 노예의 가슴에 마를 보낸다.

소녀의 조신한 가슴은 달아오르고, 쾌락에 떨리는 은발은―』

여기서 세실 님이 손뼉을 쳐주셨는데, 전 정말 기뻐서―."

움찔, 사슬이 움직이고―시커먼 마력이 흘러나오는 게 보였다.

라필리아가 눈을 크게 떴다.

나한테도 희미하게, 이상한 목소리 같은 것이 들려왔다.

『어차피 잃는다 기대하지 마라 지금까지도 그래왔다 무엇 하나 얻지 못하고 흘러갈 뿐』

어둠 속 싶은 곳에서 울리는 것 같은, 어두운 목소리가.

"혹시 라필리아는 즐겁거나 행복하다고 느끼는 게 무서운 거야?"

"……예?"

내가 묻자, 라필리아의 얼굴이 새파래졌다.

"……어, 어라? 어…… 설마…… 어라라라라라라라라?"

멍하니 입을 벌린다. 짚이는 구석이 있는 것 같다.

대충이지만 알겠다.

라필리아가 「즐겁다」「자유로워지고 싶다」고 느낄수록 『불운 초래 LV3』에서 시키먼 마력이 흘러나온다. 그러면 라필리아 안에 공포가 발생한다.

마치 편히 즐기는 것에 대해 죄악감을 느끼게 만들려는 것처럼.

예를 들자면 항상 블랙한 직장 상사에게 업무에 대해 질책을 당하고, 쉬는 시간에도 계속 그 말이 머릿속에서 울리는 것처럼.

"너 그래서 되겠어?" "행복? 아주 팔자가 좋다?" "보나마나 실패할 것 아냐." 같은.

그렇다면 『어둠』은 라필리아가 원하는 것이나 하고 싶은 것인지도 모른다.

저주를 푸는 열쇠는 거기에 있을 것이다.

"내 노예 라필리아 그레이스에게 명한다."

내가 말했다.

"어둠을 들여다보고 그 안에 있는 것을 내게 전하라."

"예, 예에? 아, 아으…… 하응?!"

라필리아의 몸이 움찔, 하고 떨렸다.

내 손끝에서 단번에 마력을 쏟아 넣었기 때문에.

"아, 안 돼…… 어둠이, 어, 둠."

"아까보다는 무섭지 않을 것 같은데, 어때?"

"아……예. 어, 어라……."

라필리아는 아직도 약간 파란 얼굴로, 고개를 숙였다.

"아, 예. 아까보다는, 무섭지 않아요. 그런데…… 어째서."

"말했잖아. 나한테는 스킬에 간섭하는 스킬이 있다고."

일단 시커먼 사슬에는 내 마력을 잔뜩 흘려 넣었다.

『공포』는 내가 막는다.

나와 스킬을 『재구축』하면 둥실둥실하거나 욱신욱신하거나 근질근질한다는 것 같으니까. 라필리아는 그쪽에 집중하도록 하자.

"라필리아의 스킬에는 바이러스―가 아니라 나쁜 게 달라붙어 있으니까, 지금부터 해치울 거야. 라필리아는 어둠 속에 뭐가 있는지, 뭐가 무서운지 나한테 말해줘."

"……예, 예에. 예, 마스터."

라필리아의 눈은 약간 멍했지만 똑똑히 대답했다.

"라필리아 그레이스…… 어둠에 맞설게요오. 헤쳐 나와서, 각성을―하으으으!"

나는 라필리아 안에서 손가락을 움직였다.

사슬 때문에―좁아진 곳을 흔들면서 자극했다.

"……아, 안 돼요. 너무 세. 마스터어. 저…… 센 거…… 무서워요."

라필리아는 어깨를 떨면서 필사적으로 몸을 비틀었다.

커다란 가슴이 흔들리고, 딱딱해진 부분이 내 손바닥에 닿았다.

뚝, 뚝, 물소리가 난다. 땅바닥의 풀 위에 물방울이 떨어진다.

"이러면…… 안 되는데…… 전 이런 걸 바라면 안 되는데……
행복해질 수 없는데………… 마스터………… 마스터…… 아."

라필리아는 못 참겠다는 듯이 다리가 만나는 부분을 누르면서
무릎을 부들부들 떨었다.

"가르쳐줘. 라필리아는 뭐가 무서운 거야?"

"저, 저…… 는."

내 손 안에서 빠직, 소리가 났다.

『불운 초래 LV3』을 묶고 있는 검은 사슬에 금이 갔다.

"…………저는…… 마스터께 지배당하는 게 무서워요. 좋아
하니까…… 닿아서…… 몸이 욱신욱신하는 게…… 욱신욱신하
고 두둥실하고…… 따뜻하고, 상냥하고…… 저는…… 그게, 좋
아요. 좋아서, 무서워요. 잃어버릴까 봐, 무서, 워요."

공허한 눈을 크게 뜨고, 라필리아가 선언했다.

"목소리가 들려요. 제 안에서.

어차피 잃어버린다. 없어진다. 계속 그래왔다고.

누군가와 같이 있어봤자 힘들 뿐이라고.

전, 불행이 사람들을 바꿔버리는 게 무서워요. 하지만, 사람
들이, 좋아요.

마스터께서 만져주는 것. 좋아요. 마스터 주위에 있는 사람들

도, 좋아요.

하지만, 무서워. 없어지는 게, 무서워.

가슴에 닿은 마스터의 손이, 따뜻하고, 좋아요. 손가락으로 조물조물하는 것, 좋아요. 쓰담쓰담 해주는 것, 좋아요. 좋아……서, 무서워요. 좋아하게 되는 게, 무서워요. 잃어버리는 게. 무서워요. 마스터, 없어지는 게, 무서워요."

하늘색 눈동자에서 눈물을 뚝뚝 흘리며—

봉인했던 것이 해방된 것처럼, 라필리아가 줄줄이 말을 늘어놨다.

그렇구나.

라필리아는 계속 외톨이였다.

좋아하는 사람은 불행해진다. 그래서 자기가 먼저 멀리하려고 했다.

뭔가를 손에 넣는 게 무서웠다. 동료라든지 친구라든지.

하지만 그것은 라필리아가 가장 원했던 것이고.

자신이 절대로 손에 넣을 수 없다고 생각했기 때문에 『어둠』—이라는 뜻인가.

"걱정하지 않아도 돼."

내가 말했다.

"일단 지금 당장은, 난 없어지지 않으니까. 위험하다든지 힘든 건 싫거든. 죽거나 없어질 생각은 없어."

"……하지만, 전, 보통 사람이랑 달라요……."

울면서, 라필리아가 날 쳐다봤다.

"기억도 없고…… 빵 굽는 재주밖에 없어요. 그리고, 이상한 애예요. 주인님이………… 만져주는 게, 좋아요. …………목줄을 채워주셨을 때, 몸속이 둥실둥실하고, 행복하고…… 명령받는 게…… 너무 좋아요. 마스터께 잔뜩 부탁하고, 지배받고…… 싶어요."

"이세계니까…… 이런저런 사람들이 있겠지."

한마디로 라필리아는…… 엄청나게 노예 체질이라는 건가.

계속 큰절을 했던 것도 그런 이유 때문이겠지…….

"제가 이런 애라도…… 괜찮으신가요………… 명령, 해주실 건가요?"

"반지의 강제력은 쓰지 않을 거니까, 정확히는 『부탁』이지만."

"괜찮아요. 그런 거, 좋아해요. 누군가가 필요로 한다고 느끼니까, 좋아요. 좋아, 좋아요, 좋아요, 좋아요."

빠직.

『불운 초래 LV3』을 묶고 있던 검은 사슬이 부서져 간다.

공포로 라필리아를 지배할 수 없게 됐기 때문일까.

"내 노예 라필리아 그레이스여. 그대는 무엇을 바라는가?"

"……더, 해, 주세요오."

라필리아가 내 손을 잡았다.

그 손으로 뜨거워진 자기 가슴을 눌렀다.

"……마스터 것이 되는 게…… 기쁘니까. 두근두근하니까. 짜릿짜릿하니까. 저를, 마스터 없이는, 살 수 없는 여자애로, 만들어………… 주세요!"

라필리아가 소리친 순간―

스킬에 묶여 있던 검은 사슬이 부서지고, 떨어졌다.

지금이다. 단숨에 해치우자.

나는『불운 초래 LV3』의 개념 두 개를 한 번에 흔들었다.

라필리아는 하으, 하는 숨을 내쉬고 잠옷을 꼭 움켜쥔다.

"마스터, 손가락이, 제 깊은 곳, 만지고 있어요. 오싹오싹, 해요. 뱃속이, 뜨거워요. 가슴이, 답답해요. 좋아. 좋아요. 마스터랑 연결된 것, 좋아요."

더 이상 서 있을 수도 없는지 라필리아가 지면에 무릎을 꿇었다. 가느다란 몸이 스르륵, 풀 위에 눕는다. 잠옷이 완전히 풀어져서, 하얀 살갗이 밤의 어둠 속에서 두드러진다. 라필리아는 여전히 풀어진 눈으로 날 보고 있다. 손가락을 깨물고, 몸의 반응에 맡기고 있는 것 같다.

"저…… 알고 말았어요…….."

"응?"

"저는…… 온천에서 마스터를 만났을 때………… 제가 이러고 싶다는 걸…… 알았어요…… 마스터에게 지배당하고 싶었어요. 애완동물처럼, 목줄을 채워주길 원했어요…… 그래서, 무서웠어요. 돌이킬 수…… 없을 것 같아서…….."

끄덕끄덕, 라필리아가 고개를 끄덕인다.

"제가…… 다른 사람들을 불행하게 만들지도 모른다고…… 생각해서. 지배당해서…… 죗값을 치러야 한다고…… 하지만, 지배당하는 게, 좋으니까…… 죗값이라고 할 수가 없어서…….”

“라필리아 탓이 아니야. 나쁜 건 라필리아한테 불행 스킬을 심어놓은 누군가야.”

나는 『불운 초래 LV3』의 개념 『주위』와 『끌어들이는』을 손가락 끝으로 문질렀다.

“……히, 히윽. 다, 안 돼요. 마스터 손가락이 구석구석까지 더듬어주는 것 같아요. 움찔움찔하는 게 발끝에서부터…… 다리…… 배…… 올라와요…… 등골이, 찌릿찌릿. 뜨거워…………저………… 돌아갈 수 없게………… 돼버려요.”

나 자신한테 인스톨 했던 『목욕 보조』의 개념─『깨끗하게』와 『씻어내는』을 손가락으로 집었다.

그것을 『불운 초래』에 때려 넣었다.

“─하응.”

세게 욱여넣는다. 그 검은 사슬이 부활하기 전에.

“아, 아앙. 그렇게, 한 번에…… 대단…… 기뻐…… 아, 아응!”

라필리아는 눈살을 찌푸리고, 내 몸에 팔을 감고, 잠꼬대라도 하는 것처럼 중얼거렸다.

“마스터가 제 깊은 곳을 건드려주고 있어요. 콕콕, 쿡쿡. 기뻐─무서─안돼─좋아─싫어─원해─잠깐─당장─안돼─좋아.”

라필리아의 몸이 부서지지 않을까 걱정될 정도로 젖혀진다.

나는 헐렁해진 라필리아 안에 『깨끗하게』와 『씻어내는』을 밀어넣었다.

그랬을 뿐인데 라필리아의 스킬은 단숨에 개념을 삼켜버렸다.

"좋아, 좋아좋아좋아좋아, 으, 응, 앗!"

커다란 가슴이 흔들리고 움찔움찔 떨린다.

또 한 개의 잠금 스킬『생존 확률 상승 LV5』는 그대로.

이 녀석은 사슬로 묶여 있지 않았다. 저주가 걸리지 않은 것이다. 해를 끼치지는 않으니까 그냥 둬도 된다.

『불운 초래』만은 분해해서 부숴버린다!

"저주 스킬 따위는 사라져버려! 실행『능력 재구축 LV3』!"

"―――――!"

라필리아의 몸이 쿵, 하고 튀었다.

동시에『능력 재구축』창에서 검은 조각이 튀어나왔다.

그것은 공중에서 모양을 바꾸더니 작고 검은 사람 모습―어라, 이건?!

『운명 조작 실험의 실패를 확인.』

검은 그림자가 중얼거렸다.

『실험체. 라필리아 그레이스. 제물. 불행을 집중시키는 것에 행운의 컨트롤. 다른 장소를 평온하게 만들기 위한, 불행을 버리는 장소. 실험 실패를 확인. 스킬 소멸을 확인―』

"레기!"『알았다! 주인님!!』

나는 지면에 놓아둔 레기를 잡았다.

뽑으며 휘두른다. 이 거리라면 틀림없이 맞는다!

싹둑—소리를 내며, 마검이 두 쪽으로 갈라버린 검은 그림자가, 사라졌다.

"이것이 라필리아의 스킬에 걸려 있던 저주의 정체인가……."

『말 그대로, 뭔가에 씌었던 것 같다.』

검 모습 그대로, 레기가 대답했다.

『이 아이의 「운명 간섭계 스킬」은…… 아마도 이 아이에게 불행을 집중하는 것을 통해 행운, 불운을 컨트롤해서, 다른 장소를 평온하게 만들기 위한 것이다.』

"라필리아 주위만 불행해지고 다른 곳은 안전하다든지, 그런 뜻이야?"

『그렇겠지.』

"즐겁고 행복하다고 느끼면 무서워지는 건 불행에 익숙해지게 만들기 위한 건가? 희망이 없으면 절망할 일도 없다든지."

『주인이 말한 대로일 것이다.』

한마디로 라필리아는 그런 실험의 피험자라는 뜻이 된다.

그런데 항구 도시에 흘러들어왔다는 것은 엘더 슬라임처럼 버림받았든지, 아니면 현재 진행형으로 실험 도중이었다든지…… 어느 쪽이건 도구 취급을 받았다는 뜻이겠지.

최악이다.

다른 세계에서 끌려와서는 소모품처럼 쓰고 버려지는 『내방자』보다 더럽잖아.

『용서 못 한다! 참으로 발칙하다!』

진심으로 분개했는지 마검 레기가 부들부들 떨었다.

『소녀를 취급하는 방법이 잘못됐다! 이런 아이는 사랑하고, 사랑하고, 실컷 사랑해서 배를 부르게 만드는 것이 상식이거늘! 눈물은 사랑에 의한 것이어야만 한다! 그런데 불행을 부르는 스킬을 심어서 슬픔의 눈물을 흘리게 만들다니, 이 무슨 일인가!』

"처음하고 마지막 말에는 나도 동감이야, 레기."

라필리아는 땅바닥에 누운 채 거친 숨을 쉬고 있다.

잠옷은 배꼽 아래쪽만 간신히 가린 상태고, 그것마저도 땀 등등에 의해서 엉망진창이 돼 있다.

몸을 뒤집을 때마다 목줄의 금속 부분이 딸랑, 소리를 냈고 그때마다 라필리아는 행복한 표정을 지었다.

스킬 바꿔 쓰기는 성공했다. 새롭게 바뀐 스킬은 두 개.

『불운 소멸 LV1』(잠금 스킬 : 적출 불능 특성 UR(울트라 레어))

『불행』을 『깔끔하게』 『씻어내는』 스킬.

자신과 타인을 손으로 만져서 불행을 씻어낸다(행운을 부른다).

발동 시간은 몇 분. 그동안에는 운 능력치가 급상승한다.

부작용으로서 스킬의 효과가 종료된 뒤에 십여 분 동안 공격력, 방어력, 마법 저항력이 격감한다.

사용 회수 제한 있음. 사용한 뒤에는 다시 충전하는 데 며칠이 걸린다.

이쪽이 바꿔 쓴 라필리아의 스킬.

『노예 소환 LV1』(UR)

『몸』을『주위』로『끌어들이는』스킬.

임의의 노예 1명을 주인이 있는 곳으로 불러들일 수 있다.

소환된 노예는 주인의 좌표를 정확하게 파악해서 어떤 상황이건 곧장 달려온다. 그렇기 때문에 사용할 때는 주의가 필요.

사용 회수는 1일 1회까지.

이것이 내 새로운 스킬이다.

『불운 소멸』은 하이 리스크 하이 리턴의 행운도 상승 스킬.

공격력과 방어력, 마법 저항력을 대가로 삼는 부작용을 생각해보면, 말도 안 되는 수준의 행운을 불러들이는 것 같다.

『노예 소환』은 쓸 기회가 있으려나. 강제력이 너무 세고, 다들 항상 같이 있으니까.

"……저…… 어둠에 삼켜지고 말았어요오……."

라필리아가 멍하니 중얼거렸다.

"괜찮아. 계약은 금방 해제할 수 있으니까."

라필리아는 200 아르샤로 주종 계약을 맺었다. 노예로 있는 건 한 달 정도려나.

자유로워지면 다시 새로운 자신을 찾을 수 있겠지.

그렇게 생각하면서, 나는 바닥에 떨어져 있던 계약서를 집어 들었다.

거기에 적혀 있던, 라필리아의『스킬 탐색』계약금은——

11,200아르샤.

"뭐야?!"

뭐야 이거.

자세히 보니…… 숫자 부분의 잉크가 번져 있다.

밤이슬이 떨어져서 잉크가 번졌다. 그것이 하필이면 11이라는 숫자를 그렸고. 손가락으로 문질러도 지워지지 않는다. 잉크가 부자연스러울 정도로 정착돼버렸다.

"『계약』에 의한 정식 계약서라서 신의 효과가 발휘된 건가?"

『……음. 「계약의 신」이 「계약」의 증명서로 인정했다는 뜻이겠지.』

"우연—은 아니겠지. 혹시 라필리아의 『불운 초래』의 효과인가?!"

『아마도.』

내 등에 있는 마검 레기가 흔들렸다.

『자신의 본성을 알아차릴 때까지는 이 아이에게 있어 노예가되는 것은 불행이었다. 그리고 주인에게도 이 엘프 아이를 계속지배하는 것은 불행이다. 그래서 이렇게 됐다. 스킬이 훌륭하게효과를 발휘했다는 뜻이겠지.』

역시 그 스킬을 바로 바꿔버리길 잘했네.

금액을 적은 뒤로 『계약』할 때까지 그 짧은 시간 동안에 이 꼴이라니. 그냥 두면 무슨 일이 일어났을까…….

"뭐, 고민해봤자 소용없는 일인가."

나는 라필리아를 일으켰다.

"어이, 라필리아. 이런 데서 자면 감기 걸린다고?"

살짝 흔들었더니 라필리아는 눈을 떴고, 자기 차림새를 알아 차리고는—

"하, 하윽. 안 돼요! 마스터 앞에서 이런 꼴이라니이!"

라고, 얼굴이 새빨개져서 버둥댔다.

라필리아는 당황해서 매무새를 고치고 내 앞에서 큰절—을 하려고 했지만 간신히 말렸다.

"『불운을 불러오는』 스킬은 내용을 바꿨어."

라필리아에게 스킬에 대해 설명했다.

라필리아는 신기하다는 표정을 하고 자신의 가슴에 손을 얹 었다. 스킬의 내용을 확인하려는 것처럼 눈을 깜박였고, 그리 고는—

"기, 기, 기뻐요오오오오오오!"

뚝뚝뚝뚝, 울음을 터트렸다.

"저, 더 이상 불행을 불러오는 존재가 아니게 된 거죠. 누군가 랑 같이 있을 수 있게 된 거죠?!"

손으로 얼굴을 가리고 우는 라필리아.

나도 모르게 라필리아의 머리카락에 손을 얹고 쓰다듬었다.

"감사하는 건 기쁘지만, 한마디 더 해야 할 말이 있어."

"예, 예! 마스터!"

"사실은 라필리아의 노예 계약금이 50배 이상으로 늘어났어."

나는 라필리아에게 『주종 계약서』를 보여줬다.

적혀 있는 금액은『11,200 아르샤』—한마디로 라필리아는 이 금액으로 스킬 변경을 의뢰했다는 뜻이 된다.

"아마도『불운 초래』스킬 때문인 것 같은데…… 정말 미안해."

"하윽?!"

움찔, 움찔.

……어라? 라필리아, 왜 얼굴이 빨개져서 떨고 있는 거지?

가슴에 손을 얹고 애절한 표정을 짓는 건, 대체 왜?

"아, 아무튼, 최대한 빨리 계약을 해제할 수 있게 해줄 테니까."

"…………제가 마스터 것…… 이렇게 강하게…… 이어져서……앞으로도, 계속……."

"라필리아?"

"아, 예 마스터! 장말 고맙습니다!"

라필리아는 샤샷, 하고 화려한『엘프 큰절』을 피로했다.

……그래, 얘기를 들어보자.

"네 운명을 바꿔주신 데 대해 뭐라고 감사해야 할지 모르겠습니다. 마스터의 노예가 됐으니 이 라필리아 그레이스, 몸과 마음을 바쳐서 섬기도록 하겠습니다!"

"그래……. 적당히 해."

"그, 그리고…… 스킬을 만져주시는 동안에 있었던 일 말인데요…… 역시 그건, 진짜 제가 아니었어요."

라필리아는 고개를 들고는 쑥스럽다는 듯이 손가락 끝을 콕콕 부딪치면서—

"저, 저는 사람들을 지키는, 정의의 라필리아 그레이스니까요! 계약금이 많아졌다고 해서—기분이 좋아—지지는 않아요. 그런 건, 정의답지 않으니까요오. 그러면 안 돼요. 그러니까—

어라? 마스터? 왜 무서울 정도로 상냥한 눈빛인가요? 머리 쓰다듬지 말아 주세요. 쓰다듬으려면 목줄 쪽을…… 마스터께서 만져주면 좋아…… 하윽?!"

이상한 춤이라도 추는 것처럼 버둥거리면서, 내 옆에서 나란히 걸어갔다.

제7화 「노예 소녀들의 『벌칙 지원』」

"⋯⋯여기가 나기랑 우리 집. 다녀왔습니다랑 다녀왔어요라고 해도 되는 곳⋯⋯."

리타는 거실 테이블 위에 엎어져서 잔에 들어 있는 물을 보고 있었다.

오늘 도착했는데, 벌써 식기에서 주인님 냄새가 난다. 정말로, 앞으로 여기서 살게 된다는 실감이 들어서 가슴이 크게 뛰기 시작했다.

앞으로는 여기서 어떤 날들을 보내게 될까.

우리 주인님 성격을 보면 노예 동료를 더 늘어날 것 같다.

물론 너무너무 좋아하는 주인님이 선택한 상태니까, 리타도 받아들일 생각이다.

틀림없이 마음이 맞을 테고, 리타도 좋아하게 될 소녀일 테니까.

그렇게 하루하루 살아가고⋯⋯ 그리고 언젠가는—

"아아, 하지만⋯⋯ 너무 부끄럽다. 계속 같은 곳에 살아본 적이 없어서."

"리타 언니⋯⋯ 안 주무세요?"

복도에서 목소리가 들려왔다.

잠옷을 입은 자그마한 사람이 부엌을 들여다보고 있었다.

"세실⋯⋯? 아니 그냥, 마음이 들떠서."

"그러세요⋯⋯ 저랑, 똑같네요."

세실은 부드럽게 웃으면서 테이블 위에 올려놓은 램프에 마력을 불어넣었다.

도기로 만든 관 안에 희미한 빨간 불이 켜졌다.

"저도, 부모님이 돌아가신 뒤로, 정해진 곳에서 살아본 적이 없거든요."

"우리, 여기서 계속 살게 되는 거지."

"정말 대단하네요."

끄덕끄덕, 끄덕끄덕.

마주 보고 고개를 끄덕이는 세실과 리타.

"그런데, 계속 같은 곳에 산다는 건, 실패하면 안 된다는 뜻이잖아?"

"무슨 뜻인가요 리타 언니."

"예를 들어서 말이야, 내가 나기한테 실례되는 짓을 할 수도 있잖아? 그게 여기 주방이라고 치면 말이야, 나기는 여기 들어올 때마다 그걸 떠올리게 된다는 거야."

"하긴…… 그럴지도 모르겠네요."

두 사람의 몸이 떨렸다.

물론 주인님이 노예를 혼내지 않는다는 건 알고 있다. 하지만 이것은 주인을 모시는 자로서의 예의 같은 것이다. 상냥한 주인님께 응석을 부려서는 안 된다.

"역시…… 벌을 받는 수밖에 없어요."

"그럴 수밖에 없겠네."

"사실 저는 슬라임 씨한테 『플레임 애로』를 날리려고 했을 때의 벌을 아직 못 받았어요."

"나도 자기가 자고 있을 때 킁킁하고 손 냄새를 맡고 아작아작 한 벌을 아직 못 받았어."

"한 곳에 계속 살게 되면 그럴 규칙도 필요하겠네요."

"그러게. 중요한 문제야."

"그러지 않으면 뭔가 떨떠름하니까요."

두 사람은 서로 마주 봤다.

이 세계에도 노예에 대한 벌이 존재한다. 예를 들어서 밥을 안 주거나 하룻밤 동안 집에 못 들어오게 하거나 창고에 가두거나—좀 더 과격한 것도.

하지만 주인이 그런 짓을 할 것 같지는 않다.

한다면, 뭔가 정신적인.

예를 들어서 두 사람이 부끄러워할—

"푸슈~"

"으아! 세실, 정신 차려"

"안 되겠어요. 저는 리타 언니처럼 훌륭하지가 않아요. 나기 님 앞에서 가슴이 커지는 체조를 하다니…… 가슴둘레를 재는 건 안 돼요. 창피해서 죽을 거예요……."

"정신 차려! 나기는 그런 짓 안 하니까. 나도 나기가 목줄에 줄을 채우고 산책하는 모습을 상상해봤지만 그건 오히려 상—잠깐, 그게 아니라!"

세실의 등을 문질러주며, 리타는 얼굴이 새빨개져서 고개를 저었다.

안 돼. 이 얘기는 위험해.

노예 소녀들의 머릿속이 알몸이 돼버렸다.

이런 모습을 주인님이 본다면—

"뭐 하는 거야, 둘이서~"

""으아아아아아앙""

깜짝 놀라서 뒤를 돌아보니 거기에는 잠옷 차림의 아이네가 있었다.

어째선지 따뜻하게 데운 우유 잔을 들고 있다. 컵이 두 개. 어느새.

"뭐 하냐고 하셔도." "아, 아무것도 아니야."

"나도 알아."

고개를 젓는 세실과 리타에게, 아이네는 평소대로 상냥한 얼굴로 고개를 끄덕였다.

"알아. 다 아니까, 언니한테 맡겨."

""다 들었잖아(요)!""

다음날.

눈을 뜬 나기는 방문 틈새로 들어와 있는 끈과 문밖에 흩어져 있는 끈에 달려있는 나무판자—

그리고 거기에 적혀 있는 「알몸 체조」, 「산책」, 「목욕」, 「언어 공격」이라는 단어 때문에 골치가 아파왔다.

제8화 「무녀와 『내방자』의 업무 상담」

다음날.

나와 세실, 라필리아 세 사람은 이리스를 만나러 가기로 했다.

세실은 내 호위. 라필리아는 이리스한테 소개도 할 겸.

이리스가 이르가파에 도착한 뒤에 만날 수 있도록 미리 손을 써뒀다.

『이르가파 영주 저택』은 커다란 벽에 둘러싸인 저택이고, 입구에는 거대한 양쪽으로 열리는 문이 있는데다 문지기까지 서 있었다. 문지기한테 이리스가 보낸 편지를 보여주니 들여보내 줬다.

하지만 역시 소지품 검사는 했다. 당연한 일이지.

그리고 이리스와의 관계에 대해 물었다.

우리는 대외적으로 이리스가 유괴될 뻔했을 때 구해준 은인이고, 『가짜 마족』이 쳐들어왔을 때도 조금 지원해줬던 걸로 되어 있다. 그 부분은 이리스가 영주 가문의 집사와 병사들에게도 자세히 설명해준 것 같다.

"너희들은 특별하다. 이리스 님께서 『해룡 제사』와 관련된 일을 부탁하셨지?"

영주 가문의 집사분이 말했다.

그런 얘기는 못 들었지만, 일단 「대충 그렇습니다」라고 해뒀다.

자세한 얘기는 이리스한테 듣기로 했다.

그 뒤에 15분 정도 기다렸다가 나와 세실, 라필리아는 메이드 분의 안내를 받아서 넓은 복도를 걸어갔고―

"실은 소마 님께 해룡의 성지 조사를 의뢰하고 싶습니다."
응접실에서 기다리고 있던 이리스한테서 퀘스트에 관한 이야기를 듣게 됐다.

"경계가 엄중해서 깜짝 놀랐죠?"
이리스는 우리와 문 쪽을 번갈아 보며 미안하다는 듯이 말했다.
"저희 집 사람들은 정말 융통성이 없습니다……. 소마 님은 소중한 손님이시니 바로 모시라고 얘기를 했는데…… 은인이라는 것도 설명했는데…… 제사와 관련된 일에 대해서는 이리스한테 우선권이 있는데 말이죠……."
드레스 입은 가슴에 손을 얹고 긴 한숨을 쉬는 이리스.
"퀘스트 의뢰는 소마 님을 만나기 위한 구실이기도 합니다만, 부탁하고 싶은 것 자체는 사실입니다. 이야기를 들어주시겠습니까?"
"좋아. 해룡의 성지라면, 『해룡 제사』 의식을 하는 곳이었던가?"
이것과 관련된 지식은 리타와 아이네한테 배웠다.
오전에 두 사람한테 나가서 이야기를 듣고 오라고 부탁했다. 아이네의 커뮤니케이션 능력, 리타의 청각을 구사한 조사 덕분에 다양한 정보를 얻을 수 있었다.
며칠 뒤에 열리는 『해룡 케르카톨』의 제사를 앞두고 문제가 발생한 것 같다.

"반도 끝부분. 그곳에 마물이 나타났다는 소문은 나도 들었어."

"예. 흔히 있는 일은 아니지만 성지의 결계가 약해진 것 같습니다."

이리스는 창가에 서서 이야기를 시작했다.

입고 있는 옷은 노란색 드레스. 머리와 팔에도 같은 색 액세서리. 살짝 열린 창에서 들어오는 바람에 녹색 머리카락이 흔들린다.

"성지에는 의식에 사용하는 동굴—작은 던전이 있습니다. 그곳에 마물이 드나든다는 목격 정보가 있습니다."

"그렇구나……."

마물을 막는 결계가 약해진 탓에 의식의 중요 지점이 위험지대가 돼버렸다. 그런 얘긴가.

"던전 안은 많은 병사들이 전개하기 힘든 곳이다 보니 모험자분들께 조사를 의뢰하기로 했습니다. 중요한 곳이니 신뢰할 수 있는 분께 부탁드려야할 것 같았고요."

성지는 제사 때 해룡 케르카톨이 나타나는 곳이다.

마물이 있으면 제사 의식을 할 수도 없고, 무녀 이리스가 그곳에 갈 수도 없다.

그리고 던전은 많은 병사들을 전개할 수 없는 곳이다. 마물을 쫓아내기 위해서 성지를 어지럽히기라도 하면 해룡이 돌아오지 않을지도 모른다. 그래서는 의미가 없다.

그래서 적은 인원으로 마물을 쫓아내 줬으면 싶다는, 그런 얘기였다.

"이것은 이르가파 영주 가문의 정식 의뢰입니다. 보수도 지불하겠습니다. 제사에 관련된 일만은 이리스에게도 재량권이 있으니까요."

그것은 이리스에게 주어진 작은 권리인 것 같다.

해룡 케르카톨과의 의식은 이리스만이 할 수 있다. 거기에 관련된 일에 대해서만은 이리스에게도 권한과 예산이 주어졌고. 그래서 이렇게 우리와 만날 수도 있다는 건가.

"보수와 기간, 기타 조건에 대해서는?"

"보수는 4,000 아르샤. 성공 보수입니다. 던전은 마물만 없으면 이리스 혼자서도 중추까지 갈 수 있을 만큼 작은 곳입니다. 일의 기간은…… 가능하다면 내일까지."

"ASAP(As Soon As Possible)이라는 건가."

"『ASAP』?"

"아, 미안. 역시 급한 일이구나, 싶어서."

"기간을 내일까지로 잡은 것은, 그 날짜가 지나면 모험자 길드로 의뢰가 넘어가기 때문입니다."

이리스가 눈을 감고 말했다.

"그렇게 되면 그 **신명 기사단**이 움직이게 되겠죠."

"……으아."

라필리아가 정말 싫다는 듯이 손으로 입을 가렸다. 응, 나도 이해해.

"그들은 일하는 태도가 정말 엉망입니다. 그래서 가능한 성지에 들이고 싶지 않습니다. 서두르는 것은 그런 이유 때문입니다."

이리스도 진력이 난다는 말투다.

대체 얼마나 미움을 받는 거야, 신명 기사단.

"나도 어제 봤는데, 대체 뭐 하는 놈들이야?"

"이리스도 자세한 것은 모릅니다. 하지만 귀족의 소개장을 가지고 있다는 것과 강력한 파티라는 점은 분명합니다."

"그 녀석들의 방식에는 솔직히 구역질이 나더라고."

"소마 님이 이리스와 같은 감성을 지닌 분이라서 다행입니다."

나도 그렇게 생각해.

라필리아는 어제 있었던 일이 생각났는지 얼굴이 새파래져서 웅크리고 있다.

내 노예가 이런 표정을 짓게 만든 것만으로도 그 놈들을 적으로 인정하기에 충분하다고 생각한다.

"원래 성지 조사는 매년 모험자 길드에 부탁드리고 있습니다. 하지만 올해는 신명 기사단 때문에 모험자 길드가 제 기능을 발휘하지 못하는 상태다보니."

"기능을 발휘하지 못한다. 그런 것 같더라고."

라필리아가 받았던 압박 면접도 원래는 길드가 말려야 했다. 원래 살던 세계로 비유하지만 면접을 받으러 온 사람한테 계속 심한 공격을 하는데, 일을 소개해준 사람이 그 모습을 보고도 못 본 척을 했다는, 그런 뜻이려나.

지금 당장 없애버리는 쪽이 좋지 않을까. 둘 다.

『신명 기사단』은 예전부터 압박 면접을 했어?"

"아뇨, 그런 이야기는 소마 님께 처음 들었습니다. 제사를 앞두고 그분들의 움직임이 활발해진 것 같더군요."

"신명 기사단이 높은 랭크의 모험자라는 건 틀림없는 거지."

"예, 의뢰는 확실히 처리하고 있습니다. 주위에 피해를 입히는 것이 문제입니다만."

"구체적으로는?"

"가축우리를 덮치는 마물을 쓰러트리기 위해 화염 마법을 연발해서 마물은 물론이고 가축까지 다 태워버린다든지."

"……하아."

"가도에 나타난 마물을 여행자나 캐러밴 쪽으로 몰아붙여서 피해자를 늘린다든지."

"…………흐에~"

"중상을 입은 동료는 기본적으로 방치합니다. 그래서 상위 멤버 이외의 파티 멤버는 항상 교체됩니다. 하지만 전투능력은 상당히 높아서, 높은 난이도의 퀘스트는 그들이 독점한다는 것 같습니다."

"모험자 길드가 그걸 용납하는 이유는?"

"그들은 자주적으로 보수의 30%를 길드에 상납하고 있다는 것 같습니다. 게다가 그들이 처리하는 건 난이도가 높은 퀘스트. 모험자 길드 입장에서는 나쁜 파티가 아니겠지요."

그래서 신명 기사단(블랙 기업)이 제멋대로 설치고 있다는 건가.

……주위에는 엄청난 민폐인데 말이야.

"알았어. 그 의뢰 받아들일게."

이리스는 믿을 수 있다. 퀘스트의 조건도 나쁘지 않고.

그리고 모험자 길드가 제 기능을 발휘하지 못하는 지금은 제대로 된 일을 받을 수 있는 기회가 거의 없다. 그래서 귀중한 「믿을 수 있는 상대」의 의뢰를 거절한다는 선택지는 없다.

"그럼 성지에 대해 자세히 알려줘. 주위에 서식하는 마물 목록도."

"알겠습니다. 나중에 지도와 자료를 드리겠습니다…… 그래요!"

그렇게 말하고, 이리스는 좋은 생각이라도 났다는 것처럼 탁, 하고 손뼉을 쳤다.

"아예 이리스도 던전 공략에 동행하는 건 어떨까요?"

"이리스가?"

"해룡의 던전 구조를 제일 숙지하고 있는 건 이리스입니다. 매년 조사할 때는 모험자 길드 분들을 안내해드렸으니까요. 그리고 중추에 가서 결계를 강화할 수 있는 것도 이리스뿐입니다. 어때요, 아무 문제 없겠죠?"

"……잠깐만, 그거 뭔가 이상한데."

하마터면 납득할 뻔 했다.

"결계 강화라면, 우리가 마물을 소탕한 뒤에 해도 되잖아?"

"……소마 님."

이리스는 원망스럽다는 얼굴로 날 봤다.

"소녀가 용기를 내서 모험을 하려고 하잖아요? 용사로서 데리고 가야겠다고 생각해야 하는 것 아닌가요?"

"무녀의 안전을 확보하기 위한 조사를 하는데 본인을 데려가서 어쩌자는 건데. 그리고 무엇보다 난 용사가 아니라고."

"으~"

이리스는 눈물을 글썽이면서 고개를 옆으로 돌리고는 하아,
하고 한숨을 쉬었다.

"소마 님 말씀이 옳은 것 같군요. 일단 물러나도록 하겠습니다."

"그래 주면 고맙겠네."

"이리스는 소마 님 일행이 안전을 확보한 뒤에 던전에 들어가
서 결계를 강화하도록 하겠습니다."

그렇게 말하고, 이리스는 세실과 라필리아를 봤다.

"그리고…… 괜찮으시다면 기다리는 동안 소마 님의 동료분께
호위를 부탁드려도 될까요? 정규병도 동행할 생각이기는 합니
다만…… 역시…… 불안해서."

그래.

마물을 쫓아내면 바로 이리스가 던전에 들어가서 결계 강화
의식을 한다. 그러려면 던전 근처에서 기다려야 한다. 그 동안
정규병들 사이에 혼자 있는 것도 싫겠지.

"알았어. 그렇다면, 라필리아. 부탁할게."

"흐에?!"

소파에 멍하니 앉아 있던 라필리아가 벌떡 일어났다.

"저, 저, 저 말인가요?"

"응. 우리가 던전에 들어가 있는 동안, 아이네랑 같이 이리스
곁에 있어줘."

"마스터가…… 절 믿어주시는 건가요……?"

"당연하지."

이 멤버가 최선이다.

세실과 리타는 전투 요원으로서 필수. 나는 작전 지시를 위해서 동행한다.

한마디로 나와 세실, 리타는 꼭 던전에 들어가야 한다.

그렇게 되면 이리스의 호위는 라필리아와 아이네가 담당하게 된다.

라필리아는 활도 마법도 쓸 수 있고, 치트 스킬『불운 소멸 LV1』도 있다. 아이네는 물가에서라면『오수 증가』를 쓸 수 있고, 낮은 레벨의 마물이라면『마물 청소』로 날려버릴 수도 있다.

그래도 조금 걱정되니까, 돌아가면 라필리아를 강화해주자. 나중에 스킬 상점에 들러서 장비도 알아보고—라는.

—그런 얘기를, 치트 스킬 부분만 빼고 설명해줬다.

"맡겨만 주세요 마스터!"

라필리아는 탁, 하고 자기 가슴을 두드렸다. "콜록콜록" 하고 기침했다.

"이 라필리아 그레이스, 새로운 자신을 시험하도록 하겠습니다. 마스터로부터의 사명, 이 목숨을 바쳐서라도 완수하겠사옵니다!"

"그럼 이리스. 호위는 별도 계약으로 하고, 보수는 직접 라필리아랑 아이네한테 지불해줘."

라필리아의『불운 초래』때문에「주종계약」계약금이 늘어나

버렸다. 최대한 깎아주고 싶다.

아이네는…… 보수를 줘도 식구들을 위해서 쓰겠지. 「언니」니까.

"그럼, 퀘스트 실행은 내일 이른 아침부터. 그러면 되겠지."

"알겠습니다. 그런데……."

이리스가 내 곁으로 다가왔다.

기도하는 것처럼 손을 맞잡고, 뒤꿈치를 들고 날 쳐다봤다.

"소마 님, 전에 이리스가 드린 『약간의 성의 목록』은 어떻게 하셨나요?"

"? 그대로 가지고 있는데. 그러고 보니까 이리스, 물건 이름을 적는 걸 깜박했지?"

"수령 서명은…… 하셨나요?"

"안 했어. 이상한 『계약』이 성립되면 곤란하니까."

"……만만치 않네요."

뭐? 왜 노려보는 거지?

이리스는 고개를 살짝 숙이고 날 쳐다봤고, 그리고는 얼버무리려는 것처럼 머리카락을 만지면서 웃었다.

나는 세실과 라필리아를 데리고 일어났다. 이리스는 기합을 넣으려는 것처럼 짝, 하고 뺨을 때리고는 「영주 가문 딸」의 얼굴로 돌아갔다. 그리고는 드레스 자락을 살짝 들어 올리면서 우리한테 인사.

"그럼, 내일은 잘 부탁드리겠습니다. 『해룡 던전』을 지키기 위해서 힘을 빌려 주십시오. 소마 나기 님, 일행 여러분."

이리스의 말을 신호로, 우리는 방에서 나왔다.

이렇게 해서 우리는 해룡 던전 조사에 나서기로 했다.

나기 일행이 돌아간 뒤에 응접실 문을 노크하는 소리가 났다.

"이리스, 방에 있니? 오빠거든?"

"……오라버니?"

문을 열었더니 복도에는 회색 머리카락에 파란 눈의, 키가 큰 남성이 서 있었다.

이리스의 오빠, 노이엘 하페우메어였다.

"상당할 게 있는데, 잠깐 괜찮을까."

노이엘은 이리스가 대답하기도 전에 응접실로 들어왔다.

그는 테이블 너머에서 멈춰 서더니 이리스에게 말을 걸었다.

"성지 조사 건 말인데, 어째서 모험자 길드에게 의뢰하지 않았지?"

"그 건에 대해서는 아버님께 허가를 받았습니다."

"하지만 『신명 기사단』이라면 3,000 아르샤면 받아들이겠다고 했다던데. 게다가 일을 중개한 나한테 사례금으로 1,000 아르샤를 주고. 그들보다 비용이 많이 드는 상대에게 의뢰할 필요는———."

"이리스가 제시한 금액은 시세에 따른 것입니다. 문제는 없을 텐데요."

왜 이미 끝난 얘기를 몇 번이나 다시 해야 하는 걸까.

소마 님 일행이 있을 때는 그렇게 즐거웠는데.

"그리고 성지는 해룡과 만나기 위한 신성한 장소입니다. 다소의 비용이 들더라도 신뢰할 수 있는 분께 맡기는 것이 당연하지 않겠습니까?"

이리스는 오빠의 얼굴을 정면으로 보면서 말했다.

"그리고 비용을 생각한다면 다른 곳에서 절약해야겠죠. 직무를 방치한 정규병과 도망친 메이드 마틸다에게 비싼 급여를 지불한 건 오라버니셨죠. 그들의 급여에 비하면 이번 보수는 소액이 아닌가요? 게다가 성역을 지키기 위해서는——."

"그런 얘기가 아니잖아?!"

노이엘 하페우메어는 짜증이 난다는 듯이 벽을 때렸다.

"그리고 성역이 좀 어지럽혀진다고 해룡이 오지 않는다는 증거가 어디 있는데? 그렇다면 새로운 방법을 시험해봐도 되지 않겠나?"

"새로운 방법?"

"해룡 케르카톨의 가호를, 이 도시의 상선에게만 부여하는 건 아깝지 않은가?"

누가 들을 지도 모른다고 걱정하는 것처럼, 노이엘은 소리를 줄이고 말했다.

"예를 들자면 왕가와 계약을 맺고 다른 나라를 공격하는 군선에도 해룡의 가호를 부여한다면? 왕가의 영지 확대에 공헌한다면 이르가파 영주 가문은 단숨에 명성을 높일 수 있다. 지방 영주라고 멸시당하는 일도 없어질 테고."

"해룡은 사람들을 마물로부터 지켜주기 위해서 가호를 내려주시는 겁니다! 인간 세상의 싸움에는 관여하지 않아요! 그것은 해룡의 딸이 인간을 사랑했기 때문입니다. 사람들 간의 싸움은 사람들이 알아서 해결한다. 그건 이르가파에서 태어난 자라면 어린애도 알고 있는 일입니다!"

이리스는 오빠, 노이엘 하페우메어를 노려봤다.

"『무역은 효율을 생각하라. 하지만 신뢰는 백만의 짐보다 중요하다』—이르가파의 격언을 잊은 건 아니겠죠, 오라버니."

"그래서 이르가파는 100년도 넘게 평범한 항구 도시에 머물러 있는 게 아닌가?"

이리스의 오빠 노이엘이 거칠게 말했다.

"왕도와 가까운 곳에 있는데도 이르파가 영주 가문이 『지방 영주』라고 멸시당해온 것은 해룡을 효율적으로 이용하겠다는 생각을 안 했기 때문이다. 왕가에 공헌하면 중앙 귀족 세계에서 인정받을 수 있다는 정도는 이리스 너도 잘 알 텐데?"

"오라버니께서 최근에 후작 가문 여성과 교제하고 있다는 이야기를 들었습니다."

"그래서?"

"그분의 호감을 사기 위해서 중앙 귀족 세계에 들어가려 하시는 건가요?"

"그 사람—에텔리나 하스부르크는 내게 비즈니스의 방법을 가르쳐줬을 뿐이다."

"……비즈니스?"

"적은 노력으로 많은 성과를 내는 요령 같은 것이라고 해야겠지. 내가 신명 기사단을 높이 평가하는 것도 거기에 걸맞기 때문이다. 그들은 인재를 효율적으로 운용하고 있으니까."

오빠 노이엘 하페우메어는 영주 가문의 경영에도 관여하고 있다.

후작 영애 에텔리나 하스브루크라는 여성을 참모로 두고 새로운 사업 방식을 생각하고 있겠지.

"하지만, 오라버니가 추천하는 『신명 기사단』은 지독한 방법으로 면접을 하고 있습니다. 영주 가문으로서, 규제가 필요하지 않을까요."

"알았다. 내가 잘 말해보지."

거짓말이다.

슬며시 웃는 오빠의 얼굴을 보면 알 수 있다.

이 사람은 아마도 『신명 기사단』 그 자체에 관여하고 있다.

"이리스, 네가 자유롭게 행동할 수 있는 것도 제사가 끝날 때까지였지."

갑자기, 노이엘이 상냥한 목소리로 말했다.

"해룡의 무녀는 해룡 제사와 관계된 일에만 권한을 행사할 수 있다. 그것도 이제 곧 끝난다."

"무슨 말씀입니까, 오라버니."

"나는 그 이후의 일을 생각하고 있다. 이리스 너를 포함해서, 모두가 행복해질 수 있도록."

"이리스의 행복은 이리스 자신이 결정할 일입니다."

무의식적으로, 어깨에 손을 얹고 있다는 사실을 알았다.

그곳은 온천 시설에서 소마 나기 님과 닿았던 곳.

이런 때인데, 가슴속이 따뜻해진다. 눈앞에 있는 오빠에 대한 두려움이 사라져간다.

"이리스는 선택할 것입니다. 자신의 마음과 영혼이 바라는 선택지를. 해룡의 딸처럼."

"그러냐. 그렇게 되면 좋겠군."

이리스의 말을 가볍게 넘겨버리고, 노이엘 하페우메어는 등을 돌렸다.

"이것만은 기억해두거라. 나는 이리스의 행복을 생각하고 있다. 설령 네가 용의 비늘 따위를 지닌, 사람이 아닌 존재라고 해도 말이다."

"…………말씀은 감사히 받겠습니다, 오라버니."

그렇게 대답하는 게 고작이었다.

오빠가 나가고, 이리스는 긴 한숨을 쉬고 소파에 앉았다.

"……소마 님."

그 『성의 목록』을, 소마 님은 아직도 가지고 계실까.

그분은 그 의미를 이해해주신 걸까.

"말해야 해…… 이리스의 입으로. 그러기 위해서 그분과의 관계를 유지하기를 바라고 있으니까."

어쩌면 소마 님이 입회해 주실지도 모른다.

해룡 제사에서 이리스가 해룡 케르카톨과 마주하는 그 순간에.

제9화 「치트 캐릭터가 있는 힘껏 호위 임무를 맡았더니 이렇게 됐다」

다음날. 우리는 『해룡의 성지』에 왔다.

멤버는 나, 세실, 리타, 아이네, 라필리아.

이르가파 영주 가문에서는 이리스와 호위 병사들이 20명. 병사들은 전부 플레이트 메일을 걸치고 창과 활을 장비했다. 이리스 옆에 있는 병사만 투구에 뿔이 달려 있다. 병사들의 리더인 것 같은데, 참 알기 쉽다.

『해룡의 성지』는 반도 끝에 크게 튀어나와 있는 바위가 많은 곳이고, 던전은 그 지하게 있다.

입구에는 철로 만든 문이 있지만 안은 자연 동굴인 것 같다. 깊이는 보통 던전의 지하 2층 정도. 선택받은 자만이 들어갈 수 있는 중추까지 포함하면 지하 3층이라고 해야겠지.

우리의 목적은 이 던전 안에 있는 마물을 쫓아내거나 퇴치하는 것.

그 뒤에 일단 지상으로 돌아오고, 이번에는 이리스를 데리고 던전 제일 깊은 곳에 가서 결계를 다시 치면 퀘스트 완료.

"그럼 아이네, 라필리아. 이리스 호위 잘 부탁해."

"알았어."

"알겠사옵니다, 마스터~."

아이네는 어제 새로 산 장비 『강철 대걸레』를 들고, 라필리아

는 활을 손에 들고서 나한테 고개를 숙였다

"이래 봬도 아이네도 라필리아도 상당한 치트 캐릭터니까, 안심하고 맡겨도 될 거야."

이리스한테 말했다.

작은 의자에 가만히 앉아 있던 이리스가 불안한 표정을 짓더니.

"『치트 캐릭터』라뇨?"

"적어도 세실이랑 리타만큼은 강해."

"알겠습니다."

이리스는 이상하다는 얼굴로 아이네와 라필리아를 봤다.

아이네의 겉모습은 평범한 메이드고 라필리아는 약간 맹해 보이는 느낌의 엘프다.

두 사람이 마음만 먹으면 이리스의 호위를 전멸시킬 수도 있겠지만, 그렇게 말해도 믿기 힘들겠지.

"그럼 라필리아, 옵션을 부탁해."

던전 입구에서 라필리아에게 부탁했다.

"예, 마스터."

라필리아는 갑옷 틈새에서 작은 천을 꺼냈다. 조금 전까지 손수건 대신 사용했던 것이다. 그것을 자기 머리로 가져다 댔다. 그 머리에는 파란 머리핀이 달려 있다. 그것이 부들부들 떨다가 쭉 늘어나더니 손수건을 삼켜버렸다.

"『엘더』, 마스터를 위해서 분열해주세요~."

부들부들, 움찔움찔, 뿅.

라필리아의 머리핀에서 손바닥 크기의 파란 조각이 튀어나왔다.

그것은 손수건을 먹으면서 커졌고, 방석 정도 크기로 변했다.

파란 몸. 젤리 상태의 표면. 부들부들 떨고 있다.

아무리 봐도 슬라임이다.

"착하네~『엘더』."

라필리아가 쓰다듬어주자 파란 머리핀이 기뻐하는 것처럼 떨었다.

머리핀의 정체는 엘더 슬라임 조각이다.

평소에는 머리핀으로 변장해 있다가 라필리아의 땀이나 체액이 묻은 물건을 주면 분열해서 옵션을 토해준다. 옵션의 수명은 두 세 시간 정도지만, 그동안에는 사역마로 부릴 수 있는 훌륭한 녀석이다.

"레기, 엘더 슬라임(소)의 조작을 부탁해."

『알았다 주인님. 발동, 「용액 생물 지배 LV1」.』

내 등에 있는 마검 레기가 스킬을 발동. 의지가 없는 엘더 슬라임(소)를 조작하기 시작했다.

꿈틀꿈틀, 꿈틀꿈틀.

파란 슬라임이 우리보다 앞서서 던전 입구 쪽으로 갔다.

슬라임의 감각은 레기와 동기하고 있으니까, 뭔가가 있으면 알려줄 것이다.

이걸로 준비 완료.

"대열의 선두는 슬라임(레기), 다음으로 리타. 마지막으로 나랑 세실이야. 괜찮겠지."

"예, 나기 님. 두 분한테 아무도 다가가지 못하게 할 거예요!"

"빨리 끝내자. 나기가 사준 옷이 바닷바람에 끈적해지는 건 싫으니까."

새 장비를 입은 세실과 리타가 동시에 고개를 끄덕였다.

세실의 『수습 마법사의 옷』은 옷자락이 짧은 원피스. 얼핏 보면 꼬마 마법소녀 같다.

리타의 『신성 격투가의 옷』은 허리에 슬릿이 크게 들어간 격투복. 움직이기 편한데다 방어력도 높고, 가슴이 강조된 만큼 허리가 가늘게 보이는 점이 마음에 든다―는 것이 리타의 소감이다.

"그럼 던전을 열겠습니다. 부디 무리하지 마시고……."

이리스가 목에 걸고 있던 열쇠를 철문에 꽂았다.

끼익, 소리를 내며 던전 입구가 열린다.

"그럼, 다녀올게."

그렇게 해서, 우리는 던전 공략을 시작했다.

―나기 일행이 던전 안에 들어간 뒤에―

"아, 던전 안에서 빛이 나네요."

"역시 처음엔 『라이트』구나."

훈훈하고 진지하게.

이리스와 아이네, 라필리아가 있는 곳은 성지의 바위터.

바닷바람을 피할 수 있는 곳에 의자를 놓았고, 이리스는 거기에 앉아 있다.

눈앞에는 모닥불과 그 위에 매달린 주전자. 멍하니 불을 보고 있는 이리스 앞에서는 정규병들이 줄지어서 벽을 만들고 있다.

"무녀는 영주 가문의 초석이다. 이리스 님의 은인이라고 해도 함부로 접근하면 곤란하다."

정규병 대장은 아이네와 라필리아를 보면서 말했다.

"알겠나. 너희는 주어진 일만 하면……."

"이리스 님한테 차를 대접하는 정도는 괜찮아."

대장이 말하는 중에 메이드 분이 차를 건넸다.

대장은 나무 컵을 가로챘다. 독이 들었는지 확인하려는 것인지 잔에 살짝 입을 대더니—

"…………흐어."

어깨의 힘이 풀리고 한숨을 내쉬었다.

"이리스 님도, 드세요."

"고맙습니다. 아이네 님!"

대장이 느슨해진 틈에 이리스가 손을 한껏 뻗어서 잔을 받았다.

차를 한 모금 마셨더니 아주 편안한, 마음이 놓이는 맛이 났다.

항구 도시인 이르가파에는 다양한 종류의 차가 들어온다. 지금 눈앞에 있는 메이드 분은 그 차들을 블렌드해서 독자적인 맛을 만들어낸 것 같다.

잔을 올려놓은 접시 위에는 작은 과자도 곁들여져 있다. 빵 반죽에 찻잎을 섞어서 구운 과자다. 이리스가 그것을 집자 엘프 소녀가 기쁜 표정을 지었다. 이 사람이 만든 걸가.

"……맛있어."

이리스가 중얼거리자 엘프 소녀는 분홍색 머리카락을 흔들면서 "맛있으신가요. 다행이네요요"라고 말하며 미소를 지었다.

그녀는 어째선지 손에 철제 물뿌리개가. 소리를 들어보면 안에 물이 들어 있겠지. 왜 물주머니가 아니라 물뿌리개지? 그리고 왜 그걸로 주전자에 물을 따르는 거야?

그나저나 지금 물을 두 주전자 째 끓이고 있는 것 같은데, 왜 물뿌리개 안에 있는 물이 줄어들지 않는 것 같지?

"이리스 님, 물 걱정은 하지 마세요. 실컷 드셔도 돼요. 일정 간격으로."

"일정 간격?"

"이리스 님이 마스터께 드린 『물 뿌리기』 스킬이 그런 것이 됐거든요."

이리스의 머리 위에 특대형 「?」 마크가 나타났다.

메이드 분과 엘프 분은 이리스를 배려하는 것처럼 상냥한 미소를 지었다.

이리스는 솔직하게 '대단하다~'라고 생각했다. 이 사람들이 지닌 수수께끼의 능력도, 이 사람들이 좋아하는 소마 님도. 그 사람과 관련된 모든 것들이, 전부.

소마 님이 이리스의 오빠였다면 좋았을 텐데.

"흠. 영문도 모를 모험자 치고는 예의를 좀 아는군."

정규병 대장은 메이드 분께 잔을 돌려준 뒤에 음, 하고 가슴을 폈다.

투구에 뿔을 단 덩치 큰 남성이다. 책임감이 강한 사람이라서 이번 임무를 맡았다. 하지만 조부모 때부터 3대째 정규병 일을 하다 보니 보통 사람들을 얕보는 버릇이 있는 게 곤란한 점이라고 해야겠지. 소마 님 파티에게는 예의를 갖추라고 말해두긴 했는데.

"허나, 이리스 님을 시키는 것은 우리들만으로 충분하다. 자신들이 우리보다 도움이 될 거라는 건방진 생각은 하지 말도록. 분수를 지키고 나서지 않기를 바란다."

"알고 있어."

완전무결한 무표정으로, 메이드 분이 대답했다.

그 태도가 마음에 안 들었는지, 대장이 뭔가 한마디 하려고 했지만—

"나타났습니다, 대장님! 하피 무리입니다!"

갑자기 감시하던 병사가 큰소리를 질렀다.

이리스도 그 소리를 듣고 바다 쪽을 봤다.

바다 위를 날아오는, 사람 머리가 달린 새가 보였다. 상반신은 여성이고 양쪽 팔은 날개로 돼 있다.

하피들은 곧장 이쪽을 향해 날아왔다. 역시 결계가 약해진 것이다.

"전원 활을 겨눠라! 신호와 동시에———."

대장이 팔을 치켜들고 소리치자—

피잉.

삐익! 삐기—! 삐기악!!

첨벙, 첨벙.

날개에 화살을 맞은 하피들이 전부 바다에 떨어졌다.

"……어라."

"영차."

얼이 빠진 이리스ㅏ 고개를 돌려보니 엘프 소녀가 활을 거두고 있었다.

"저기, 라필리아 님?"

"예? 아, 예. 아무것도 아니에요. 아무것도 아니라고요~."

엘프 소녀는 당황했는지 손을 저었다.

이상하다.

활시위 울리는 소리는 한 번밖에 안 들렸다. 하피는 다섯 마리나 있었는데? 이상하다. 소마 님 파티가 이상하다는 생각은 했는데, 이 엘프 소녀도 상당히 이상하다.

"우와~ 역시 이르가파 영주 가문 정규병 분들이네요오. 저희가 알아차리기도 전에 마물을 전~부 떨어트리시다니. 대단해요~. 깜짝 놀랐어요~."

"어, 아…… 그래."

"혹시 기합? 기합인가요? 우와~ 이르가파 영주 가문 정규병 분들쯤 되면 눈빛만으로도 하피를 떨어트리는군요. 대단해요~."

"……윽. 으, 으으음…… 무, 물론이지!"

엘프소녀의 말에 대장이 가슴을 폈다.

──뭐야, 그 말을 받아들이는 거야?

자기도 모르게 튀어나온 이리스의 속내는 결국 소리로 변하지 않았고, 대장은 활을 겨눈 채로 마무리 포즈.

"우리 부하들은 하나같이 우수한 자들이다! 남몰래 하피를 떨어트리는 정도는 간단한 일이다!"

"……그런가요."

이리스는 조용히 한숨을 쉬었다.

대장 따위는 아무래도 좋다. 신경 쓰이는 건 엘프 소녀 쪽이다.

맹한 것처럼 보이지만 정체를 모르겠다.

이 소녀는 대체 어느 정도 힘을 숨기고 있는 걸까?

이리스는 모른다.

전에 보수로서 나기에게 건넨 스킬 크리스탈『물 뿌리기 LV1』이, 나기가 어제 산『궁술 LV1』과『재구축』해서 새로운 치트 스킬을 만들어냈다는 사실을.

『궁술 LV1』

『화살』로『주는 대미지』를『늘리는(10%+LV×10%)』스킬.

『물 뿌리기 LV1』

『물뿌리개』로『물』을『뿌리는』스킬.

이 둘을 『재구축』해서 태어난 스킬은—

『호우 궁술 LV1』(R(레어))
『화살』로『주는 대미지』를『뿌리는』스킬.
한 번의 사격으로 복수의 화살을 쏠 수 있다.
발사 가능한 숫자는『궁술』과『호우 궁술』의 레벨 합계 플러스
1개.
현재 동시에 발사 가능한 숫자는 5개.

『정수 증가 LV1』(R)
『물뿌리개』로『물』을『늘리는』스킬.
물뿌리개에 담은 물을 일정 간격으로 늘릴 수 있는 스킬.
증가율은 레벨×10%+10%. 현재 증가율은 20%.
사용 가능 회수는 한 시간에 1회. 상한은 물뿌리개에 들어가
는 용량까지.

—하피가 출현한 뒤로 시간이 조금 지나서,
"대장님! 바다 위에 큰 박쥐가 나타났습니다!"
"으음! 전원 다시 활을 겨눠라! 이리스 님을 지켜—"
—피잉.
—퍽 퍽 퍽.
—투두둑.
화살을 맞은 큰 박쥐들이 바다로 떨어졌다.

"우와~ 대단해요. 역시 이르가파 영주 가문 정규병 분들이에요오(짝짝짝)."

"……그, 그래."

활에 화살을 메기려던 대장의 이마에 식은땀이 흘렀다.

이리스도 아까부터 계속 놀라고 있다.

대단한 것은 엘프 소녀의 실력만이 아니다. 메이드 분과의 콤비네이션도 대단하다.

엘프 소녀의 시위가 울리는 순간, 메이드 분이 교묘하게 사람들의 관심을 돌렸다. 차를 내놓거나 과자를 나눠주면서. 그때마다 하늘을 나는 마물들이 화살을 맞고 바다에 떨어졌다.

하피, 큰 박쥐가 떨어진 뒤로 하늘의 마물은 나타나지 않았다.

"……마물도 이렇게 영문도 모르고 떨어지는 건 싫겠죠."

이리스는 마음을 다잡고 던전 입구 쪽을 봤다.

소마 님이 들어간 뒤로 한 시간 정도 지났으려나. 다들 괜찮을까.

바닷가에 나타나는 것은 하늘의 마물들만이 아니다. 육상 생물 쪽이 더 귀찮은데…….

"대장님, 나타났습니다! 아쿠아 리저드입니다!"

"전원, 이리스 님을 지켜라!"

병사들이 일제히 이리스 앞에 벽을 만들었다.

바위 밑에서 올라온 것은 온 몸이 바닷물에 젖은 큰 도마뱀이었다. 크기는 인간 어른보다 크다. 표면에는 단단한 비늘이 뒤덮여 있어서 칼날을 막아낸다. 고레벨 모험자라도 동시에 여러 마리를 상대하기는 힘들다고 전해질 정도의 강적이다.

"으으음, 귀찮은 상대지만 여기서 물러날 수는 없다! 전원 창을 들어라! 횃불을 가진 자는 불을 붙여서 던져라! 이놈들은 건조에 약할 것이다!"

"건조?"

이런 상황인데, 이리스는 자기도 모르게 고개를 갸웃거렸다.

바닷가에서 적을 건조시키다니, 어떻게? 주위에는 커다란 물웅덩이도 있는데.

"으아아아아!"

병사들이 창을 겨누고 돌격했다. 목표는 아쿠아 리저드의 벌리고 있는 입. 뛰어든 창이 적의 입 안을 질렀다. 창백한 액체를 뿜고, 아쿠아 리저드가 몸을 꿈틀거린다. 그 틈에 정규병들이 뛰어든다. 한 사람이 꼬리를 맞고 쓰러진다.

하지만 정규병들은 물러나지 않는다. 아쿠아 리저드를 둘러싸고 사방팔방에서 창으로 찔러댔다.

마침내 여러 개의 창이 아쿠아 리저드의 배를 꿰뚫었다.

『GA! GUOOOOAAA……』

상처투성이가 된 마물의 움직임이 멈췄다.

병사들의 승리다.

"잘했습니다. 고맙습니다 대장."

이리스는 의자에서 일어나 병사들에게 고개를 숙였다.

"하하하, 무슨 말씀이십니까 이리스 님. 이것이 저희 임무입니다."

대장은 가슴을 펴고 넘어질 때 구부러진 투구를 바로잡았다.

"어떤가 모험가들이여. 이것이 이르가파 영주 가문 정규병들의 실력이다. 잔재주를 좀 부릴 수 있는 것 같지만, 정면으로 싸우면 너희가 당해낼 수가 없다!"

"응. 그 말이 맞아."

"대단해요~. 역시 이르가파 영주 가문 분들이에요오."

메이드 분과 엘프 소녀가 박수를 쳤다.

두 사람 뒤에는 아쿠아 리저드의 사체가 다섯, 굴러다니고 있었다.

".....................말도 안 돼."

이리스가 들고 있던 잔이 떨어졌다.

커다란 도마뱀들은 하나같이 배를 드러내고 죽어 있다.

피부는 바짝 말랐고, 비늘은 벗겨져서, 마치 온몸의 수분을 단숨에 빼앗긴 것처럼.

하지만, 어째서 물웅덩이 위에서 말라붙었지? 그리고 저 물웅덩이가 저렇게 컸던가? 아까 봤을 때보다 **구정물 양**이 훨씬 많아진 것 같은데?

이리스는 메이드 분과 엘프 소녀 쪽을 봤다. 두 사람 모두 부드럽게 미소만 지을 뿐이다.

복수의 마물을 순식간에 해치울 수 있는 살상 스킬을 지닌 사람들이라고 볼 수 없는 미소를.

메이드 분—아이네가 사용한 것은 『청소 도구』로 적의 수분을 빼앗는 스킬이었다.

『오수 증가 LV1』

청소 도구로 구정물을 증가시킬 수 있다.

증가된 수분은 주위에서 강제로 흡수한다. 흙이건 식물이건 인간이건.

효과 범위 안에서 구정물과 접촉한 인간, 마물은 온몸의 수분을 사정없이 빼앗기게 된다.

그런 사실을 모르는 이리스가 아이네에게 물었다.

"메, 메이드 씨. 아니, 아이네 님. 이건?"

"글쎄요~?"

"글쎄요~? 가 아니잖아요?!"

"다들 병든 아쿠아 리저드였던 것 같아."

『강철 대걸레』를 손에 든 메이드 분이 말했다.

"마지막 생명의 불꽃이 꺼지기 전에 이리스 양을 덮치려고 했어. 하지만, 결국 해내지 못했어."

"저도 봤어요~. 해변에서 비틀비틀 올라와서 데굴, 하는 걸요오."

엘프 분은 기쁘다는 듯이 손뼉을 치고 있다―

그럴 리가 있나요!!

자리에서 벌떡 일어나 한마디 하고 싶었지만 필사적으로 참았다.

소마 님으로부터 파티의 능력을 비밀로 해달라는 부탁을 받았다. 이리스가 그 약속을 깨서는 안 된다.

하지만, 마음이 놓이지 않는다.

소마 님 일행과 같이 있으면 이리스는 무녀라는 사실도, 이르가파 영주의 딸이라는 사실도 잊어버리게 된다. 뭐지, 이 들뜨는 기분은.

메이드 분도 엘프 분도, 일하는 게 정말 즐거워 보인다.

자신은 지금 어떤 표정일까. 따분해 보이는 얼굴은 아닐까.

소마 님의 노예 두 사람이—대체 왜 이렇게 부러운 걸까.

이리스는 한숨을 쉬고 하늘을 올려다봤다.

"전령! 전령~!"

그 때, 갑자기 시내 쪽에서 말을 탄 병사가 달려왔다.

그 병사는 이리스 앞에 와서 한쪽 무릎을 꿇고서 보고했다.

"이리스 님께, 오라버니 노이엘 하페우메어 님으로부터 전언입니다!"

생각지도 못한 보고에 의자에 앉아 있던 이리스가 깜짝 놀랐다.

"동생이 걱정돼서 보러 가겠다. 맞이할 준비를 하도록, 입니다."

제10화 「전설의 진실이 밝혀져서 최대한 모른 척 하기로 했다」

—시간을 한 시간 되돌려서, 던전으로 들어간 나기 일행은—

우리는 세실의 통상판 『라이트』로 불빛을 비추면서 걸어갔다.
주위는 습한 암벽이고 계속 물소리가 들려온다.
발밑에는 물이 고여서 걷기 힘들다.
세실의 『마력 탐지』와 리타의 『기척 탐지』를 레이더로 삼아서
걸어가는데—

"온다. 나기, 마물이야!"

자이언트 앨리게이터가 나타났다!

『자이언트 앨리게이터.
몸길이가 5미터도 넘는 거대한 악어.
비늘이 딱딱해서 검이나 화살을 튕겨낸다.』

"던전에 들어오자마자 고대어 『라이트』로 눈을 멀게 만든 덕분에 움직임이 둔하네.
리타, 페인트를 걸면서 가까이 다가가.

좋았어. 입을 벌렸으니까 세실이 통상판『파이어 볼』을 날리고.”

―퍼엉.

『파이어 볼』이 자이언트 앨리게이터의 몸속에서 폭발했다.

“““종료!”””

자이언트 앨리게이터를 쓰러트렸다.

블루 슬라임 무리가 나타났다.

『블루 슬라임.

약한 산성 몸을 지닌 슬라임.

주로 바위가 많은 곳에 서식하고, 다가온 사냥감을 녹여서 잡
아먹는다.』

“레기, 교섭해봐.”

『한 마리당 육포를 두 개씩 줄 테니, 이 던전에서 나가라! 그
렇지 않으면 강화된 수인의 주먹이나 검은 마검이 네놈들을 이
세상에서 없애버릴 것이다!

……오, 말을 알아듣는구나. 주인님, 얘기가 다 끝났다. 그리
고 이 앞에 자이언트 스파이더가 둥지를 짓고 있다고 한다. 뭐?
추가 보수를 주라고? 주인님은 참으로 마음씨가 좋구나.

잘 들었느냐 슬라임들아. 주인님의 은혜를 잊지 말도록 하거라! 대답하지 못할까?!』

『꿈틀꿈틀, 출렁출렁』

블루 슬라임 무리가 도망쳤다.

자이언트 스파이더가 나타났다.

『자이언트 스파이더.

몸길이가 수 미터나 되는 거미. 몸에서 실을 만들어서 둥지를 짓는다.

그 둥지는 결계라고 할 수 있을 만큼 강력해서, 일단 걸리면 중형 육식 동물도 도망칠 수 없다.

육식이며 턱 힘이 강해서, 어린아이 뼈 정도는 씹어버릴 수 있다.』

"『둥지 짓기』는 공간 지배계 포획 스킬이었지. 그럼, 리타."

"알겠습니다. 발동, 『결계 파괴(에어리어 브레이커)!』

리타의 주먹이 거미집을 날려버렸다.

"세실!"

"『플레임 애로』, 플레임 애로, 플레임, 애로!!

자이언트 스파이더는 불타버렸다.

자이언트 스파이더는 스킬 크리스탈을 떨어트렸다.

『둥지 짓기 LV2』

『실』로 『적』을 『포박하는』 스킬.

실이 없어서 쓸 수 없었다(그래도 회수했다).

라지 서펜트가 나타났다.

『라지 서펜트

수륙 양서의 거대한 뱀. 독이 있다.

몸은 던전의 통로를 막을 만큼 크다.

긴 몸으로 적을 칭칭 감아서 뼈를 부순 뒤에 삼켜버린다.』

"이 크기라면 빗나가진 않겠네. 에잇, 『지연 투기(딜레이 아츠)』 (찌르기 20회 분량)."

거대해진 레기의 칼날이 라지 서펜트를 두 동강 내버렸다.

라지 서펜트는 스킬 크리스탈을 떨어트렸다.

『휘감기 LV3』

『몸』으로 『적』을 『조이는』 스킬(팔다리는 사용 금지).

하지만 속성이 안 맞았다! (그래도 회수했다)

"지금까지는 순조롭네."

우리는 제일 아래층 부근까지 내려왔다.

이리스가 준 지도를 보면 싸우기 쉬운 장소를 알 수 있다. 나올 것 같은 적의 목록도 적혀 있다.

대책을 준비하는 건 그리 어렵지 않았다.

원래 세계에서 게임을 만들었을 때는 내가 던전의 몬스터를 배치했기 때문에, 바닷가 마물과 싸우는 방법은 대충 상상할 수 있다.

이 던전에는 작은 샛길이 여러 곳 있고, 마물들은 그곳을 통해서 들어온다. 우리들은 일단 그곳도 확인하면서 앞으로 나아갔다.

이제 남은 건 던전 중추로 이어지는 큰 공간과 그곳으로 가는 통로뿐.

거기까지만 가면 일이 절반은 끝난다.

"세실, 리타, 뭔가 알아차린 건?"

물어봤다.

""저기요!""

두 사람이 동시에, 라지 서펜트의 피로 물든 벽을 가리켰다.

"……다른 건?"

""저기요!!!""

두 사람은 다시 한번 통로 벽을 가리켰다.

…………다시 말하지만 이 던전은 천연 동굴에 사람이 손을 댄 곳이다.

그렇게 해서 오랫동안 해룡과의 의식의 장으로 사용해왔다.

　그런 이유로 시간이 지나면서 흐릿해진 벽화 같은 것도 있던 것 같다.

　그리고, 마물이 이 던전에 나타나는 건 정말 드문 일이고―

　그 마물의 피 때문에, 지워져 가던 벽화가 다시 나타나는 일도 있는 것 같다.

　우리들의 눈앞에 나타난 건 옛날 벽화다.

　벽을 깎고 도료를 칠했는데, 오랜 시간이 지나서 도료만 벗겨진 것 같다.

　거기에 서펜트의 피가 묻으면서, 잉크를 흘려 넣은 것처럼 됐다.

　그려져 있는 것은『해룡 전설』.

　검을 든 용사와『해룡 케르카톨』, 그리고 해룡의 천적을 그린 그림이 통로 저편까지 이어져 있다.

　"이쪽이 해룡이고 이게 용사, 이쪽은 해룡의 딸인가."

　"용사가 싸우는 상대가 해룡의 천적이네요~."

　내 오른쪽에서 세실이 담담한 목소리로 말했다.

　"해룡의 천적, 세보이네~."

　내 왼쪽에서 리타가 실감이 담긴 목소리로 말했다.

　"그러게~ 재생 능력이라든지 엄청날 것 같아."

　"머리에 촉수가 잔뜩 달린 그거 말이지~."

　"그런데요, 리타 언니라면 간단히 쳐낼 수 있지 않나요."

"나 혼자서는 무리야. 주인님이 촉수의 재생 능력을 폭주시키지 않으면 말이야. 세실이라면 고대어『파이어 볼』로 한방 아닐까?"

"나기 님이 영창 시간을 벌어주지 않으면 무리겠죠~.

"한마디로 셋이서 협력해야 쓰러트릴 수 있다는 뜻인가~."

""""그러네(요)~.""""

벽화에 그려진 것은 머리에 말미잘이 달린 고래였다.

솔직히 말해서, 전에 우리가 싸웠던『대괴어 레비아탄』이었다.

『레비아탄』은 내가 이쪽 세계에 소환된 다음 날에 들렀던 마을에서 만난 마물이다.

나랑, 그 때는 아직『이트루나 교단』의 신관장이었던 리타가 교단 사람들을 구해냈고, 레비아탄은 세실의 고대어『파이어 볼』로 날려버렸다.

레비아탄이 없었다면 리타가 교단에서 잘리는 일도 없었고 노예가 되는 일도 없었다. 그게『해룡의 천적』이었다니, 리타도 복잡한 기분이겠지.

"……나랑 나기를 맺어준 마물이었는데."

어째선지 눈을 감고 손을 맞잡고 있는데.

"나기 님."

"왜, 세실."

"나기 님은, 레비아탄이랑 싸운 뒤에 뭔가를 줍지 않았었나요?"

"비늘을 주웠는데."

"이 벽화에 있는 것 같은?"

"이 벽화에 있는 것 같은."

해룡의 용사가 들고 있는 것은 비늘처럼 생긴『무언가』였다.

"그나저나 지금도 있거든.『레비아탄의 비늘』."

벽화는 비늘을 가지고 돌아온 용사가 해룡 케르카톨에게 인정받고, 용사와 해룡의 딸이 물리적으로 맺어지는 곳에서 끝났다.

"이리스는 전설에 대해서 알고 있었을까."

무녀니까 전설에 대해 자세히 알고 있어도 이상할 건 없다.

그리고『레비아탄의 비늘』을 가지고 있는 녀석의 해룡의 용사로 인정된다면—

……그러고 보니 이리스가 나랑 같이 온천에 들어갔을 때『용사와 닿으면 자신의 비늘이 진주색으로 빛난다』고 했었지.

나는 등을 돌리고 있어서 몰랐지만, 그 뒤에 이리스의 비늘에 무슨 일이 일어났을 가능성도 있다.

그렇게 생각해보면 이리스가『성의 목록』에 자기 이름을 적은 이유도 알 것 같다.

『해룡의 무녀』는『해룡의 용사』와 맺어지면 무녀의 역할에서 도망칠 수 있다.

그『성의 목록』이 정식『주종 계약』서류로 인정된다면, 그 서류에 서명한 시점에서 이리스는 내 노예가 되고 무녀 역할에서 해방된다는, 그런 뜻인가.

역시 해룡의 무녀. 똑똑하네.

"나기 님은…… 어쩔 생각이신가요?"

"물론 있는 힘껏 모른 척 해야지."

던전 안은 어둡다.

천장에서 물이 떨어지니까 서펜트의 피도 금방 씻겨나갈 것이다. 돌아갈 때쯤에는 알아볼 수도 없게 되겠지.

"한마디로 벽화는 못 본 걸로 하자는 얘기야."

"그래도 되나요?!"

"우리 일은 『던전의 마물을 해치우는 것』이지, 용사로 각성하는 게 아니잖아?"

"하지만…… 나기 님."

세실은 불안해 보이는 얼굴로 내 손을 잡았다.

"『해룡의 용사』다~ 라고 하면 다들 나기 님을 숭배하지 않을까요?"

"맞아, 나기. 잘만 하면 우릴 먹여 살려 줄지도 모르잖아?"

"싫어, 귀찮아."

"『귀찮아?!』"

"그리고, 이 사실이 임금님 귀에 들어갈 수도 있잖아."

그 임금님 성격이니까.

날 손에 넣어서 항구 도시의 운명을 손에 쥘 수 있게 되면, 치트 스킬을 가진 놈들을 파견하는 정도는 하고도 남을 거야. 임금님이 『내방자』를 소모품처럼 여긴다는 건 『가짜 마족』 사건에서 잘 알았으니까.

말도 안 된다니까. 『계약』까지 해놓고 쓸 만큼 쓴 다음에 휙~

하고 버리다니.

용사가 돼서 사람들이 먹여 살려준다고 해도, 치러야 할 대가가 너무 크다. 『일하지 않아도 먹고 사는 생활』은 그런 게 아니다. 내 목표는 좀 더 부담이 적은 삶이니까.

"그러니까, 이리스는 도와주고 싶지만 용사가 될 생각은 없어."

"나기 님은 정말 그래도 되겠어요?"

"그래, 두 사람한테는 여기서 확실히 말해둘게."

깜짝 놀란 세실에게 말했다.

"난 용사랑 콜센터 일만은 절대로 안 하기로 정했어."

"『콜센터~』에서 무슨 일이 있었던 거죠?"

안 가르쳐줘. 생각하기도 싫으니까.

"그리고 『용사님은 귀중한 인재니까 밖에 돌아다니지 마세요』라고 하면 탈주해야 하고. 그 뒤에는 결국 다 같이 모험자를 하는 수밖에 없으니까, 지금이랑 다를 것도 없잖아? 그렇다면 괜히 쓸데없는 절차를 거칠 필요도 없을 것 같아서."

"나기는 욕심이 없는 건지 많은 건지 모르겠다니까……."

"게으르게 살기 위해서 열심히 살고 있습니다만, 불만이라도?"

이리스가 「무녀를 그만두고 싶으니까 도와주세요」라고 한다면 도와주겠지만.

하지만 이리스를 노예로 삼으면 이르가파 전체가 적이 될 것 같으니까 말이야.

주종계약 이외의 방법으로 이리스와 「맺어질 방법」이 있으면 좋겠는데.

"그러니까, 우리는 아무것도 못 본 걸로 하고 던전 공략을 계속 할 거야. 알았지."

"예…… 에헤헤, 나기 님."

세실은 내 손을 잡은 채로 기쁜 듯이 웃었다.

"왜 그래, 세실."

"아뇨, 좀 쌀쌀해서, 나기님 손은 따뜻하려나~ 싶어서요.'

그렇게 말하고, 세실은 작은 손으로 내 손을 감쌌다.

매끈매끈하고 기분 좋다…… 하지만 별로 쌀쌀하지도 않은데. 지하라서 시원하기는 하지만, 이르가파는 남쪽 지역이다 보니 기본적으로는 따뜻하다. 하지만 세실의 손에는 소름이 돋아있다.

"미안, 잠깐만."

나는 세실의 이마에 손바닥을 댔다…… 열은 없고.

아픈 건 아닌 것 같다.

"……저, 저기저기. 나기 님?"

"세실, 쌀쌀하다는 건, 춥다는 거야? 감기 걸렸어?"

"아뇨, 던전 안쪽으로 향해서 바람이 흘러가는 느낌이……어라?"

세실은 이상하다는 것처럼 고개를 갸웃거렸다.

"……아니네요. 이건 마력의 흐름이에요. 던전 안쪽을 향해서 슝슝 흘러가고 있어요."

"마력의 흐름?"

세실한테는 『마력 탐지』의 힘이 있다.

마력이 세차게 흘러가는 것을 바람이 부는 것처럼 느꼈다는 뜻인가.

"누가 안쪽에서 대마법을 쓰려는 건가?"

"아뇨, 오히려 누군가가 던전의 마력을 빨아들이는 느낌이에요."

세실은 고개를 갸웃거렸다.

"그나저나 이상하네요? 여기에 마력을 빨아들이는 게 있다면, 성지를 지키는 결계가 약해지는 건 당연한 일인데……."

나와 세실, 리타는 서로 얼굴을 마주 본 뒤에 던전 안쪽을 향해서 걸어갔다.

10분 정도 걸어갔더니 통로 출구가 보였다.

그 앞에는 중추로 통하는 큰 공간이다.

쿠웅.

진동이 울린다.

쿠웅, 쿠웅.

뭔가가 벽에 부딪치는 것 같은 소리다.

"……이런 때의 기본 패턴은, 봉인의 문 앞에 보스 캐릭터가 있는 건데."

여길 지나가려면 날 쓰러트리고 가라, 든지.

"하지만 여기는 이리스가 관리하는 던전이잖아. 보스 캐릭터가 있을 리가······."

"나기 님, 마력 덩어리가 느껴져요."

"뭔가 커다란 게 움직이는 기척이 느껴져, 나기."

『주인님. 커다란 놈이 있다.』

말 안하길 잘 했다.

세실의『마력 탐지』와 리타의『기척 감지』에 의한 관찰.

앞서간 작은 엘더 슬라임(레기)의 보고.

그것의 의하면······.

진동의 발생원은 중추로 통하는 큰 공간이고,

거기에 있는 것은 거대한 아이스 골렘이었다.

제11화 「치트 아내 VS 치트 골렘. 그리고 위대한 것의 기척」

던전의 큰 공간에는 보스가 있었다.

얼음으로 만든 거인이고, 키는 10미터 정도.

큰 나무 같은 몸통에 굵직한 팔다리가 달렸다. 아까부터 던전이 흔들렸던 건 이놈이 중추로 통하는 문을 억지로 열려고 했기 때문이다.

"세실, 이 녀석이 뭔지 알 수 있어?"

큰 공간 앞에 있는 통로의 으슥한 곳에서 세실에게 물었다.

"아, 예. 나기 님. 저건 틀림없이—"

『아이스 골렘

주위의 수분을 마력으로 얼려서 몸을 만든 골렘.

단, 이 아이스 골렘은 조금 특수하다.

몸 중심에 마력 결정체가 있고, 주위에서 마력을 흡수한다.

이 성지의 결계가 약해진 것은 그 때문이다.

하지만—』

"골렘이 자연적으로 발생하는 건 있을 수 없어요."

"……그렇겠지."

저런 게 던전 안에서 쑥쑥 생겨난다면 모험자들이 전부 난리가 날 테니까.

"그렇다면 누군가가 저걸 여기에 두고 갔다는 건가."

"정확히 말하자면 골렘의 바탕이 되는 『마법 아이템』을 두고 갔어요. 그게 주위의 마력을 빨아들여서 저런 걸 만든 거예요."

"······계획 범행이라는 뜻이야?"

리타는 엄청나게 짜증난다는 표정이다. 아마 나도 같은 표정이겠지.

한마디로 결계가 약해진 건 자연 현상이 아니라 계획적인 것.

누군가가 『해룡 제사』를 방해하려고 한다는 뜻이 된다.

쿠웅, 쿠우웅.

골렘은 중추로 가는 문과 벽을 계속 두드리고 있다.

이대로 가면 최악의 경우에는 던전이 무너진다.

그 정도까지는 안 가더라도, 이런 상태면 이르가파의 수호신이 돌아오지도 않겠지.

기, 기기기.

울음소리가 들린다.

자세히 보니 큰 공간 구석에 라지 서펜트가 있었다. 자기 영역을 침범했다고 생각한 걸까.

서펜트는 뒤쪽에서 천천히, 골렘 쪽으로 다가갔고—

『경고한다!』

아이스 골렘이 뒤를 돌아봤다.

몸속에서 사람 모양의 마력 결정체가 움직이고 있다.

이 자식, 말하는 데다 자아까지 있는 건가.

『이 몸은 마왕 대책을 위해 만들어진 시험체이다. 건드리는 것은 용납되지 않는다!』

골렘의 손이 서펜터의 몸통을 움켜쥐었다.

서펜트의 꼬리가 골렘의 팔을 때렸다. 하지만 꿈쩍도 안 한다.

그 대신 서펜트의 몸이 얼어붙어갔다.

게다가 주위에 얼음으로 만든 커다란 검이 나타났다. 힘차게 내려친 그 검은 서펜트의 몸을 간단히 꿰뚫고, 산산조각냈다.

응. 세다.

자아를 지닌 데다 특수 스킬까지 쓰는 골렘인가.

귀찮은데.

"어쩔 거야, 나기?"

"해치워야지. 못 쓰러트릴 것 같으면 일단 돌아갔다가 다시 오고."

"알았어. 작전은?"

리타, 세실, 마검 상태인 레기.

우리는 몸을 딱 붙이고 소곤소곤 상담.

적은 마력으로 만든 골렘. 크기는 10미터 정도. 얼음으로 만들었고 가슴에 빨간 사람 모양이 심어져 있다. 저게 마력 결정체고 골렘의 동력이니까 그것만 부수면 클리어다.

"나기 님. 골렘을 고대어 마법 『파이어 볼』로 날려버리면 안 되나요?"

"그건 마지막 수단으로 하자. 던전에 피해를 주면 보수가 날아가니까."

"알겠습니다."

"리타는 숨어 있어. 만에 하나 우리가 움직이지 못하게 되면 구출해주고."

"……그래도 되겠어?"

"우리 카드를 숨겨두고 싶어. 이번에는 리타랑…… 슬라임이 비장의 카드야."

『……이 몸이?』

발밑에서, 레기랑 연결된 슬라임이 물컹, 하고 흔들렸다.

"목적은 마력 결정체 파괴. 그게 힘들다면 도망친다. 알겠지."

내 제안에 리타와 레기가 고개를 끄덕였다.

자, 공략을 시작해볼까.

『경고한다!』

내가 큰 공간으로 들어가자 골렘이 이쪽을 쳐다봤다.

『이 몸은 마왕 대책을 위해 만들어진 시험체이다. 건드리는 것은 용납되지 않는다!』

"이쪽은 해룡의 무녀의 명령을 받고 여기에 왔다."

나는 빨갛게 빛나는 사람 모양을 향해 말했다.

"이리스 하페우메어로부터 너의 이야기는 듣지 못했다. 만약 네가 무녀의 동료라면 우리를 보내라. 중추까지의 안전이 확보된다면 조용히 돌아가겠다."

『……경고한다!』

사람 모양의 결정체는 내 쪽을 보고 있다. 인식은 하고 있네.

하지만 말이 통할 것 같지는 않다.

『이 몸의 사명을 방해하는 존재는 인정할 수 없다.』

"우리도 일을 방해하는 존재는 인정 못 해."

『낯선 자여. 네 일 따위는 모른다. 이 몸의 주인은 마왕 대책도 행하고 계신 위대한 인물이다. 마왕이다. 마왕. 그 대책을 위해서는 모든 희생이 정당화된다.』

"마왕 대책이라고 하면 뭐든지 다 용서된다고 생각하는 거야?"

이 자식, 말하는 게 깊이가 없어서 듣다 보면 짜증이 나네. 마치 상사가 한 말을 그대로 아르바이트한테 늘어놓는 사원 같다.

뭐 됐고. 일단 정보를 얻어 보자.

"……마왕 대책이라고 했지."

『그렇다. 어느 고귀한 분께서 이 몸을 만드셨다.』

"고귀한 분? 국왕이나 귀족인가?"

『어리석은 미개인은 아무것도 알 필요 없다! 그에 비해 이 몸은 참으로 훌륭하다. 이 실험이 성공하면 이 몸의 동료가 마왕 대책을 위해 움직이게 된다. 사명과 실험을 동시에 행하는 주인또한 이 몸 이상으로 훌륭한 존재시다!』

"네 동료가 또 있다는 건가? 마왕 대책을 한다는 건 엘프인가? 그리고, 사명이라니?"

『정말이지, 이 몸의 주인 되시는 분의 사명을 이해하지 못하다니, 죽는 쪽이 낫겠군. 해룡의 제사 따위는 개인적인 사정이 아닌가. 그딴 것 때문에 마왕 대책의 할당량을 채우는 것을 방해하다니. 사회인으로서 그 정도도 참지 못하는 것인가?』

이 자식 안 되겠네.

인격을 지닌 것들과 이런저런 이야기를 해왔는데, 이놈이 제일 말이 안 통한다.

그리고 마왕 대책 할당량은 또 뭔데?

"……정말이지. 마왕 대책을 한다는 놈들은 왜 이렇게 남한테 민폐 끼친다는 걸 모르는지."

『이 몸의 주인의 성과 앞에서 개인의 민폐 따위는 먼지만도 못하다!』

"아~ 그래, 그렇게 나올 줄 알았어."

어차피 쓰러트릴 테니까. 비장의 정보로 한 번 떠보자.

"마지막으로 하나 물어볼게. 네 주인은 다른 세계에서 온 『내방자』인가?"

『금기 정보.』

골렘이 말을 잘랐다.

『금기 정보에 저촉한 자를 발견. 말살한다.』

정답인가보네.

"역시 치트 스킬의 산물이잖아! 이리 와, 세실!"

"예, 나기 님!"

통로 으슥한 곳에 숨어 있던 세실이 뛰쳐나왔다.

"『나는 그대의 신묘한 흐름을 먹는다』— 갑니다!『타력의 화살——』!"

세실의 손끝에서 검은 화살이 발사됐다. 닿은 상대의 마력을 빼앗는 마법 화살이다.

가고일은 이걸로 쓰러트렸다. 골렘한테도 통하려나?

『사명에 따라 저촉한 자를 말살한다.』

팔을 휘두르는 골렘의 가슴에『타력의 화살』이 명중했다.

하지만 골렘의 움직임은 멈추지 않았다. 똑바로 이쪽으로 다가온다.

"죄송해요, 나기 님! 적의 마력 용량이 너무 커요……!"

"『타력의 화살』로 지워버리지 못할 만큼?"

"예. 저 녀석이 던전의 마력을 빨아들이기 때문이에요. 쓰러트리려면『타력의 화살』을 수십 개는 한 번에 쏟아부어야……."

"하는 수 없지. 그럼 평범하게 때려 부수자."

"알겠습니다. 나기 님! 그럼—『파이어 볼』!"

콰앙.

『이중 영창(더블 캐스트)』한『파이어 볼』이 골렘의 허리에 착탄.

골렘의 몸이 휘청, 하고 기울었다. 세실의 마법이 골렘의 오른쪽 다리를 도려냈다. 얼음이 부서지고 녹은 얼음이 수증기가 돼서 피어오른다.

그것이 골렘 주위에서 다시 동결되고―골렘의 몸을 재생했다.

『이 몸에 대한 거듭된 공격을 확인. 계획을 방해하려는 의도로 인식. 살해와 증거 인멸을 실행한다.』

골렘 주위에 얼음 검이 나타났다. 숫자는 네 개.

이쪽을 향해 쏟아진다. 짜증나네.

"발동!『유수 검술』!"

마검 레기로 그것을 흘러냈다. 중간중간 헛스윙도 섞어가며. 두 번―네 번―여덟 번.

"해방!『지연 투기』!!"

답례다.

거대해진 마검 레기의 검은 칼날이 골렘의 가슴에 파고든다. 갈라버린다.

놈의 몸속에 있는 빨간 사람 모양―마력 결정체에―닿으려나?

홰액.

빨간 사람 모양이 움직이더니 빠르게 팔다리를 움직였다.

위험을 느꼈는지 골렘의 가슴에서 목 쪽으로, 재빨리 이동했다.

"너무 잘 만들었잖아! 마력 결정이 인격을 지니고 자동 회피라니."

"이 세계에 이런 건…… 말도 안 돼요……."

"이런 적, 내 세계 골렘에도 없어. 있으면 버그 캐릭터라고 항의가 빗발칠 거라고."

"……있다면, 나기 님과 같은…… 걸까요?"

"그러게. 아마도『치트 스킬』의 산물이야. 하지만 능력은 대충 알았어."

이 골렘의 능력은 자기 재생. 얼음 검 날리기. 그리고 약점 이동이다.

그렇다면, 대책은 그다지 어렵지 않아.

"세실. 계획 변경이다. 이중 영창으로『파이어 볼』2연속. 할 수 있어?"

"할 수 있어요. 어딜 노릴까요?"

"하나는 몸통에. 하나는 머리에, 시간차를 두고."

"알겠습니다."

장기전은 불리하다. 이걸로 안 되면 그냥 집에 갈래.

『섬멸한다!』

골렘이 소리쳤다. 그리고 우리의 머리 위에 15개가 넘는 얼음 검.

놈의 몸 안에서 사람 모양 결정체가 빛나고 있다.

마력 소비량을 무시하고 우리를 죽일 생각인가.

"지금이다! 이리와, 리타!"

"알았———어!" 에잇!!"

통로에서 대기하고 있던 리타가 바닥을 박찼다

금색 머리카락을 휘날리며, 큰 공간 천장 부근까지 뛰어올랐다.

"리타! 비장의 카드를 몸통에 박아넣어!"

"알겠습니다 주인님! 이야아아아아아아!!"

『신성력 장악』으로 강화된 리타의 주먹이 골렘의『얼금 검』을 모조리 부숴버린다!

골렘이 고개를 든다. 그 틈에—

"나기 님의 일을 방해하지 마세요! 갑니다, 『파이어 볼』!!"

세실의 『파이어 볼』(첫발)이 골렘의 가슴에 착탄했다.

퍼엉, 골렘이 휘청거린다.

그리고 두 번째 파이어 볼이 머리로 향한다.

그것을 눈치 챈 사람 모양의 마력 결정이 재생하기 시작한 몸통으로 이동—

"그렇겐 안 돼!"

뻐어억!

『파이어 볼』이 착탄하기도 전에, 리타의 손이 골렘의 가슴에 파고들었다.

위치는 첫 번째 『파이어 볼』이 뚫어놓은 큰 구멍 바로 위.

리타는 그 손을 재빨리 빼고, 몸통을 박차며 이탈.

골렘한테서 떨어져서는 내 옆에 착지했다.

그 직후, 두 번째 『파이어 볼』이 골렘의 머리를 날려버렸다.

사람 모양 마력 결정은 바로 재생을 마친 몸통으로 이동했다.

그 결정체는 역시 치트 스킬로 만든 것인지도 모른다. 믿을 수 없는 회피 능력이다.

단, 이동 속도가 너무 빠르다. 마력 결정은 급하게 멈출 수가 없다.

골렘의 코어인 결정체는——

물컹.

하고, 몸 안에 꽂아 넣은 슬라임 속에 박혔다.

『뭐, 뭔가, 이것은. 이것은.』

『엘더 슬라임 조각이다.』

내 손 안에 있는 레기가 진동하면서 말했다.

사람 모양의 마력 결정체는 몸 속에 있는 슬라임한테 붙잡혀서 움직이지 못하게 됐다.

몸통에 한 발을 먹었을 때, 리타는 슬라임을 쥐고 있었고, 그것을 골렘의 몸속에 집어넣었다. 도망치는 속도가 빠른 결정체를 붙잡기 위해서.

"레기, 엘더 슬라임의 상태는?"

『반쯤 얼었지만 마력 결정은 확실히 붙잡고 있다. 놓치지는 않는다.』

"응. 그럼 『지연 투기』로 날려버릴 수 있겠네."

"나기 님이 수고하실 필요도 없어요. 고대어 『플레임 애로』로 해치울게요."

"나기랑 세실한테 검을 겨눴단 말이지? 나, 아직 더 때리고 싶거든?"

『이, 이 몸을 이렇게까지 몰아붙이다니 —— 설마 너는 「해룡의 용사」인가?!』

——아.

『오래전, 「해룡의 딸」과 맺어지고 이 도시와 해룡을 맺어줬다고 전해지는 「해룡의 용사」가 나타났다는 것인가?! 이는 사명의 장애물이 되는 긴급 사태다! 지금 즉시 주인께 보고를!!』

흐~응. 보고한단 말이지.

……헤에~.

"세실. 리타."

"예. 나기 님." "알았어요. 주인님."

『해룡의 용사——아, 잠깐. 어째서 그런 무서운 얼굴을——잠깐만. 말로 해결하자. 아니, 사명에 대해서는 말할 수 없지만——기다려라 해룡의 용사! 저, 저기. 해룡의 용——아.』

뭇매를 놔서 입을 막았다.

골렘과 결정체가 부서진 뒤에 유류품을 발견했다.

금색 반지였다. 엄청나게 정교하고 비싸 보인다.

안쪽에 글자가 새겨져 있다. 『후작 영애 에텔리나 하스브루크에게. 동맹의 증표로.』라고.

이 골렘을 만든 녀석 물건인지도 모른다. 나중에 이리스한테 확인해 달래야지.

흑막은 이 후작 영애일까. 아니면 이 반지를 선물한 놈일까.

일단 판단은 보류.

하지만 이 녀석을 제거하지 않고는 마음 편히 살 수 없게 된다면, 사양하지 않고 끝을 보겠지만.

"일단 이걸로 퀘스트 절반은 끝났어."

마물은 전부 해치웠다.

예상 밖의 끝판왕이 있었지만, 중추로 통하는 문은 무사했다.

해룡의 모습이 새겨진 두꺼운 철제 문이고, 이리스 혼자서는 도저히 움직이지 못할 정도로 크다. 아마도 마법이 걸려 있어서 무녀나 용사한테 반응해서 열리겠지. 저 골렘도 부수지 못했으니까.

"……무녀나 용사만 열 수 있단 말이지."

예를 들어서 내가 손잡이를 잡고 살짝 힘을 주면─

쿠우우우우우우우우우우(찬바람과 진동).

─열렸네.

콰당.

서둘러 닫아버렸다.

"해룡의 용사 확정인가…… 정말 싫다."

솔직히 대괴어 레비아탄을 해치운 건 세실이고 내가 아니거든.

주종계약을 했으니까 노예의 성과는 주인의 것이 되는 건가.

아니면 파티 멤버 중에서 비늘을 입수한 사람이 용사로 인정되는 걸까. 이런 룰에 대해서도 알아봐야겠다.

"세실. 혹시 문이 열리는지 시험해봐."

"……죄송해요. 나기 님, 움직일 수가 없어요……."

고개를 돌려 보니 세실이 몸을 웅크리고 있었다.

"중추에서 나오는 기척이…… 그러니까, 엄청나서."

"문 열었을 때?"

"예, 예. 마치, 신 클래스의 뭔가와 마주한 것 같았어요……."

세실의 피부에 아까하고는 비교도 안 될 만큼 소름이 돋아 있다.

"하지만 난 아무렇지도 않은데."

"그건 나기 님의 해룡의 용사라서 그래요."

"저항이 있다는 거야?"

"솔직히 용사잖아요."

"하나도 안 기쁘거든, 『용사』."

일단 『레비아탄의 비늘』 한 개를 세실한테 줘봤다.

변화 없음. 전부 줘도 변화 없음.

비늘을 주운 시점에서 나 하나만 「용사」로 인정된 것 같다.

"리타는……?"

"……싫어…… 무서워…… 신님 무서워……."

머리를 손으로 감싸고 떨고 있다.

바닥에 엎드려서. 귀도 꼬리도 축 늘어져서.

리타는 그 기척을 제대로 맞은 것 같다.

"무서워~. 커다란 뭔가가 와…… 주인니임. 나 혼자 두지 마.

무서워…….”

“괜찮다니까. 나도 세실도 있으니까.”

“으…… 와웅. 아으으으.”

한동안 리타의 등을 문질러주다가—결국 다리가 풀려서 움직이지 못하게 돼서 내가 등에 업어주기로 했다.

“세실은 괜찮아?”

“괘, 괜찮아요. 나기 님이랑 닿아 있으면…… 마음이 놓여요.”

세실은 한 손으로 리타의 엉덩이를 받치고, 다른 손으로는 내 소매를 꼭 쥐고 있다.

세실은 움직일 수 있다. 리타는 움직이지 못한다. 이 차이는 뭘까.

“주인니임…… 아무 데도 안 갈 거지? 나 혼자 두지 않을 거지?”

“안 한다니까.”

“아무 데도 안 가지? 용사 따위는 안 될 거지?”

“그렇게 귀찮은 일은 안 합니다.”

“아우~”

킁킁 뒷목 냄새를 맡으면서 몸을 밀착시키는 리타.

“괜찮아요~. 저도 나기 님도 계속 같이 있을 거예요~”

“세실…… 주인니임…….”

리타가 나를 꼭 끌어안았다.

……해룡 던전의 중추라.

우리가 들어갈 일은 없을 것 같지만 대책은 마련하는 게 좋으려나.

그리고 우리는 온 길을 거꾸로 되돌아갔다.

리타는 내 등에 업힌 채.

세실은 걱정되는 얼굴로 내 소매를 꼭 붙잡고서.

그렇게 해서, 우리는 해롱 던전을 탈출했다.

제12화 「못된 꿍꿍이의 무녀와, 용사와 노예의 접속 실험」

일단 지상으로 들어왔다가, 우리는 다시 던전으로 들어갔다.

이번에는 파티 멤버 전원과 이리스도 같이.

정규병 사람들은 불만이라는 표정을 지었지만, 아이네와 라필리아가 이리스의 손을 잡고 일어나자 "흐익!" 하고, 겁먹은 얼굴로 길을 열어줬다.

두 사람, 우리가 던전 공략하는 사이에 무슨 짓을 한 거야.

"일했어." "효율적으로 열심히 했어요오!"

……뭐 됐고.

두 사람의 보고를 들으며, 우리 여섯 명은 별문제 없이 제일 아래층의 큰 공간에 도착.

리타와 라필리아는 통로를 감시하고, 나와 세실, 아이네가 이리스를 호위하기로 했다.

뭐, 마물은 이미 다 소탕했지만.

그래서 이리스가 중추에서 결계를 다시 치기만 하면 퀘스트는 끝인데.

"그 전에, 이걸 봐줘."

나는 큰 공간의 바닥을 가리켰다.

얼음 팔다리와 산산조각이 난 마력 결정체가 굴러다니고 있다. 아이스 골렘의 잔해다.

"우리가 여기 왔을 때, 이 골렘은 아직 살아 있었어. 중추로 통하는 문을 억지로 열려고 했거든. 간신히 쓰러트리기는 했는데, 셋이 싸워서 간신히 이겼어."

내 설명을, 이리스는 멍하니 듣고 있다.

"이리스는 짐작 가는 데 있어?"

"없습니다! 이런 마법 생물이 해룡의 성지에 있을 리가 없어요!!"

그렇겠지.

애당초 이렇게 커다란 놈이 던전의 통로를 지나올 수도 없으니까.

아마도 누군가가 여기 들어와서 마법으로 만들었겠지.

"그리고, 이것도 떨어져 있었어. 골렘 안에 들어 있었던 것 같아."

나는 이리스에게 아까 주운 반지를 건넸다.

"안쪽에 이름이 새겨져 있어. 『후작 영애 에텔리나 하스부르크』라는 사람 알아?"

이리스의 눈이 휘둥그레졌다.

아, 알고 있구나. 게다가 엄청나게 싫다는 얼굴이네.

"최근에, 오라버니와 같이 일을 하는 여성입니다."

"이리스네 오빠랑?"

"후작 영애는 왕도에서 여행으로 온 분이라고 들었습니다. 그 사람을 자신이 중앙에 진출하기 위한 발판으로 삼겠다면서, 오라버니가 자주 만나러 가고 있습니다."

"이리스는 이 반지 본 적 있어?"

"이르가파 영주 가문이 일을 맡기는 세공사의 특기인 문양이 새겨져 있네요."

"상당히 비싼 것 같은데. 몇만 아르샤는 하지 않을까?"

"예. 사람들 눈에 띄지 않게 뇌물을 줄 때 사용합니다. 마력을 전도하기 쉬운 금속으로 만들어서, 모양이 망가져도 그럭저럭 가격이 나오니까요."

"돈세탁 같은 거야?"

"『돈세탁』이 뭔지는 잘 모르겠지만, 아마 그럴 겁니다."

마력을 전도하기 쉬운 금속이라.

그렇다면 이 반지가 골렘을 만들기 위한 매체였을 가능성도 있겠네.

"마지막 질문. 이리스 말고 이 던전 입구 문을 열 수 있는 사람은?"

"저택에 예비 열쇠가 있습니다. 영주 가문 사람이라면 틈을 노려서 들고나올 수도 있겠죠……."

해룡 제사와 관계된 열쇠는 이리스가 관리하고 있는 것 같다.

하지만 이리스는 얼마 전까지 다른 곳에 가 있었다.

그 틈에 열쇠를 들고나와서 던전에 들어오는 것도 불가능한 일은 아니지.

"조건은 갖춰졌네……."

던전 문을 열 수 있는 사람은 이르가파 영주 가문 사람뿐.

여기에 이리스네 오빠 아는 사람 이름이 새겨진 반지가 떨어져 있었다.

그리고 이리스의 말에 의하면 이리스의 오빠는 던전 공략을 「자신을 통해서 신명 기사단에게」 맡기라고 압박을 가했다. 그리고 이제부터 본인이 온다.

응. 수상하네.

"이리스가 오라버니께 묻겠습니다! 만약 이 건에 오라버니가 관여했다면 이르가파의 법으로 심판하겠습니다!"

이리스는 드레스 자락을 붙잡고 부릅, 하는 표정으로 고개를 들었다.

이리스의 드레스는 바닷물을 맞아서 바다 냄새가 배어 있다. 하지만 이리스는 신경 쓰이지도 않는 것 같다. 훤히 드러난 어깨에, 어느샌가 녹색 비늘이 드러난 것도.

"전부 이리스 책임입니다. 소마 님 일행께 무슨 일이라도 생기면 돌이킬 수 없는 일이 벌어질 뻔했습니다. 여러분은 소중한 친구…… 아니, 그 이상의 존재인데……."

성실하네, 이리스는.

키는 세실이랑 비슷하지만, 실제 나이는 생긴 그대로인데.

"우리한테는 이것도 일이니까 신경 쓰지 않아도 돼."

"아닙니다!"

내가 말하자 이리스가 고개를 저었다.

"소마 님 일행은 일을 완벽하게 처리해주셨습니다. 귀중한 정보까지 주셨습니다. 이리스는 깊이 감사를 드립니다. 이 신뢰에 어떻게 보답해야 할지 모를 만큼."

그렇게 말해주니 부끄럽네…… 가 아니라 좀 켕기네.

이쪽은 숨기는 게 있으니까.

여기 오는 동안, 우리는 이리스가 『해룡 전설』 벽화를 알아차리지 못하도록 세실의 『라이트』로 발밑만 비춰주고 있었다. 그리고 이리스가 벽화를 보지 못하도록 블로킹했고.

아직은 『해룡의 용사』 얘기는 안 하는 게 좋다.

이리스의 오빠, 골렘─지금은 상황이 아주 복잡하다. 여기에 『해룡의 용사』일까지 추가되면 혼란스러워질 뿐이다. 지금은 가만히 있는 게 도와주는 일이겠지.

"그럼, 이리스는 결계를 재구축하겠습니다."

그렇게 말하고, 이리스는 중추의 문 쪽으로 향했다.

……어라?

문을 열려고 하지 않네. 이리스는 그저 가만히, 문손잡이를 보고 있다.

그리고는 웅크리고 앉아서 땅바닥을 문지르고. "흐응~" 하고 콧소리를 낸 뒤에.

"소마 님."

"……왜 그러시죠? 이리스 양."

"중추의 문은 일 년에 한 번밖에 열리지 않습니다."

"응. 필요가 없으니까."

"그래서 소금과 먼지가 쌓입니다. 1년 치가."

이리스가 날 쳐다본다.

온화한 얼굴에 뭔가 의미심장한 미소를 짓고.

"그런데 어째서 소금과 먼지가 떨어진 걸까요? 그것도 손가락 모양으로."

"……글쎄~."

"글쎄~ 가 아니라고 생각합니다."

"사실은 아까, 중추로 가는 문을 열어보려고 했거든. 내가."

"왜 그러신 거죠?"

"호기심에."

"열리지 않았나요?"

"……안 열렸어요~."

"그렇군요…… 그런데 소마 님."

이리스는 빙긋 웃고 손으로 바닥을 더듬었다.

"소금과 먼지는 바닥에도 쌓이거든요? 그리고 문이 열리면 그 자국이 남습니다."

……역시 이리스는 똑똑하네.

나도 조심하기는 했다. 하지만 이리스와 나는 이곳에 대한 지식이 차원이 다르다.

지형 효과까지는―생각을 못 했다.

"이 문을 열 수 있는 것은 『해룡의 용사』뿐입니다. 소마 님, 눈치채셨군요."

이리스가 슬금슬금 나한테 다가왔다.

"이리스를 배려해서 일부러 말을 안 하셨군요! 역시 대단해요!"

"저기, 이리스."

"예, 소마 님."

"난 이리스를 도와주고 싶어. 하지만 자격이나 지위는 필요 없거든."

"알겠습니다. 나중에 천천히 얘기하도록 하죠. 후후."

뭐야 그 「놓치지 않을 거예요~」 라는 느낌의, 엄청나게 상쾌한 미소는.

"혹시나 싶어서 말인데, 용사의 권리를 양도할 수도 있나?"

"글쎄요. 『해룡의 무녀』가 죽어도 『용사』를 인정하지 않으면 권리는 소실되지만, 그렇지 않으면 평생 용사 인정 확정이겠죠."

"그래서, 만약 내가 해룡의 용사라면 이리스는"

"『만약에』는 더 이상 필요 없어요──."

비틀, 작은 몸이 날 향해 쓰러졌다.

온몸의 힘을 빼고, 머리부터 바닥에 떨어질 기세로.

반사적으로, 나는 이리스의 몸을 끌어당겼고──

"⋯⋯⋯⋯이리스도, 이런 상황을 망상한 적이 있어요."

후후후, 하고 웃는 이리스.

이런 대사도 할 수 있구나 『해룡의 무녀』.

역시 가둬두기에는 아까운 인재야.

내 품 안에서, 엄지손가락을 세워 보이는 이리스.

그 비늘이 진주색으로 빛나고 있다.

"알았어. 나는 『해룡의 용사』로 인정해도 돼."

하는 수 없지.

이리스는 내 친구다. 친구가 이렇게까지 하는데도 계속 모르는 척하는 건 무리다.

"그럼 『주종계약』을 하죠. 이리스의 주인님이 돼주세요, 소마 님."

"아니, 아무래도 그건 안 되지."

무녀이자 영주의 딸인 이리스를 노예로 삼으면 이르가파 전체가 난리가 날 테니까.

"남성에게 있어 사랑을 위해 세계를 적으로 삼는 건 멋진 일이 아닌가요?"

"그런 녀석을 좋아한다면 다른 사람을 찾아보는 게 좋을 것 같아."

"아뇨, 그런 분을 상대하는 건 불편해서, 저도 싫어요."

"그럼 그런 소리 하지 말고."

나는 이리스를 떼어냈다.

이리스는 진주색으로 변한 자신의 비늘을 사랑스럽다는 듯이 쓰다듬었다.

"이야기를 정리하자."

"예."

"나도 모르는 사이에 해룡의 천적을 쓰러트린 것 같은 나는 해룡의 용사로 인정된다."

"예. 틀림없겠죠."

"그리고 이리스는 무녀의 역할을 내려놓기 위해서 나와의 이어지기를 원한다. 왜냐하면 『해룡 케르카톨』 앞에서 무녀와 용사가 깊이 맺어지면 전설을 재현할 수 있으니까. 그렇게 되면 『해룡 제사』는 이리스가 죽을 때까지는 할 필요가 없다, 는 얘기지."

"그렇게 되죠."

"하지만 『주종계약』으로 이어질 필요는 없잖아."

"그게 가장 빠르지 않나요."

이리스는 그렇게 말하고, 드레스 자락을 들어 올리면서 고개를 숙였다.

"『혼약』, 『스피릿 링크』 의식을 정확히 알고 있는 사람은 없어요. 재현한 사람이 있다면 전설이 되겠죠. 그야말로 신비의 존재예요."

"…………헤에~."

나도 모르는 사이에 여러 가지를 초월해버린 것 같다.

"나와 이리스의 『주종계약』을, 해룡 케르카톨이 의식의 재현이라고 인정해줄 가능성은?"

"어려울지도 몰라요……."

이리스는 피곤하다는 듯이 어깨를 늘어트리고 살며시 한숨을 쉬었다.

훤히 드러난 자신의 비늘을 손톱으로 누른다. 그 손이 살짝 떨리고 있다.

"하지만, 이리스는 이제 지긋지긋해요. 납치당하고 음모에 말려들고 친구들을 위험하게 만들고……. 이리스는 아무것도 아닌 사람이 되고 싶어요……."

기어들어가는 목소리로 중얼거리고, 이리스는 나한테 등을 돌렸다.

이리스는 온천 거리에서 『움직이는 갑옷』과 『가짜 마족』의 습격을 받았다. 게다가 이번에는 『치트 골렘』 함정까지. 솔직히 지긋지긋해지는 것도 당연한 얘기겠지…….

"——자세한 얘기는 나중에 하죠. 이리스는 지금부터 중추에서 결계를 재구축하겠습니다. 나기님 외에는 통로에 나가 계시는 게 좋을 것 같아요. 큰 공간 밖으로 나가면 영향은 약할 테니까요."

그렇게 말하고, 이리스는 큰 공간 안쪽에 있는 문에 손을 댔다.

"그럼 세실이랑 아이네는 밖에 나가 있어."

나는 큰 공간 구석에서 대기하고 있던 세실과 아이네 쪽을 봤다.

"나기 님이 계신 곳이 제가 있을 곳이에요."

"누나가 나 군 곁에 없다는 건 말도 안 돼."

사람 말 좀 들으라고.

"여기 있으면 신역의 압박감이 주는 영향에 대해 실험하게 될 텐데."

"실험? 좋은데요?" "응. 상관없어."

"그래…… 그럼 사양 않고."

나는 세실과 아이네를 끌어당겼다.

그대로 꼭, 두 팔로 두 사람을 안았다.

마침 잘 됐다. 지난번에 내가 중추 문을 열었을 때 세실과 리타의 반응이 달랐었거든. 그 원인을 확인해봐야겠다.

"……부러워요……."

그런 우리를, 이리스가 빤히 보고 있었다.

"뭐?"

"아, 아무것도 아닙니다. 문을 열게요."

끼익, 소리가 났다.

큰 공간 안쪽에 있는 거대한 문이 열린다.

그 너머에 호수와 제단이 보인다.

저게 이 던전의 중추. 해룡 케르카톨과 만나는 곳인가.

"금방 끝나니까 기다려주세요."

문이 닫혔다.

자, 그럼.

"세실, 아이네. 둘 다 괜찮아?"

"아, 예. 어라……?"

세실은 빨간 눈을 크게 뜨고 어라? 하고 고개를 갸웃거렸다.

"이상하네요. 무서운 게 하나도 안 느껴져요."

"아이네는?"

"괜찮아아무렇지도않아괜찮아아무렇지도않아. 누나가나군앞에
서못난꼴을보일수는없어. 아무렇지도않아괜찮아괜찮아──."

덜덜 부들부들 덜덜 부들부들.

밤색 머리카락의 메이드가 눈물을 글썽이면서 나한테 매달렸다.

"미안. 역시 무리였구나."

"괜찮아. 아이네는 나 군 거니까 괜찮아. 나군이 한 거니까 틀
림없이 의미가 있어. 의미도 없이 이런 거 안 해."

역시 누나네.

눈물을 글썽이면서 떨고 있지만 날 이해해주고 있다.

"저도 여쭙고 싶어요. 나기 님이 저희를 안아주신 이유는 뭔가
요? 아니, 이유는 없어도 돼요. 오히려 대환영이지만, 그래도."

"신역의 압박감과 『혼약』이 관계가 있는지 확인하고 싶었거든."

나는 소리를 죽여서 말했다.

"『혼약』이, 말인가요?"

"내가 괜찮은 건 『해룡의 용사』로 인정받았기 때문이겠지. 그리고 아까 내가 문을 열었을 때 세실이랑 리타의 반응이 달랐잖아? 세실은 영향이 적었지만 리타는 완전히 응석쟁이가 됐어."

"아이네 언니를 안아준 건 『주종계약』에 따라서 내성이 생기는지를 확인하려던 건가요?"

"그거야. 아이네한테는 미안하지만."

"……괜찮아."

아이네는 살짝 떨면서, 내 가슴에 뺨을 댔다.

"아이네의 모든 것은 나 군 거니까."

"고마워 아이네.

하던 얘긴데, 아까 이리스가 『주종계약』을 하면 해룡 케르카톨한테 인정받을 수 있다고 했잖아? 하지만 이걸로 『주종계약』의 연결이 『혼약』보다 약하다는 걸 알았어. 『용사 인정』에 의한 내성이 아이네한테는 전해지지 않은 걸 보면."

"한마디로 이리스 양과 『주종계약』을 해도 소원을 이루지 못한다는 건가요."

"아마도."

축제 날 중추에 찾아오는 신께서는 아마도 한 번에 알아보겠지.

한마디로 이리스의 소원을 이뤄주려면—

"이리스와 『주종 계약』을 한 뒤에 『혼약』까지 해야 해."

그건 상당히 힘들다.

『혼약』의식은 리타도 실패했을 정도니까.

이리스랑 『주종계약』을 했습니다~ 그럼 『혼약』도 할게요~ 로 성공할 가능성은 없어 보인다.

"다른 좋은 방법이 있으면 좋겠네요."

세실은 상냥한 눈으로 중추의 문 쪽을 봤다.

"나기 님을 좋아하는 분이 행복해졌으면 싶으니까……."

그런 이야기를 하는 사이에, 중추의 문 틈새에서 번쩍, 하는 빛이 나왔다.

던전의 분위기가 달라졌다.

조금 전까지는 탁한 느낌이었는데, 지금은 공기 청정기를 최대로 가동한 것 같다.

이리스의 결계 부활 의식이 성공한 것 같다.

"해룡 케르카톨과 조금 연결됐어요. 저쪽도 역시 던전의 이상을 알아차린 것 같아요. 분노와―슬픔이 전해졌습니다."

조금 지나서 이리스가 문 밖으로 나왔다.

"더 이상 던전을 어지럽히면, 아마도 올해는 돌아오지 않겠죠."

"마스터~! 전령이에요오~!"

갑자기.

큰 공간 입구에서 라필리아가 나타났다.

"리타 님의 『기척 감지』에 반응이 있어요. 침입자입니다!"

"지금 막 결계를 새로 쳤는데?"

"침입자는 인간이에요! 회색 머리카락에 파란 눈을 한 남성과—그리고, 그리고."

라필리아는 정말 싫다는 얼굴로 말했다.

"가면을 쓴 사람들이 같이 있어요. 숫자는 열두 명.『신명 기사단』이에요!"

제13화 「해룡의 가호를 받은 자(자칭)의 분노와 『영혼의 오빠』」

『신속하게 행동하라. 행운의 바람이 돛을 부풀게 하는 것은 단 한 번뿐.』

항구 도시 이르가파의 격언이다.

노이엘 하페우메어는 그 말에 따라서 신속하게 행동하기로 했다.

던전 입구를 지키고 있던 정규병들은 『신명 기사단』이 쓰러트렸다.

이리스가 그렇게 명령했기 때문이겠지. 정규병들을 필사적으로 노이엘 일행을 막으려고 했다.

그래도 『신명 기사단』은 당해내지 못했지만.

"평가는 해주자. 정규병을 새로운 시스템으로 다시 고용할 때는 B랭크로 등록해주마."

던전 안을 걸어가며, 노이엘 하페우메어가 중얼거렸다.

"노이엘 님. 곧 지하 제2층입니다."

옆에서 걸어가는 가면 쓴 소녀가 말했다.

"알고 있다. 골렘의 반응은?"

노이엘의 대답에 그녀—『신명 기사단』의 리더가 고개를 저었다.

"없습니다. 쓰러진 것 같습니다."

"계획의 수정은 가능한가?"

"문을 파괴할 수 없는 경우, 중추로 가는 길을 통행 불능으로 만들 예정이었습니다."

가면 쓴 여성이 담담하게 말했다.

"그것에 의해 『해룡의 의식』을 발해. 올해의 제사를 중지하게 하고 그 사이에 무녀와 새로운 『계약』을 맺을 생각이었습니다. 그것이 불가능해졌다면 남은 건 힘으로 이리스 님을 설득하는 방법밖에 없을 것 같습니다."

"그렇다면 에텔리나의 힘을 빌리는 수밖에 없겠군."

처음에 세운 계획 자체는 문제가 없었다.

오산은 이리스가 생각보다 일찍 성묘에서 돌아왔다는 것.

그리고 그녀가 고용한 모험자들이 생각보다 실력자라는 점이었다.

"엘프 노예가 손에 들어오지 않은 것도 오산이었지."

"그 탓에 골렘의 강화가 늦어졌습니다. 마력 조정에 있어서는 엘프를 당해낼 자가 없죠. 후보자는 있었습니다만…… 축제 가면을 쓴 자가 방해해서."

"한심하군. 그래서 해룡 따위는 섬기지 말라고 하는 것이다."

노이엘 하페우메어가 투덜댔다.

"하는 수 없지. 이리스를 납치한다."

"괜찮으시겠습니까?"

"이리스를 고립시켰던 것은 이런 때 이용하기 편하게 하려는 것이었다."

그래서 이리스 곁에는 노이엘의 손길이 닿은 사람들만을 둬왔다.

노이엘에게 충성을 바친 정규병도, 아는 사람에게 사들인 메이드도.

결국 도움이 안 됐지만.

"우리의 계획은 해룡 케르카톨의 활용이다. 해용은 무녀를 소중히 여긴다. 그렇다면 대등한 계약 따위가 아니라 이리스를 인질로 삼은 종속 계약도 맺을 수 있을 것이다. 해룡도 일종의 마물이다. 섬기는 것이 아니라 이용해야겠지."

노이엘은 뒤에 있는 가면 쓴 모험자들을 봤다.

숫자는 열두 명. 『신명 기사단』 중에서도 상위 랭크에 해당하는 자들이다.

"이리스는 마법으로 회복 가능한 상처까지 허락한다. 나머지는 죽여라."

"알겠습니다. 고용주의 바람에 응하는 자들을 준비하는 것이 『신명 기사단』의 장점입니다."

가면 쓴 소녀—『신명 기사단』의 리더가 노이엘 앞에서 한쪽 무릎을 꿇었다.

"여기 있는 자들은 전원 C랭크와 B랭크를 헤쳐 나와 A랭크가 된 자들. 그 실력을 증명해 보이겠습니다."

『신명 기사단』은 철저한 실력주의다.

가입한 자들은 일단 C랭크에서 시작한다. 가면을 써서 명실상부한 『신명 기사단』이라는 시스템의 일원이 된다. 말하자면 조직의 톱니바퀴가 되는 것이다.

그 뒤에는 얼마나 조직에 도움이 되는지에 따라 랭크가 올라간다.

상위 랭크로 올라가면 보수도 100퍼센트 지급되고, 낮은 랭크인 자들의 스킬 크리스탈을 받을 수도 있다.

랭크를 올리는 방법은 다양하다. 상납금을 내도 되고 아는 사람을『신명 기사단』에 가입시켜도 된다. 5명 이상 가입시킨 자는 자동적으로 B랭크로 올라간다.

억지로 권유하는 경우도 있지만, 노이엘에게는 상관없는 일이다.

이 시스템은 일단 지금까지는 성공적으로 작용하고 있다. 사람이 계속 늘어나고 있으니까.

바로 쓸 수 있고 불만을 늘어놓지 않는 병사다. 언젠가는 이것이 이 나라의 표준이 되겠지.

후작 영애 에텔리나로부터 이 방법을 들었을 때, 노이엘은 하늘의 계시라도 받은 것 같은 기분이 들었다.

중앙 귀족 여성이 이렇게나 지적으로 앞서가는 사람이었을 줄이야.

"이걸로…… 이르가파 영주 가문은 중앙 귀족계에서 인정받게 된다. 해룡을 섬기는 야만족이라는 소리도 듣지 않게 된다. 이리스도, 아버지도, 언젠가는 알아주겠지. 내가 옳다는 것을."

에텔리나 하스부르크도『조직 내부에 있는「이물질」은 제거해야 한다』고 말했다.

그렇게 해서 마음을 하나로 만들었을 때 영지와 직장이 발전한다고.

그래서「이물질」인 해룡의 무녀는 동료가 아닌 도구로 취급해야 한다고—.

"……그녀의 말은 왜 이리도 내 마음을 울리는 걸까."

자, 시작하자.

에텔리나 하스부르크에게 성과를 보여서 중앙 귀족계에 진출하는 발판으로 삼는다.

그리고 자신은 항구 도시를 개혁하고 발전시킨 자로서 역사에 이름을 남길 것이다.

"그러기 위해서는 사적인 정을 버린다. 모두들, 이리스를 잡아서 내 앞으로 데려와라! 당장!"

"""""""……헤~ 대단하네………….""""""""

목소리가 들려왔다.

지하 제2층. 중추로 가는 문이 있는 큰 공간 바로 앞의 통로에서.

선두에 있는 자는 노이엘의 동생 이리스 하페우메어.

그리고 그 뒤에 다섯 명. 얼굴을 알 수 없는 모험자들.

그들은 노점에서 파는 「해룡 가면」을 쓰고 있다.

십여 분 전.

라필리아의 보고를 받은 나기 일행은 큰 공간에서 짧은 작전회의를 했다.

"회색 머리카락에 파란 눈의 남성…… 아마도 오라버니겠죠. 온다고 했으니."

"그리고 『신명 기사단』인가."

이리스는 던전에 들어오기 전에 정규병들에게 「자신이 돌아올 때까지 아무도 던전에 들어가지 못하게 하도록」이라고 엄명했다는 것 같다.

그런데도 침입자가 들어왔다는 것은, 놈들이 정규병을 돌파했다는 뜻이 된다.

"이리스, 확인할게. 이리스네 오빠가 우리를 공격하면 때려눕혀도 되겠어?"

"……어쩔 수 없죠."

이리스는 긴 한숨을 쉬었다.

"제사에 관련된 일만은 이리스에게 재량권이 있습니다. 그래서 정규병들도 명령을 들은 것이죠. 그들을 쓰러트렸다면…… 힘으로 막는 수밖에 없습니다."

"가장 빠른 방법으로, 전부 여기로 끌어들인 뒤에 문을 열어서 중추의 압박감으로 위압하는 건 어떨까?"

"그건 최후의 수단으로 하죠. 이곳을 더 이상 어지럽히면 해룡이 돌아오지 않을지도 모르니까요."

즉, 놈들이 여기까지 오기 전에 격퇴해야 한다는 건가.

이리스의 말에 의하면 오빠 되는 분은 『검술 LV3』을 쓸 수 있을 정도의 실력.

『신명 기사단』의 실력은 미지수. 단, 높은 랭크의 모험자라는 점은 틀림없다.

……가능한 쉽게 쓰러트릴 방법을 생각해보자.

"저기, 이리스. 이르가파 사람들한테 해룡 케르카톨은 엄청난 힘을 가진 수호신으로 알려져 있지?"

"예. 그렇습니다."

"영주 가문 사람에게도 그 힘은 위협적이고?"

"물론이죠. 해룡을 두려워하기에 영주 가문은 무녀를 지배하에 두고 있었던 것이니까요."

"알았어. 그럼, 전원 해룡 가면 장착!"

철컥.

내가 호령하자 세실, 리타, 아이네, 라필리아가 해룡 가면을 썼다.

언제 『신명 기사단』과 만날지 몰라서 준비해뒀다.

"소마 님. 어쩔 생각이신가요?"

"우리 세계…… 가 아니라 고향에서는, 신이 계신 곳을 어지럽히면 천벌을 받거든."

그리고 여기는 마물도 마왕도 있는 이세계고, 항구 도시의 수호신인 용까지 있다.

『무녀』가 같이 있다면 해룡의 대리인이라고 해도 벌은 안 받겠지.

"해룡의 무녀의 이름으로, 벌을 좀 주자고."

그리고 현재. 던전 지하 제2층 부근.

"단도직입적으로 묻겠습니다. 이 던전에 골렘을 보낸 건 오라버니가 맞죠?"

이리스는 통로 중앙에 서서 십여 미터 앞에 있는 오빠를 노려보고 있다.

동생과 해룡 가면 파티의 눈빛을 받은 노이엘 하페우메어가 멈칫거렸다.

"……이리스, 왜 그런 소리를?"

"큰 공간에 골렘 조각이 떨어져 있었습니다. 거기에 『후작 영애 에텔리나 하스부르크』에게 보낸 반지도 있었고요! 이리스가 없는 동안에 누군가가 열쇠를 가지고 와서 던전에 들어왔다는 사실은 알고 있습니다. 전부 자수하고 해룡 케르카톨께 사죄하세요!"

이리스가 화를 내자 노이엘 하페우메어가 쩔쩔맨 것 같았다.

하지만 바로 마음을 다잡고, 손으로 회색 머리카락을 단정하게 다듬은 뒤에—

"그래, 분명히 에텔리나의 지시에 따라, 이곳에 마력 결정체를 가지고 온 것은 바로 나다."

당당하게 말했다.

"하지만 그것은 항구 도시 이르가파를 변혁시키기 위해. 이 도시의 명성을 높이기 위한 것이다!"

"………………하아."

이리스는 깜짝 놀란 표정을 지었다.

"잘 들어라, 이리스. 이 도시는 무역 거점으로서 번역하고 있다. 하지만 다른 귀족들에게는 얕보이고 있다. 해룡 같은 마물을 숭배하는 야만족이라고."

"그게 어쨌다는 겁니까? 오라버니."

"어쨌냐니…… 너는 사교계에 나가본 적이 없어서 모르는 거냐?! 아버지도 나도, 얼마나 입지가 좁은지는 알고는 있나! 다른 귀족들과 연줄을 댈 수도 없다. 영지를 확대할 수도 없다. 그저 무역 거점으로서 번영하고 있을 뿐이다. 그딴 것을 귀족이라고 할 수 있겠나?"

"저기…… 오라버니. 영지 주민들이 불편하지 않게 살 수 있고 치안도 좋으면, 영주로서 우수한 것이 아닙니까?"

"명성을 높이고 영지를 늘려야 귀족이 아니더냐?"

노이엘 하페우메어의 눈이 이글이글 불탔다.

이런 눈, 전에도 본 적 있었지. 아르바이트하던데 사장이었던가.

평범하게 물건을 팔던 곳이 갑자기 지역 공헌 사업에 자기 계발 세미나를 개최하고, 거기다 어르신 대상 IT 강좌를 시작한 적이 있었다. 사원들은 물론이고 아르바이트까지 전부 휴일 출근을 시켜대면서. 사원도 다른 아르바이트들도 전부 점점 폐인이 돼갔는데. 잘 지내고 있으려나…….

그 사장은 『아무튼 확대 발전』을 주장하는 사람이었는데, 노이엘 하페우메어는—?

"무리해서 명성을 높이고 영지를 늘려서 어쩔 셈입니까, 오라버니?"

"하기 전부터 그런 생각을 해서 어쩌자는 거냐?! 아무튼 『명성

상승』, 『영지 확대』다!"

…………응. 의외로 닮았네.

"그러기 위한 인재는 확보했다. 『신명 기사단』의 시스템에 있으면 같은 인원으로 세 배의 성과를 낼 수 있다. 이것이 효율화라는 것이다."

"노이엘 하페우메어, 어리석은 자여."

내가 말했다.

노이엘 하페우메어의 어깨가 움찔했다.

그렇구나. 해룡 가면도 약간이나마 위압 효과가 있나보네.

"누구냐…… 네놈은."

"나는 해룡의 무녀와 깊은 관계가 있는 자다. 그렇지? 이리스 하페우메어?"

"아, 예. 이분은─:

일이 귀찮아 질 테니까 『해룡의 용사』라는 말은 숨겨두기로 했다.

여기서 노이엘 하페우메어를 겁먹게 만들 직함만 있으면 되니까.

이리스의 오빠가 제일 충격을 받을 수 있는 말이면 더 좋고.

그건─

"이리스에게 세계에서 제일 소중한 『영혼의 오빠』입니다!"

"──뭐?!"

노이엘 하페우메어의 입이 떡 벌어졌다.

당연히 그렇겠지. 친오빠 앞에서, 여동생이 생판 누군지도 모르는 인간을 오빠라고 소개했으니까.

하지만 다른 적당한 직함은 없었을까? 이리스.

"해룡은 모든 것을 알고 계신다. 에텔리나 하스브루크의 정체도, 능력도."

일단 말해봤다. 하나도 모르지만.

"그녀는 현대 사회―아니, 다른 세계의 지식을 이용해서 귀족들을 현혹하고 있을 뿐이다."

지하에 있던 골렘의 존재.

시궁창 같은『신명 기사단』.

이상하게『항구 도시 변혁』,『명성 상승』소리를 늘어놓는 노이엘 하페우메어.

그걸 생각해보면―

"해룡이 이 몸을 통해서 말씀하신다. 네놈이 알고 있는 에텔리아 하스부르크는『이계의 스킬』을 지닌 자라고. 그 능력과 지식에 현혹된 네놈은 해룡과 무녀를 배신하려 하고 있다! 아닌가?!"

"큭!"

노이엘 하페우메어의 몸이 뒤로 젖혀졌다.

정답인가보네.

"사람은 통상의 3배의 성과 따위는 낼 수 없다. 낸다고 하더라도 그것은 단기적인 것. 언젠가는 무리가 쌓여서 파탄이 난다. 그런 것도 모르는 네놈은 누군가의 말을 따라 할 뿐인 어리석은 놈이다!"

"그런 일은 없다. 나는 에텔리아의 계획을 전부 이해하고 있다."

"거짓말이다."

"거짓말일 리가 있겠나. 그녀의 분석에 의해 무녀가 해룡을 끌어들이는 열쇠라는 것도 알고 있다. 그렇다면 무녀를 인질로 삼아서 해룡을 마음대로 부릴 수도 있을 것이다. 이리스를 써서 자식을 번식하고, 해룡의 피를 이어받은 자를 늘린다. 그것을 모두 군선에 태우면 해룡은 그 배를 지켜야만 한다. 해룡을 군사적으로 이용하는 것도 가능해진다!"

"…………뭐?"

─이 자식, 지금 뭐라고 한 거야?

"…………말도…… 안 돼…………."

이리스의 얼굴이 새파래졌다.

다리가 부들부들 떨린다. 작은 몸을 나한테 기댄다.

나는 이리스를 안아주고 그녀의 오빠를 바라봤다.

이리스를 써서 자식을─『번식』한다고?

설마…… 농담이겠지…… 이 자식, 이리스네 오빠잖아……?

"괜찮다, 이리스는 아무것도 걱정할 필요 없다. 내 동맹자에게는 훌륭한 스킬이 있다. 이리스는 잠깐 실험에 참가해서 아이를 몇 명 낳기만 하면 된다. 그러면 이리스도 무녀의 사명에서 해방되지 않겠는가?"

하지만 노이엘 하페우메어는 자랑스럽게 떠들어댔다.

"시험해볼 가치는 있을 것이다. 성공한다면 이르가파 영주 가문은 중앙 귀족계에서 큰 발언권을 얻게 된다. 물론 나와 에텔리나는 동맹자로서 혼인 관계가 되겠지. 그것뿐만이 아니다. 앞으로 내 자식들은 왕가와 맺어지게 될지도 모른다.

"……닥쳐."

"또한 에텔리나가 만든『신명 기사단』은 사람을 움직이기 위한
최적의 시스템이다. 기사단에 공헌하면서 랭크C에서 A로 올라간
다. 멤버들은 그러기 위해 지불한 대가가 아까워서라도 탈퇴할
수 없다. 그야말로 사람의 심리를 이용한 최고의 시스템이다.

앞으로는 이 방법이 표준이 될 것이다. 항구 도시 이르가파에
서 시작해, 온 세상에 변하는 것이다. 해룡을 숭배하는 것이 아
니라 이용한다. 그것은 훌륭한——."

"시끄러, 닥쳐! 이 더러운 자식아!"

더 이상 들어줄 수가 없었다.

이리스는 당장이라도 울 것 같은 얼굴로 귀를 막고 있다.

희미한 목소리로 "……이리스는…… 계속. 이르가파를 지키
기 위해…… 참아…… 왔는데……."—라고 중얼거리면서.

이리스는『해룡의 무녀』인 탓에 생명의 위험을 겪고 마음대로
밖에 나가지도 못했다.

그래도 이르가파를 위해서라고 생각하며, 자기 할 일을 다해
왔다.

그런데, 친오빠가 그것을 망치려 했다.

이리스가 오게 될 장소에 마물을 불러들이고, 의식을 파괴하
고, 게다가 납치까지—연구해서—번식? 이리스의 자식들을 군
사적으로 이용해서 중앙 귀족계에 진출한다고?

웃기지마.

"노이엘 하페우메어여. 더 이상 이리스에게 상처 주는 언행은 용납하지 않겠다.

"······『영혼의 오빠』?!"

이리스가 눈물을 글썽이며 날 쳐다봤다.

결정. 기간 한정, 지역 한정 대 서비스다.

이 자리에서, 아무도 모르게, 나와 이리스 사이에서만—

내가 『해룡의 용사』라는 캐릭터가 되어주겠어.

"그 입 다물라, 노이엘 하페우메어. 네 말에는 아무런 의미도 없다."

이제 됐어. 정보는 다 얻었으니 작전 개시다.

"머리가 텅텅 빈 세습 경영 기업의 임원이 어쩌다 만난 경영 어드바이저의 말을 있는 그대로 받아들여서 회사 개혁을 하려는 것과 마찬가지다. 기반이 되는 지식조차 없다. 붕괴할 것이 뻔히 보이는 일에는 아무런 가치도 없다."

내가 한쪽 손을 들었다.

그것을 신호로 리타, 아이네, 라필리아가 소리를 질렀다.

"오오오오오오오오."

"두려워하라~. 해룡의 분노를 두려워하라~."

"무서워~. 신님 무서워~."

"··········『이 세상의—근원을 깨운다』—

"오오오!" "두려워하라!" "칭송하라!"

"⋯⋯⋯『찬양하라. 모든 생명은 찬양하라』——."

"가면을 쓰고 난리 치는 것밖에 할 줄 모르는 놈들이 내 개혁을 방해하겠다는 것이냐?!"

노이엘 하페우메어가 레이피어를 뽑았다.

"다소의 부상은 어쩔 수 없다. 이리스를 확보하라! 다른 놈들은 죽이고!"

뒤에 있던 『신명 기사단』이 움직였다.

"""오오, 두려운 줄 모르는 자여! 천벌을 받으라!

분노의 빛이 이 던전을 감쌀 것이다."""

"——『라이트』(작은 소리로)."

사람들의 고함소리에 맞춰서 영창하고 있던, 세실의 고대어 『라이트』가 발동했다.

다음 순간, 해룡 던전에 빛이 가득 찼다.

나는 이리스를 내 등 뒤에 숨게 했다. 세실 말고는 전부 가면을 살짝 올려서 눈을 가렸고.

해룡 가면에는 『라이트』의 빛을 막는 의미도 있었다.

작전 목적은 「던전을 어지럽히지 않고 적을 무력화하는 것」. 이걸로 끝나면 참 편할 텐데—

"크, 아아아아아아악!"

빛의 구체 속에서 절규가 울렸다. 하지만, 아직이다.

가면 쓴 사람들이 움직이고 있다. 세실이 내 소매를 잡아당긴다. "영창이에요!"라고 가르쳐줬다.

"전원! 샛길로 대피!"

내 목소리에 따라, 사람들이 통로 옆의 우묵한 샛길로 뛰어들었다.

마물들이 숨어 있던 곳이다. 꽉꽉 들어가면 여섯 명 정도는 문제없다.

피슝.

그 직후, 공기 칼날이 통로 벽을 도려냈다.

바람 마법인가.

"『진공 칼날(배니시 윈드)』이에요. 나기 님."

세실이 가르쳐줬다.

『진공 칼날』
바람 계통의 LV3 마법. 적을 향해 진공 칼날을 날린다.
롱 소드 정도로 날카롭다. 가죽 갑옷 정도는 갈라버린다.
마력 소비가 적고 연사가 가능한 것이 장점』

"게다가…… 위력이 엄청나요. 영창이 겹쳐져서 들려요. 이건."

"『동시 영창(싱크로 캐스트)』이예요오."

라필리아와 세실이 긴 귀를 기울이고 들었다.

"『동시 영창』은 복수의 사람이 동시에 주문을 영창해서 마법의 위력을 크게 높이는 기술이에요. 하지만…… 영창이 조금이라도 틀리면 실패하는 아무 엄청난 기술이기도 해요!"

"이렇게 깔끔한『동시 영창』은 처음 들어봐요. 마치…… 한 사람이 영창하는 것 같아요."

진공 칼날이 계속해서 날아온다.

벽을 부수고, 바닥을 가르고, 바위와 물이 튄다.

발소리가 다가온다. 이쪽의 움직임을 막고 거리를 좁히겠다는 전술인가. 숫자는 저쪽이 더 많으니까, 힘으로 밀어붙일 셈이겠지.

……귀찮게 말이야.

이쪽은 던전을 어지럽히면 해룡이 안 오게 돼서 공격 마법을 자제하고 있는데.

"이리스는 괜찮아?"

"아, 예. 리타 님이 감싸주셨어요."

"당연하지! 작은 아이들을 지키는 건 내 의무니까. 더 꼭 안아도 되거든?"

리타는 기뻐하며 이리스를 안고 있다.

취미 활동은 적당히 하라고 해주고 싶지만, 리타의 품에 안긴 이리스가 편안해 보이니까 됐다.

오빠한테 그런 말을 들은 직후다 보니 저렇게 안겨 있으면 마음이 놓이는 것 같다.

"슬슬 우리도 반격해 볼까."

적은 마법을 날리고 있다. 하지만 눈이 멀어서 명중률이 엉망이다.

이 틈에 후딱 해치우자.

"그렇게 됐으니까, 라필리아."

"예, 예에."

내가 부르자 라필리아가 해룡 가면을 이마까지 올렸다.

파르스름한 눈을 반짝반짝 빛내며 나를 본다.

"타이밍은 내가 지시할게. 영창의 틈새를 노려서 화살을 뿌려."

"하, 하지만. 이 상태에서는…… 어지간히 운이 좋지 않으면 안 맞을 텐데요오."

"음. 그럼 **운이 좋게 만든 다음에** 쏴보자."

"……아."

라필리아가 탁, 하고 손뼉을 쳤다.

"알겠습니다! **그걸** 써도 되는 거죠, 마스터!"

"응. 뒷일은 우리가 알아서 할 테니까. 저질러, 라필리아!"

"예에에!"

라필리아는 새하얀 손바닥을 들어서 자기 아랫배에 댔다.

"행운의 수레바퀴를 돌립니다…… 발동 『불운 소멸 LV1』!"

라필리아의 아랫배에 빛이 깃들었다.

이어서 라필리아는 가슴 중심에 손을 댔고, 마지막으로 정수리에.

손을 댄 곳마다 나와 라필리아한테만 보이는 빛이 들어왔다.

『불운 소멸 LV1』(잠금 스킬 : 적출 불능 특성, UR)

자신과 타인의 불운을 씻어내서 행운 패러미터를 급상승시킨다.

부작용으로서 스킬의 효과 종료 후, 십여 분 동안 공격력, 방어력, 마법 저항력이 격감한다.

사용하고 다시 충전하는데 며칠이 걸린다.

"라필리아 언니. 다음 『진공 칼날』이 와요! 그 뒤에 30초 동안 시간이 있을 거예요!"

"저쪽은 조금씩 가까이 다가오고 있어. 세 명씩 4열 종대. 혼자 발이 안 맞는 녀석이 있고. 이리스네 오빠겠지. 제일 뒤에 있어!"

세실의 『마력 탐지』, 리타의 『기척 탐지』가 적의 위치 정보를 알려줬다.

나도 『고속 분석』을 기동. 창의 위치를 통해서 적의 장소를 추측. 라필리아에게 전했다.

나머지는 라필리아의 실력과 운에 달렸다.

슈웅.

바람 마법이 우리가 숨어 있는 곳 바로 옆으로 지나갔다.

그 직후, 활을 겨누는 라필리아가 통로로 뛰쳐나갔고!

"발동! 『호우 궁술 LV1』입니다!!"

피융, 피융, 피융.

할 시위 소리는 세 번. 발사한 화살은 15개. 재고 소진.

나는 바로 라필리아의 팔을 붙잡고 샛길로 끌어들였다. 꼬옥,
하고.

"연사하라!『진공 칼날』!!"

라필리아가 쏜 화살깃 소리에『신명 기사단』이 반응했다.

슝, 슝, 슝.

복수의『진공 칼날』이 공기를 울렸다.

선두에서 날아가던 화살이 갈라져서 산산조각 났다.

수많은 조각이 돼서 허공에 흩어졌고—

다른 화살들의 궤도를 변화하게 만들었다.

나머지 화살들은 뭔가 이상한 커브를 그리면서『신명 기사단』
들을 향해 날아갔다!

"크아아아아아아악!"

그렇게 해서, 당연하다는 듯이 놈들의 갑옷 틈새에 박혔다.

무릎에, 어깨에, 팔꿈치에, 옆구리에.

부자연스러울 정도로 미묘한 위치에 전부 명중, 크리티컬이다.

"라필리아, 운이 좋은데~"

"저, 그런 말은 태어나서 처음 들어봐요오!"

라필리아는 커다란 가슴을 흔들면서 뿅뿅 뛰었다.

정수리와 가슴과 배가 아직도 빛나고 있다.

왠지 아깝다. 『슈퍼 라필리아 타임』이 이어지는 사이에 뭔가 날릴만한 건…….

"라필리아. 그 슬라임, 아직 더 분열시킬 수 있어?"

"아, 예. 하지만 앞으로 두 마리가 한계인데요?"

"그거면 돼. 서둘러 『슈퍼 라필리아 타임』이 끝나기 전에."

"…………예, 예에. 마스터~."

라필리아가 시무룩한 표정을 지었다.

어? 왜?

"마스터는 정말 너무해요. 사람들 다 보는데…… 이런 곳에서……."

스륵, 라필리아가 치마에 손을 댔다.

그 치맛자락을 들어 올리고, 그 안에 있는 속옷에 손을 대고, 천천히 내려서—

"하, 흐으으. 하, 하지만, 마스터. 저, 저, 어둠에 삼켜져 버렸으니까. 마스터의 그런 점도, 좋아요. 마스터, 좋아요. 좋아요, 좋아요, 좋아요, 좋아요."

하으으, 하고 뜨거운 숨을 내쉬며 속옷을 내리는 라필리아.

나도 모르게 눈이 가서—하지만 눈을 돌리려고. 뒤쪽을 보려고 했지만 다들 밀착해 있어서 몸을 움직일 수가 없다. 세실도 리타도 아이네도, 이리스까지 "으으음" 하고 이상한 소리를 내

고 있다.

"마스터께서 주신 상…… 아니, 명령이에요. 분열해주세요
『엘더』!"

라필리아는 속옷을 머리에 달고 있는 파란 머리핀 앞에 내밀
었다.

탱글탱글, 뽀옹!

라필리아의 속옷을 삼킨 엘더 슬라임이 분신을 두 마리 토했다.

다시 한번, 세실과 리타한테 타이밍을 계산해달라고 한 뒤에—

"아이네, 라필리아. 지금이야!"

"알았어!" "알겠습니다 마스터!"

마법이 끊어진 타이밍에, 아이네와 라필리아가 통로로 뛰쳐나
갔다.

두 사람의 발밑에는 슬라임이 두 마리.

그리고 아이네는 대걸레를 들고, 뒤에서 라필리아도 손을 얹
었다.

""합체 스킬! 발동!!""

"『마물 소탕 LV1』 플러스!" "『불운 소멸 LV1』 입니다아!"

두 사람이 타이밍을 맞춰서 대걸레를 휘둘렀다.

파앙, 파아앙.

슈웅, 슈웅.

슬라임 두 마리가 날아갔다.

나는 두 사람을 샛길로 끌어들였다. 라필리아의 빛이 깜박이기 시작한다. 『붉은 소멸』의 효과가 떨어지려고 하는 것이다. 지금부터는 우리가 라필리아의 방패가 된다. 적은—

"어, 어째서 슬라임이 하늘을 날지?!"

그런 말을 하셔도 말이죠.

"산산조각 내버려!"

노이엘의 말에 따라서 바람 마법이 슬라임을 잘게 잘라버렸다.

그리고 그 바람의 압력 때문에, 슬라임들은 이상한 궤도를 그리면서 산탄처럼 흩어졌고—

『신명 기사단』의 가면에 달라붙었다.

조각이 난 슬라임은 『신명 기사단』의 콧구멍, 입, 귓구멍으로 기어들어 갔다. 본능 같은 걸까. 점착력 하나는 끝내주니까, 저 녀석들.

슬라임이 달라붙은 『신명 기사단』은 얼굴을 감싸고 땅바닥에서 뒹굴었다.

전투력은 충분히 깎아 놨다. 이만하면 됐겠지.

"노이엘 하페우메어여! 해룡 케르카톨의 분노를 몸으로 느껴라!"

내가 소리쳤다.

"이르가파 영주 가문의 인간인 주제에 무녀의 마음에 상처를 주고 제사를 행하는 장소를 더럽히려 한 죄, 우리에게 해룡의 분노가 내려올 정도다!"

"웃기지 마라!"

"조금이나마 생각해 보거라. 후작 영애는 진정 네놈을 위해 그 힘을 빌려주는 것인가?"

"당연하다. 그녀는 내 파트너이자 『신명 기사단』을 소개해준 사람이니까!"

"그렇다면 어째서 그자는 이 자리에 없는 것이냐?"

후작 영애의 목적이 노이엘 하페우메어를 돕는 것이라면, 이 자리에 없는 건 이상하다.

골레이 말했다. 그 녀석의 주인은 『마왕 대책 할당량을 채우고 있다』고.

만약 후작 영애가 『내방자』라면 그 사람의 일은 이미 끝났고.

노이엘 하페우메어도 『신명 기사단』도 다 필요 없게 된 건지도 모른다.

"후작 영애가 너를 이용하는 것인지도 모른다고, 어째서 생각하지 않는가?"

"그녀는 헤아릴 수 없을 만큼의 지식을 지녔다. 틀림없이 나나 네가 모르는 목적이 있을 것이다. 그녀는 내 동맹자다. 우리는 신뢰 관계로 맺어졌단 말이다!"

신뢰 관계라니…… 그게 동생을 이용하겠다고 선언한 놈이 할 소린가.

이리스는 왠지 새빨개져서 손으로 얼굴을 가리고 "죄송해요 『영혼의 오빠』. 죄송해요 여러분"이라는 말을 하고 있고. 하긴, 저런 게 가족이라면 정말 창피하겠지.

이리스의 정신 건강을 위해서도, 우리들의 노동 시간 단축을 위해서도 이 자리에서 저 놈들을 잡을 수 있는 스킬을 만들어야 겠다.

지금 쓸 수 있는 스킬은 자이언트 스파이더의 『둥지 짓기 LV2』, 그리고 라지 서펜트의 『휘감기 LV3』, 이리스한테 받은 가사 스킬 중에 마지막 하나.

그 안에 있는 것들을 리타의 스킬과 조합하면…… 그래, 어떻게든 되겠네.

"저리, 리타."

"예, 주인님. 해도…… 돼."

리타가 『해룡 가면』을 벗었다.

촉촉한 분홍색 눈동자가, 바로 눈앞에서 날 보고 있다.

"아직 아무 말도 안 했는데."

"나기에 대한 건 다 알 수 있거든."

리타의 뺨이 발그레해져 있다. 긴 속눈썹이 흔들린다. 금색 동물 귀가 희미하게 떨린다.

"나랑, 여기서 『고속 재구축』하고 싶은 거지?"

"노이엘 하페우메어를 빨리 잡아버리고 싶으니까. 후작 영애 랑 합류하면 귀찮아질 것 같거든. 그러니까 여기서 리타의 스킬 을 쓰고 싶거든."

"설명 같은 건, 필요 없어."

리타는 내 손을 잡아서 자기 가슴에 댔다.

부드럽고 따뜻한 곳이 물컹, 하고 내 손을 받아들였다.

"나기는 그냥 나한테 『리타랑 하고 싶어』라는 말만 하면 돼. 왜냐하면 난 나기 거잖아?"

"알았어. 난 리타랑 『고속 재구축』하고 싶어. 리타의 『가창 LV4』를 쓰게 해줘."

"예, 주인님! 얼마든지 하세요!"

두근, 리타의 심장이 크게 뛰었다.

리타의 가슴이 놀라울 정도로 뜨거워졌다. 내가 손가락을 움직일 때마다 간지러운지 몸을 꿈틀거린다. 왠지 진정되질 않아서 나는 손을 살짝 옆으로 옮겨서 올리고, 내리고―리타가 "……하으" 하고 숨을 내쉬었을 때 멈췄다.

"이번에는 꼭, 끝난 뒤에 『재조정』할 테니까."

"응. 나도 이번에는 실패하지 않도록 할게."

"…………?"

이번에는 실패하지 않게……?

……아, 알았다……『혼약』인가.

지난 번 『고속 재구축』한 뒤에 리타랑 성립될 뻔했었지.

"알았어. 집에 가서 해줄 테니까 마음의 준비를 해둬."

그렇게 말하자 리타의 얼굴이 확, 하고 새빨개졌다.

"…………부, 부탁드려요…… 주인, 님. 저랑…… 해주세요."

동물 귀를 축 늘어트리고, 리타가 작은 소리로 중얼거렸다.

나 자신한테 라지 서펜트가 떨어트린『휘감기 LV3』을 인스톨했다.

그러자 머릿속에『해당 스킬은 사용 불능』이라는 글자가 나타났다. 당연히 그렇겠지. 사람 몸으로는 이런 스킬을 쓸 수 없으니까.

하지만『능력 재구축』창에는 아무 문제 없이 표시됐다.

『휘감기 LV3』
『몸』으로『적』을『조이는』스킬(팔다리는 사용 금지).

그리고 리타의 스킬에『마력의 실』을 연결해서.

『가창 LV4』
『노래』로『사람의 마음』을『움직이는』스킬

바로 옆에서, 리타가 내 손을 잡고 있다.

나는 리타의 가슴에 손을 대고―선언했다.

"실행!『고속 재구축』!!"

"……응…… 하앙."

리타가 애절한 한숨을 쉬었다.

그리고 쭈뼛쭈뼛 눈을 뜨고, 나와 리타를 연결한『마력의 실』쪽으로 손을 뻗었다.

"……나랑 나기, 이어졌어?"

"응."

"적을 쓰러트리면, 꼭 『재조정』 해줄 거야?"

"물론이지. 이번엔 리타가 혼자서 힘들지 않게 해줄게."

"……기쁘지만…… 창피해…… 두근두근해……."

리타는 새하얀 몸에 감긴 목줄을 손가락으로 문질렀다.

"두근두근하니까………… 마음을 노래에 실을게. 나중에 나기랑, ─잘할 수 있게."

그렇게 말하고, 리타는 통로 쪽으로 고개를 돌렸다.

"저놈들을 처리하고 집으로 돌아가자. 해치워, 리타!"

"예! 들어주세요…… 주인님."

내 손을 잡고, 리타가 흐읍, 하고 숨을 들이쉬고─스킬을 발동했다.

그리고 리타의 아름다운 목소리가 통로 한가득 울렸다.

이번에 『고속 재구축』으로 만들어낸 스킬은─

『속박 가창(송 오브 바인딩) LV1』(UR)

『노래』로 『적』을 『조이는』 스킬

리타의 노래를 들은 적의 움직임을 구속하는, 범위 영향형 치트 스킬이다.

"솔직해지지 못하는 이 마음, 어떻게 전해야 할까?

넘쳐날 것 같고

애절하고

터질 것 같은 이 마음."

부웅, 하고 공기가 울렸다.

날카로운 진동이 통로를 감싸기 시작한다.

"수인인 나랑 이어주는

사슬 같은 건 필요 없어

이름만 불러주면 돼

그 목소리만 있으면 내 마음은

언제든 그 사람이랑 이어지니까."

"그러니까 신이시여, 징표를 주세요

내가 그 사람 것이라고

세상 사람들이 다 알 수 있는

만질 때마다 그 사람을 느낄 수 있는

징표를, 제게 새겨주세요―."

―계속 울리는 리타의 노래는 각설탕에 꿀을 뿌리고 슈거 시럽에 담근 것처럼 엄청나게 달콤했고― 그러면서도 목소리는 일찍 일어난 아침의 공기처럼 맑았지만―

치트 스킬 『속박 가창 LV1』은 그 효과를 인정사정없이 발휘했다.

"뭐, 뭐냐. 뭐냐 이건. 윽, 크으으으으윽?!"

통로 저편에서 절규가 들려왔다.

『신명 기사단』과 노이엘 하페우메어의 몸에 금색 사슬 같은 것이 감겼다.

자세히 보니 사슬을 구성한 것은 줄줄이 이어진 글자.

그것은 리타의 노래에 맞춰서 놈들의 몸을 조였다.

"뭐, 뭐냐. 대체 뭐냐 이 창피한 노래는. 크아아아아악?!"

그러는 동안에도 리타는 계속 노래를 불렀다.

새빨간 얼굴로, 가느다란 몸에서 소리를 짜내는 것처럼. 이마에도, 가슴팍에도 땀이 맺혀서.

『속박 가창 LV1』은 강력한 만큼 체력 소모도 심한 걸까.

"제 마음을…… 바쳐…… 요

다음 생까지, 아니, 영원히

부기 신이시여…… 부탁해요…… 두 사람이

같은 마음을…… 품을, 수, 있게…….'"

추욱.

나는 넘어지려는 리타의 몸을 안아줬다.

"……와우웅."

"수고했어. 리타."

"나기…… 에헤헤. 안아줬다…… 상이야."

나는 리타의 머리카락을 쓰다듬고, 열을 재고—좋아, 열은 없네.

"해룡 케르카톨의 이름으로, 성지를 더럽힌 자를 구속하라!"

내가 외쳤다.

기왕 시작했으니 끝까지 『해룡의 가호를 받은 자』로 밀어붙이자.

"아이네는 『기억 청소』로 적을 마비시켜. 세실은 『타력의 화살』로 적의 마력을 빼앗고. 라필리아와 이리스는 리타를 부축하면서 날 따라와."

세실과 아이네가 뛰어갔다.

나는 리타를 부축하면서 적들 쪽으로.

"뭐…… 냐, 이…… 건."

노이엘 하페우메어와 기타 등등은 땅바닥에 넘어져서 꿈틀거리고 있다. 마치 뭍에 올라온 물고기처럼.

"해룡의 분노라고 했을 텐데."

나는 그 녀석을 내려다보며 말했다.

상황을 이해하지 못한 건지, 노이엘 하페우메어는 얼굴이 새파래져서 떨고 있다.

"말도 안 돼. 에텔리나는 해룡 따위는 그저 똑똑한 마물일 뿐이라고——."

"그 얘기는 나중에 듣도록 하지. 후작 영애의 정체에 대해서도."

뭐, 심문하는 건 정규병들이겠지만.

그 사람들도 상당히 화가 났겠지.

자기 주인이 갑자기 공격하더니 성지를 어지럽히고, 무녀를 잡아가려고 했으니까.

"그리고……『신명 기사단』의 리더는 누구지?"

"흐, 흥. 누가 가르쳐줄 것 같으냐!"

노이엘 하페우메어가 눈을 돌렸다.

바로 옆에 자빠져 있는 가면 쓴 소녀 쪽으로.

아, 얘구나.

"해룡의 무녀의 호위로서 너희의 목적을 듣고자 한다."

나는 가면 쓴 소녀를 내려다보면서 말했다. 그랬더니―

"『신명 기사단』은 신규 단원을 모집하고 있습니다."

……뭐라고?

전투 불능이 된 『신명 기사단』 소녀가 망가진 것처럼 말하기 시작했다.

"『신명 기사단』의 B랭크가 되면 퀘스트를 달성할 때마다 C랭크로부터 보수를 5% 징수할 수 있습니다. 게다가 A랭크가 되면 20%를 징수할 수 있죠. C랭크도 처음에는 조금 힘들지만, 노력만 하면 금세 상위 랭크로 올라갈 수 있습니다."

흘러나오는 목소리는 녹음된 광고 문구 같았다.

"절차는 간단, 가면을 쓰고 『계약』만 하면 됩니다. 자, 당신도 『신명 기사단』에 들어와서 영웅이 돼보세요. 지금 가입하시면 가입 확대 캠페인도 적용됩니다! 가입비 1,000 아르샤만 내면 B

랭크부터 시작할 수 있습니다!"

미끌, 하고—

가면이 벗겨졌다.

"전투 불능에 의해 랭크 AAA(트리플 에이)의 가면을 해제합니다. 다시 랭크 C부터 열심히 해주세요……."

소녀의 몸은 움직이지 않게 됐다.

다른 『신명 기사단』도 전부 움직임이 멈췄다. 이 사람이 전체의 사령탑이었던 건가.

"세실, 이 가면을 『감정』할 수 있어?"

"예. 그럼, 발동할게요. 『감정 LV2』——."

세실은 가면에 손을 얹었다.

"……알았어요. 이 가면에는 『정신 지배』계 마법이 걸려 있어요. 가면이 사용자의 마력을 빨아들이고, 그걸 연료로 『정신 지배』 효과를 만들어내는 것 같아요."

"다운 그레이드 되기 전의 레기가 쓰던 그런 거야?"

『전혀 다르다! 주인님.』

내 등에 있던 레기가 갑자기 진동했다.

『이 몸은 귀여운 소녀가 야하고 귀엽게 흐트러지는 것을 좋아할 뿐이다! 평소엔 늠름하던 소녀들의 자기 몸의 반응에 당황하는 모습을 사랑할 뿐이란 말이다! 허나, 이 가면에는 사랑도! 욕정도! 우아함도 찾아볼 수가 없다! 이 몸을 이딴 것과 똑같이 취급하지 마라. 울 거다, 주인님!』

"레기 씨 말이 맞아요. 이 가면은 사람을 도구로 만드는, 나쁜 마법 아이템이에요."

가면이 벗겨진 소녀가 기절한 건 『정신 지배』를 계속 받아온 영향인 것 같다.

이렇게 강한 『정신 지배』를 받았으면 정신이 계속 갈려나간다. 전투 불능이 되면서 지배가 풀린 건 좋지만, 원래대로 돌아가려면 시간이 걸릴 것 같아요—라고, 세실이 말했다.

"이 녀석들 가면 같은 아이템, 이쪽 세계에 흔히 있는 거야?"

"아뇨."

세실이 고개를 저었다.

"있다고 해도 1,000년에 한 번 나올까 말까 하는 수준이에요. 대량생산할 수 있는 물건이 아니라고요. 가능하다면—"

치트 스킬, 이라는 얘긴가.

한마디로 노이엘 하페우메어한테 이 녀석들을 소개한 후작 영애 짓이란 말이지.

정말 싫다. 엮이기 싫은데.

"무슨 얘기를 하는 거냐! 나를 해방하라. 중앙 귀족계에서 이르가파의 이름을 높일 이 몸을 크억!"

"이리스 님~! 무사하십니까!"

퍼억. 빡. 콰직.

고함소리와 함께, 던전 입구 쪽에서 정규병들이 뛰어 들어왔다.

"죄송합니다! 노이엘 님과 폭도들이 저희를 기습해서! 오오! 무사하셔서 다행입니다. 그런데 폭도는?! 노이엘 님은?!"

우리는 나란히 정규병 대장의 발밑을 가리켰다.

노이엘 하페우메어는 발에 밟히고 걷어차인 뒤에 바위에 격돌해서 코피를 뿜고 있다.

"오오! 이거 실례—아니, 실례가 아니군요! 영주 가문의 적자씩이나 되시는 분이 해룡의 무녀님을 해치려 하다니!"

"오라버니와 『신명 기사단』은 이리스를 습격하고 성지를 피로 더럽히려 했습니다."

이리스는 쓸쓸하게, 조용히 중얼거렸다.

"그들은 죄인입니다. 해룡의 무녀의 이름으로 구속하고 옥에 넣어두도록 하세요."

"알겠습니다, 이리스 님."

대장이 고개를 끄덕였다.

이리스는 쓸쓸한 얼굴로 자기 오빠를 내려다보고 있다.

내 손을 잡은 채, 숨을 한껏 들이쉬고, 그리고는—

"잘 가세요, 오라버니. 당신에게 이리스는 괴물이고, 그냥 도구였을지도 모릅니다. 하지만, 이리스는…… 당신을…… 적어도…… 가족이라고 생각했습니다……."

이리스는 노이엘 하페우메어에게 등을 돌렸다.

던전 입구 쪽에서 다른 정규병들도 달려왔다.

뒷일은 이 사람들에게 맡기자.

그 뒤로 바로, 우리는 지상으로 나왔다.

"이걸로 겨우 퀘스트 완료네~"

오랜만에 제대로 일한 것 같다.

바닷물 때문인지 몸도 옷도 끈적거린다. 다른 사람들도 마찬가지라서 세실도 아이네도, 라필리아도 천으로 머리카락을 닦고 옷을 짜고 있다.

어디서 먹을 걸 사가지고 집에 가고, 그리고 돌아가면서 목욕도 하자.

"영혼의 오빠…… 소마 님."

종종종, 이리스가 우리 쪽으로 다가왔다.

딱 한 번, 정규병들이 있는 쪽을 보고, 그리고는 뭔가를 떨쳐내려는 것처럼,

"정말 고맙습니다!"

나와 다른 사람들에게 차례로 고개를 숙였다.

"소마 님 일행은 퀘스트를 완벽하게 수행해주셨습니다. 물론 오라버니와 싸운 것까지 포함해서. 사죄하는 뜻도 겸해서 추가 보수를 지불하도록 하겠습니다."

"응, 고마워 이리스."

"저기…… 용사에 대한, 소마 님의 마음은 잘 알겠습니다."

이리스는 우물쭈물하면서 내 얼굴을 쳐다봤다.

"하지만, 괜찮으시다면, 제사 당일의 의식 때만이라도 같이 있어 주시지 않으시겠습니까? 강요하지는 않겠습니다만…… 그래도, 무슨 일이 있을지 모르니."

"호위해달라는 얘기야?"

"그, 그런 겁니다. 아직 『신명 기사단』의 잔당이 남아 있을지도 모르고, 후작 영애가 뭔가를 꾸밀 수도 있으니까요. 그리고, 중추까지 같이 갈 수 있는 건 소마 님 뿐이니까⋯⋯."

이리스는 고개를 숙이고, 불안하다는 듯이 가느다란 몸을 끌어안았다.

"알았어. 같이 가줄게."

제사 기간 동안에는 용사 캐릭터를 연기하기로 했으니까.

그리고 이리스가 무리하고 있다는 것도 알았으니까. 친오빠한테 유괴당할 뻔하고―번식까지 당할 뻔했던 이리스한테 혼자서 제사 의식을 시킬 수도 없지.

일단은 이리스의 친구니까 말이야.

"⋯⋯고맙습니다. 『영혼의 오빠』!"

그렇게 말한 뒤에 우아하게 인사를 한 이리스의 표정은 너무나 멋진 웃는 얼굴이었다.

제14화 「노예를 깨끗이 씻어주려면 여러모로 의식이 필요했다」

우리가 집으로 돌아와서 조금 지났을 때, 이리스의 집에서 전령이 왔다.

후작 영애 에텔리나 하스부르크의 정보를 전하기 위해서였다.

그 뒤에 정규병들이 곧장 후작 가문의 별장으로 달려갔다고 한다.

하지만 그곳은 이미 텅 비어 있었다.

서두른 건지 식기도 안 치우고 옷도 널려 있는 상태.

난로에는 재가 된 서류가 있고, 의자 밑에 딱 한 장, 깜박하고 태우지 못한 양피지가 남아 있었다.

그 양피지는 다른 항구 도시로 보낸 각서였고, 내용은 이르가파를 몰락시키는 대신 그녀에게 수백만 아르샤의 보수를 지불한다는 내용이었다.

보고를 들은 이리스가 추리했다.

후작 영애의 목적은『해룡 제사』를 방해해서 이르가파가『해룡 케르카톨』의 가호를 받지 못하게 하는 것이 아니었을까, 라고.

이곳 항구 도시 이르가파는『해룡의 가호』덕분에 다른 항구 도시보다 우위를 차지하고 있다.

후작 영애 에텔리나 하스부르크는 그것을 시샘한 다른 항구 도시의 의뢰를 받아서『해룡 제사』를 파괴하기 위해 이곳으로 왔다. 그리고 그것을 위해서 이리스의 오빠에게 접근한 것은 아닐까.

이리스의 추리를 들은 그녀의 오빠는 지하 감옥에서 발버둥치며 절규했다는 것 같지만.

현재 정규병들이 도시를 드나드는 사람들을 검문하고 있다.

이제 후작 영애 에텔리나 하스부르크만 잡히면 전부 확실히 밝혀질 것이다.

"그럼, 무슨 일이 있으면 연락드리겠습니다."

그렇게 말하고 이리스가 보낸 전령이 돌아갔다.

나는 거실 의자에 앉아서 그 사람의 뒷모습을 지켜봤다.

아이네가 끓여준 차를 마시며, 앞으로 할 일을 생각했다.

후작 영애는 일단 미루자. 지금은 가장 우선해야 할 일이 있으니까.

이건 파티의 중요한 문제고, 우리의 전력을 좌우하는 중요한 사항이다.

그러니까—

"빨리 스킬을 『재조정』하자, 리타."

나는 거실 구석에 쌓여 있는 천 더미를 향해서 말을 걸었다.

모포에 쿠션에 식탁보. 집안 곳곳에서 그러모은 천이 창가에 산더미처럼 쌓여 있고, 그 틈새로 금색 꼬리가 튀어나와 있다. 아까부터 계속 이런 상태다.

"저기, 나기."

천 더미 속에서 목소리가 들려왔다.

"암흑은 사람을 대담하게 만들지?"

"그렇지."

"얼굴이 안 보여서 평소에는 못 하는 말도 하게 되지?"

"응. 그렇지."

원래 살던 세계에서는 친구네 집에 자러 갔다가, 불을 끄자마자 연애 이야기를 시작하는 일도 있다는 것 같으니까. 난 해본 적 없지만.

"던전 안도 일종의 암흑이라고 생각해."

"일종의 암흑이지."

"그래서, 깜박하고 그 자리의 분위기에 휩쓸려서 창피한 노래를 부를 수도 있다고 생각해."

"어쩔 수 없는 일이지."

"으~"

파닥파닥, 금색 꼬리가 흔들린다.

모포 사이로 살짝 튀어나온 발끝이 핑크색으로 물들어 있다.

리타는 집에 오자마자 온 집안의 천을 머리에 뒤집어쓰고 창가에 웅크리고 앉았다.

『속박 가창 LV1』의 후유증─이랄까, 분위기에 휩쓸려서 달콤한 러브송을 불러버린 후유증이었다.

전투 중에는 흥분했었지만, 냉정하게 생각해보니 창피해진 것 같다.

"그, 그거 아무도 못 들었겠지? 내 노래 같은 건, 아무도 관심 없겠지?"

"……안 들렸으면 『속박 가창』의 효과가 발동되지 않았을 것 같은데."

"안돼에에에에에에!"

우당퉁탕.

천 더미가 좌우로 흔들렸다.

"내가 대체 왜 그런 소리를 했을까. 좀 더 평범한 가사로 불러야 했어. 그런…… 생각만 해도 심장이 멎어버릴 것 같은…… 『나기 너무 좋아』노래를…… 알지도 못하는 사람들 앞에서어어어어어어어…… 헉!"

갑자기 리타가 벌떡, 이불을 젖히고 날 쳐다봤다.

"하, 하지만, 거짓말은 아니었거든!"

리타의 얼굴이 확, 하고 새빨개졌다.

"내용은 정말이니까. 내가 항상 생각하는 거니까. 그치만, 그치만……."

횃.

다시 모포를 뒤집어쓰고 꼬리를 파닥파닥.

"신경 쓰지 않아도 되니까, 빨리 『재조정』하자."

"…………와웅. 무리야아. 땀 잔뜩 흘렸단 말이야. 깨끗이 씻은 다음에 해야……."

"괜찮아요, 리타 언니. 지금 막 목욕물 다 데워졌어요!"

거실 입구에서, 세실이 고개를 내밀었다.

"물 식기 전에 들어가세요. **나기 님이랑 같이.**"

"와우우우우우우우우우우웅!"

내 오른팔에 연결된 『마력의 실』이 리타를 향해 뻗어 있다.

이것 때문에 나랑 리타는 멀리 떨어질 수가 없다.

『마력의 실』 길이는 약 3미터.

그리고 이 집의 욕실은 쓸데없이 넓어서, 욕조에서 탈의실까지만 해도 그것보다 멀다.

그래서 목욕을 하려면 나랑 리타가 같이 들어가는 수밖에 없다.

이건 어쩔 수 없네.

"무리, 무리야아! 이런 기분일 때, 나기 앞에서…… 알몸이 되면…… 심장이 터질 거야…… 죽어도, 무리야………… 오늘은 무리라고오오."

"그럼 먼저 『고속 재구축』 『재조정』부터 할까?"

"이렇게 바닷바람 때문에 끈적한 몸으로 나기한테 안기는 건 안 돼……. 주인님한테, 그런 실례되는 짓은 못한다고……."

"그런 리타 양한테 좋은 소식이야~"

"예요오~!"

아이네, 라필리아?

평상복으로 갈아입은 두 사람이 작은 상자를 들고 거실로 들어왔다.

"이런 일도 있을까 싶어서! 아이네가 『목욕할 때 입는 옷』을 준비해뒀어!"

"""뭐, 뭐라고?!"""

나랑 세실이랑 리타가 동시에 말했다.

아무리 그래도 준비성이 너무 좋잖아. 그리고 그런 돈이 어디에……?

"혹시…… 이리스 호위하고 받은 보수로 산 거야?"

"정답입니다. 역시 나 군이야."

아이네는 만족스레 고개를 끄덕였다.

이번 퀘스트에서 아이네와 라필리아는 우리와 별도로 이리스한테서 보수를 받기로 했었지. 그렇구나…… 아이네는 그 돈을 여기에 썼군.

『초고급 목욕 옷』

왕족이나 귀족이 여행 할 때 등에 사용하는 것.

복잡한 문양이 자수로 들어가 있기 때문에, 물에 젖어도 다른 사람에게 맨살을 보여주지 않는다.

몸을 더운 물로 씻는 정도라면 입은 채로도 가능.』

"이리스 양, 정말 대단해. 부탁했더니 바로 준비해줬어."

"……엄청 비쌀 것 같은데."

만져보니 정말 부드럽고 촉감도 좋다.

사람 숫자만큼 있다. 남성용 하나. 여성용이 넷.

"설마 해서 물어보는데…… 여기다 아이네가 받은 보수를 전부 다 쓴 건 아니겠지?"

"대단해. 나 군은 아이네에 대한 건 전부 다 아는 거야?!"

아~ 역시나~.

호위 보수가— 얼마나 되더라?

수백 아르샤는 벌었을 텐데. 한 달 치 생활비 정도는…….

"그치만…… 아이네는 나 군 등을 밀어주고 싶었어."

아이네는 콕, 콕콕, 하고 양쪽 집게손가락을 부딪쳤다.

"이 옷을 입으면, 아이네가 같이 목욕하게 해주지 않을까, 싶어서."

아이네, 혼신의 낭비였다.

……이럴 줄 알았으면 등 정도는 밀게 해줄걸.

낮에 일을 시키고 밤에도 그런 걸 시키면, 왠지 잔업을 시키는 것 같아서 싫었는데.

"아이네. 고마워!"

어느새 리타가 아이네의 손을 꼭 잡고 있었다.

"아니야. 아이네가 나 군이랑 같이 목욕하고 싶어서 산 거니까."

아이네가 상냥한 눈으로 대답했다.

"주인님이랑 목욕하는 건, 우리 파티에서는 가장 중요한 일이니까."

"생사와 가족계획과 관련된 문제야."

우리 파티는 다른 곳과 뭔가 다른 섭리에 따라서 움직이는 것 같다.

"나, 아이네가 동료가 돼서 정말 다행이라고 생각해. 진짜로."

"이제 와서 무슨 소리야. 리타 양은 아이네의 가족이야."

"그래도 정말 고마워. 아이네를 위해서라면 뭐든지 해주고 싶을 만큼."

"그래?"

"이 리타 멜페우스의 명예를 걸고."

"알았어. 그럼, 아이네도 나 군하고 리타 양이랑 같이 목욕할래."

아이네는 리타의 손을 두 손으로 감싸고, 자비로운 여신님 같은 얼굴로 고개를 끄덕였다.

"저, 저기. 아이네?"

"이유 하나. 나 군의 등을 밀어주고 싶어.

이유 둘.『초고급 목욕 옷』의 착용감을 알아보고 싶어.

이유 셋. 리타 양은『고속 재구축』한 직후니까, 무슨 일이 있으면 아이네가 도와주고 싶어."

완벽한 이유였다.

무엇 하나 흠잡을 곳이 없는.

게다가 언질까지 잡혔고.

"괜찮지? 나 군, 리타 양."

그 결과, 셋이 같이 목욕하게 되고 말았다.

제15화 「각성, 치트 아내 제2형태(리타). 그리고 「능력 재구축 LV4」」

욕실에는 돌로 만든 욕조가 있다.

물은 벽에 있는 금속 수도꼭지에서 나온다. 욕조 옆에 작은 아궁이가 있고 마법으로 물을 덥히는 방식이다. 이쪽 세상의 목욕 문화는 의외로 대단하다.

"일단…… 몸을 씻을까."

목욕 옷을 입고 욕실로 들어가는 나는 벽가에 있는 의자에 앉았다.

찰박, 뒤쪽에서 아이네의 발소리가 들린다. 리타는 긴장했는지 발소리도 내지 않고.

"그럼, 아이네가 나 군 등에 물을 뿌릴 테니까 리타 양이 씻어줄래?"

"으, 응. 먼저 주인님부터, 해야겠지."

쏴아, 어깨 언저리에 딱 적당한 온도의 물을 뿌렸다.

등에 착, 하고 천이 닿는다. 이쪽은 리타.

손가락이 떨리는 게 느껴진다. 싸울 때하고는 비교도 안 될 정도로 상냥하고 어색한 동작으로 내 등을 문질러준다.

스윽, 사악, 스윽, 사악.

"리타 양 등은 아이네가 씻어줄게?"

"히악! 아, 아흐. 아이네, 그렇게, 갑자기."

"자~ 깨끗하게 씻어야지~."

"오, 옷은 들추지 마. 바닷물 때문에 끈적해진 것만 씻으면 되니까."

"리타 양, 군살도 없고 정말 예뻐."

"아, 아이네도, 피부가 매끈매끈하잖아."

"리타 양의 야성적인 아름다움하고는 비교도 안 돼."

"안 그렇거든. 아이네는 따뜻하고, 말랑말랑하고, 만지면 안심된단 말이야."

"저기, 리타 양. 아이네 허벅지 쓰다듬는 건 반칙…… 이야."

두 사람, 참 편한 것 같네~.

나도 그렇지만.

목욕옷 하나 입었을 뿐인데 엄청나게 마음이 놓인다.

남성용 옷은 반바지 같은 것이고, 여성용은 어깨끈이 달린 캐미솔. 리타는 노란색, 아이네는 연갈색을 입었다. 아이네가 머리카락이나 눈동자 색에 맞춰서 골랐다.

목욕옷은 맨살이 보이지 않게 할 뿐이고, 신체의 모양은 있는 그대로 알 수 있다.

일단 리타의 가슴이 나도 모르게 시선이 갈 정도로 크고, 그러면서도 중력을 무시하는 것처럼 예쁜 모양이라는 건 아까 확인했다. 아이네가 옷을 입으면 말라 보이는 타입이라는 것도 알았고, 완벽한 누나도 역시 빤히 쳐다보면 창피해 하는구나, 라는 것도 알았다.

"나, 나기…… 기분, 좋아?"

문질, 문질.

리타의 손가락이 내 등을 쓰다듬는다.

"큭. 그러고 보니 누가 등 밀어주는 건 처음이네."

"……나기 처음, 내가 차지했다……."

리타가 귓가에서 속삭였고.

등을 만지던 리타의 손이 움찔, 하고 떨렸다.

"어라……? 왠지………… 이상해. 뭐야………… 이거."

꼬옥.

따뜻하고 부드러운 뭔가가 내 등에 닿았는데, 이건……?

귓가에서 하으, 하으으, 하는 한숨 소리가 들려온다. 빠르게.
게다가 뜨겁다.

"……리타?"

"…………아. 크응. 아, 와웅. 아, 항. 아………… 아앙."

설마?

내 오른팔을 봤다.

조금 전까지 있었던 『마력의 실』이 사라졌다.

"뭐야…… 싫어. 답답…… 해. 멈추지…… 않아. 싫어…………
안 돼."

리타는 뒤에서 날 끌어안고서 바들바들 떨고 있다. 그게 멈췄
나 싶더니 "으응~" 하고 경직되고, 축 늘어졌다. 그리고 또 흔
들리기 시작했다. 그걸 계속 반복.

"……나 군, 이건……?"

아이네가 걱정하는 얼굴로 리타를 쳐다봤다.

"『고속 재구축』의 부작용. 리타 안에서 스킬 개념이 날뛰고

있어.”

하지만 지난번엔 시간이 좀 걸렸는데?

“리타, 일어날 수 있겠어?”

“흐아앙. 괜찮…… 아.”

뭔가 여러모로 신경 쓸 상황이 아니다.

나는 리타의 팔을 잡았다.

리타의 가느다란 몸에 젖은 목욕옷이 달라붙어 있다. 가슴 모양도―그 끝에 있는 뾰족한 것의 모양까지 알 수 있을 정도로. 리타는 못 참겠다는 것처럼 손가락을 물고 있다. 눈은 풀리고 피부는 새빨갛고, 꼬리는 끊어지는게 아닌가 싶을 정도로 파닥파닥 흔들리고 있다.

“……이게 『고속 재구축』의 부작용이야……?”

“내가 스킬을 안정시키면 나으니까. 도와줘, 아이네.”

“응. 알았어. 누나는 잘 알았어.”

아이네는 목욕옷 가슴에 손을 얹고서 몇 번이나 고개를 끄덕였다.

“내가 리타를 옮길 테니까, 아이네는 물기를 닦고 옷을 입혀줘. 내 방으로 데려가서 스킬을 조정할게. 일단 리타를 탈의실로…….”

나는 리타의 몸에 손을 댔다.

정확히는 팔을 잡고 부축해주려고 했다. 딱, 몸이 닿았다.

“앙, 안 돼. 아. 아. 아―――!”

움찔, 움찔.

리타가 새하얀 목을 뒤로 젖히고 소리를 질렀다.

"안 돼. 안 돼, 안 돼, 안…… 돼."

미끌.

리타는 그대로 욕실 바닥에 주저앉았다.

찰박, 하는 물소리가 나고, 리타가 몸을 위아래로 흔들면서——

"응———! 허억. 아, 앙……."

리타는 털썩, 하고 넘어졌다.

지난번보다 반응이 세다. 몸이 닿기만 했는데도 이렇게 되다니.

"발동. 『능력 재구축 LV3』."

창을 열어서 리타의 스킬을 표시했다.

『속박 영창 LV1』

『『노노래래』』로로 『『적적』』을을 『『조조이이는는』』 스킬

글자가 2중이 돼 있다…… 잠깐, 아니다.

개념이 윙~ 소리가 날 것처럼 빠르게, 리타 속에서 떨리고 있다.

"괘, 괜, 찮아. 난."

하지만 리타는 손으로 가슴을 누르면서 날 똑바로 쳐다봤다.

"힘들지만…… 행복…… 하니까. 괜찮아."

"……괜찮을 리가 없잖아."

"아이네였으면, 어떨 것 같아……? 나기가 만들어준 스킬이…… 몸속에서 날뛰면, 싫어? 아니면, 행복해?"

"지금 당장 스킬 크리스탈을 사러 가고 싶어. 목욕옷 사느라 돈을 다 써버린 게 실수였어."

"그치?"

그치? 는 무슨.

"리타를 욕조에 넣을게. 아이네도 도와줘."

"응. 나 군."

나는 다시 한 번 리타의 어깨에 손을 댔다.

아이네한테 리타의 다리를 들게 해서 욕조에 넣었다.

리타의 부담을 줄여주려면 접촉 면적을 줄이고『재조정』하는 수밖에 없다.

"리타, 조금만 참아."

나는 리타 뒤쪽으로 가서 물속으로 손을 집어넣었다.

그대로 리타의 가슴에 손을—뭐야, 물 때문에 옷이 떠올랐잖아. 흔들린다. 잡기가 힘들다.

아, 젠장. 나도 모르겠다.

"히앙! 나, 나기?!"

나는 손으로 더듬어서 리타의 가슴에 손을 댔다. 직접.

천 한 장이 없어졌을 뿐인데—촉감이 전혀 다르다. 매끈매끈하고, 부드럽고, 손바닥에 달라붙는 것 같다. 리타의 가슴이 고동치는 게 똑똑히 느껴진다. 부풀어오른 부분을 손가락으로 건드리기만 해도 리타가 움찔, 하고 반응한다. 마치 나와 리타의 몸이 직접 연결된 것처럼.

"잠깐………… 아, 앙. 아이네도 있는데…… 창피해……."

"그럼 아이네는 밖에 있을게. 둘이서 좋은 시간 보내."

아이네는 욕조 안에 앉아 있는 리타가 안정되도록 어깨를 누르고, 다리 위치를 옮겨주고, 그리고는 만족한 것처럼 굿, 하고. 리타한테 엄지손가락을 세워 보였다.

"파이팅이야. 리타 양."

"하, 하으…………."

리타는 나와 아이네의 얼굴을 번갈아서 보고는 포기했다는 듯이 고개를 숙였다.

아이네는 "힘내"라는 말을 남기고 욕실에서 나갔다.

"그럼『재조정』시작할게."

『재조정』을 하려면 내 마력과 리타의 신성력을 순환시켜야 한다. 하지만 여기저기 만져대면 리타가 아까처럼 될 테니까…… 직접 만지지 않고 어떻게든 할 수 있으면 제일 좋은데 말이야.

……『마력의 실』을 쓸 수 있으려나.

『고속 재구축』한 뒤에 나타나는, 마력 교환에 사용하는 실이다.

그게『능력 재구축』의 효과라면 내 마음대로 사용할 수 있을지도 모른다.

해보자. 의식을 집중하고. 리타를 실로 감는 이미지로…….

"─『마력의 실』── 소환."

스륵.

"──됐다."

『능력 재구축』창에서 털실 정도 굵기의 금색 실이 나타났다.

잔뜩 써댄 덕분이지『능력 재구축』스킬을 꽤 다룰 수 있게 된 것 같다.

나는『마력의 실』로 리타와 내 몸을 이었다.

달아오른 목─가슴팍. 팔. 물속에 있어서 보이지 않는─깊은 곳까지.

리타는 욕조 속에서 눈을 감고 있다.

작은 소리로 중얼거린 뒤에 뭔가를 결심한 것처럼,

"나기가 해주면………… 포근하고, 말로는 잘 표현할 수 없을 지도 모르지만…… 이 기회에."

리타는 흐읍, 심호흡을 하고, 말했다.

"리타 멜페우스는 맹세합니다. 소마 나기와의 사라지지 않는 인연을.

혼을 맺는 약속을.

신께 바랍니다. 나기가…… 사라지지 않는 징표를, 제게 주기를.

다시 태어나도, 다른 세계로 가도, 이 인연이 사라지지 않기를."

그렇게 말하고, 리타는 만족한 것처럼 한숨을 쉬었다.

"확실히 말해줘야 하잖아.『혼약』의 맹세, 니까. 나 잘 했어?"

"고마워, 리타."

머리카락을 쓰다듬어주자 리타는 기쁜 것처럼 꼬리를 흔들었다.

나는 다시 한 번 리타의 스킬 창을 표시했다.

『속박 영창 LV1』
ⅢⅢ노노노래래래ⅢⅢ로로로 ⅢⅢ적적적ⅢⅢ을을을 ⅢⅢ조조조이이이
는는는ⅢⅢ 스킬

진동이 더 세졌다.

리타는 몸을 흔들면서 빠르게, 뜨거운 숨을 내쉬고 있다.

"시작할게. 리타."

나는 『마력의 실』을 통해서 리타에게 내 마력을 보냈다.

동시에 리타한테서 신성력이 흘러 들어온다.

"…………하으."

리타가 한숨을 쉬었다.

나는 욕조 밖에서 리타의 왼쪽 가슴에 손을 댔다.

『마력의 실』은 리타의 목에, 팔에, 몸에—보이지는 않지만 다리에도 감겨 있다. 마치 촉수처럼 마음대로 움직일 수 있다. 의식을 집중하면…… 『마력의 실』로 만지는 부분의 감촉까지 느껴진다.

예를 들어서 뜨겁게 달아오른 리타의 목이라든지.

"—응. 앙. 뭐…… 앙. 간지러…… 뭐."

쇄골의 우묵한 부분이라든지. 응. 매끈매끈하네.

"…………하으. 히윽. 아, 아흥."

리타의 손가락은…… 역시나 가늘고 예쁘고, 부드럽다. 이걸로 골렘을 때려눕혔다니, 믿을 수가 없다.『신성력 장악』이 있다고 너무 의지하는 것도 좋지 않을 것 같아.

"……아, 안 돼. 배 누르고 있으니까…… 창피한데 닿아— 으응. 싫…… 어."

어라?

어느새『마력의 실』로 건드린 부분의 감촉까지 알 수 있게 됐나? —설마.

고유 스킬『능력 재구축 LV4』

『능력 재구축』이 어느새 레벨4씩이나 됐네…….

여전히 알 수 없는 스킬이라니까.

레벨4가 되면서『마력의 실』과 감촉을 공유하게 된 건가? 아냐, 그게 전부가 아니다. 의식을 집중하면 더 깊은 곳까지 알 수 있을 것 같다.

"리타의 상태, 상세 표시."

말해봤다.

다른 창에 리타의 온 몸 그림이 표시됐다.

체온, 맥박. 그리고 몸속에 흐르는 마력과 신성력까지 알 수 있다.

리타의 현재 상태는—체온 상승 중. 민감. 재조정 중, 인가.

『재조정』하려면 몸을 내 마력으로 채워야 한다. 한마디로 이 창을 참고로 온 몸에 꼼꼼하게 마력을 흘려 넣으면 되는 건가. 편리하네. 이거라면 리타의 부담을 줄일 수 있을 거야.

그리고 창에는 『속박 가창 LV1』의 상태도 표시돼 있다.

『재구축 스킬 : 속박 가창 LV1

상태 : 약간 불안정

개념 레벨 : 3』

—개념 레벨? 개념의 숫자 얘긴가?

『속박 가창』은—『노래』로 『적』을 『조이는』 스킬이니까 개념의 숫자가 세 개 있다.

이게 굳이 표시된다는 건, 『능력 재구축』이 LV4가 되면서 개념의 숫자도 바꿀 수 있게 됐다는 건가? 그렇다면—

……이건 나중에 확인해보자. 지금은 리타를 인정시키는 게 우선이다.

"리타, 어떤 기분이야?"

"…………흐아앙. 둥실둥실…… 해."

리타는 풀어진 눈으로 날 쳐다봤다.

"……나기가, 몸속에, 스미는 것 같아. 멈추질 않아. 나기가…… 더…… 갖고싶어."

"어느 부분에?"

"그, 그건⋯⋯ 말 못 해──."

"아, 아냐. 말 안 해도 알 수 있으니까."

"⋯⋯⋯⋯뭐?"

"리타가 어디에 내 마력을 원하는지 알 수 있게 됐으니까. 『능력 재구축 LV4』로."

"레, 레벨 사?! 뭐야 그게?! 잠깐만──"

그럴 여유는 없습니다요.

나는 창을 보면서 리타의 온 몸을 스캔했다.

마력이 제일 약한 곳은 손끝과 발끝이다. 리타가 항상 여기에 신성력을 집중시키고 있어서, 내 마력이 잘 통하지 않는다.

나는 창에서 『마력의 실』을 추가로 불러냈다. 창에서 꿈틀꿈틀, 추가 실이 촉수처럼 나타났다. 정말 편리하네.

리타의 팔다리는 물속 아래쪽. 나는 『마력의 실』을 그리로 보냈다. 건드린 감각으로 알 수 있다. 이게 리타의 배고, 이게 손가락. 손가락 사이를 따라서 나아갔더니 리타의 몸이 움찔, 하고 튀었다. 어딘가를 건드린 것 같다. 그래도 계속한다. 여기가 리타의 허벅지. 그 밑에──찾았다. 손가락. 거기에, 감아서.

"──히악?!"

이제 허벅지를 쭉~ 따라서 발끝으로.

"응. 아, 으으응!"

"건드리는 감각으로 알 수는 있지만, 어렵네."

"싫어⋯⋯ 나기이. 거기⋯⋯ 아니⋯⋯ 진 않지만⋯⋯ 안 돼. 싫어. 아아. 으응!!"

"미안. 잘 안 들어가네—이러면 어때?"

실을 써서 벌렸다.

좁은 틈새로 미끄러져 들어가서, 마력을 주입하고, 움직이자.

"흐아, 아, 와웅. 흐, 아아아아아아아아앙!"

찰박, 첨벙, 첨벙. 철썩.

리타가 욕조 안에서 몸을 비튼다.

"어, 어째서, 손가락………… 뜨거…… 좋아…………."

나는 창을 재확인. 마력이 들어가지 않은 곳은…….

응, 꼬리 쪽인가, 좀 부족하네.

"아…… 안 돼. 거긴 안 돼! 지금, 꼬리 쪽은 안 돼…… 안 되는데…… 아응."

"괜찮아. 『능력 재구축 LV4』 덕분에 리타의 상태를 알 수 있으니까."

"…………아…… 크읏. 이게…… 레벨…… 사?"

"응. 리타를 구석구석 스캔할 수 있게 됐어. 구체적으로는 체온이라든지 맥박이라든지 몸 상태라든지, 어디에 마력을 원하는지도 알 수 있어. 리타는 안심하고 『재조정』 받으면 오케이야."

"……내, 전부. 나기한테…… 다 보여………… 아, 하으응! 꼬, 꼬리까지이?!"

마력의 실을 꼬리에 감았다. 스륵, 마력을 세게 주입한다.

리타의 몸이 팍, 하고 뒤로 젖혀진다.

"안 된…… 다고. 나…… 완전히………… 나기로…… 가득……."

이걸로 리타의 몸 전체에 내 마력이 전해졌다.

이제 스킬을 진정시키기만 하면 된다.

『속박 영창 LV1』

『노노래래』로로 『적적』을을 『조조이이는는』 스킬

진동이 약해졌다.

리타는 축 늘어져서 욕조에 앉아 있다.

한 손으로 배 아래 쪽을 누르고, 한 손으로는 목욕옷 위에서 내 손을 누르고 있다.

호흡은 조금 전보다 안정됐다. 심장 고동도 진정됐다.

마력은 거의 100퍼센트 전해졌다. 이 정도면 되려나.

"저기, 리타. 들어봐."

"예에………… 주인…… 니임."

"소마 나기는 리타 멜페우스와의 사라지지 않는 인연을 바란다."

내가 말했다.

멍하니 있던 리타의 눈이 휘둥그레졌다.

"이 생명이 다해도. 다음 생명이 되어도.

혼이 이어지는 약속을 간절히 바란다.

부디 미래영겁 이 약속이 계속되기를."

이렇게까지 깊이 이어져서 리타를 구석구석까지 알게 돼버렸으니까.

앞으로 무슨 일이 있어도 나보다 리타에 대해 자세히 아는 녀석은 없다.

그 리타가 바란다면 혼이 끝날 때까지의 인연을 맹세한다.

그것이 주인의 책임이겠지.

"나기이………… 나기?"

뚝, 리타의 눈에서 눈물이 떨어졌다.

"…………기뻐…… 너무, 기뻐어………… 나기."

"그래, 그래."

나는 리타의 머리를 쓰다듬어줬다.

" ………… 나 도 …………   맹 세 …………   합 니 다 . 나 기 랑………… 주인님이랑………… 계속, 같이. 같이 있으면…… 가슴 아픈 것도………… 좋은 것도…… 같이 나누고…… 나. 가족………… 나기………… 같이…… 모두………… 아, 아아아아 아아. 아, 으응."

움찔, 리타의 몸이 떨렸다.

나는 리타의 반응을 모니터링 하면서『속박 가창 LV1』스킬을 건드렸다.

날뛰는 스킬을 진정시켰다.

떨리는 개념을 손가락으로 두드리고.

"응, 으으으응."

『노래』와『적』사이가 벌어졌다 닫혔다 하고 있어서 잡아주고.

"너무 세. 아…… 으응. 괜찮…… 아…….."

『적』과『조이는』틈새에 손가락을 넣고, 잡아주고. 흔들어서,

이동하고.

"———으. 하, 하앙…………"

그 때마다 리타는 몸이 경직되고—풀어지고.

내 목에 얼굴을 대고, 코를 킁킁대고.

그래도 날 안심하게 해주려는 것처럼 "괜찮아…… 괜찮아" 라고 반복한다.

"……저기, 나기. 나, 이번에는 잘……『혼약』할 수 있을까……."

"괜찮아. 될 때까지 몇 번이고 할 테니까."

"그렇게 하면——분이——좋아서………… 나………… 망가질 텐데? 나기랑 계속 이어져 있으면 안 돼…… 완전히 망가질 것 같거든? ……하지만, 괜찮으려나………… 괜찮, 으려나…… 나기…… 라면……."

그렇게 말하고, 리타는 쑥스럽게 웃었다.

『속박 가창 LV1』

『노래』로『적』을『조이는』스킬

스킬은 진정됐다.

이제『재조정』을 실행하기만 하면 된다.

"괜찮겠지. 리타."

"응…… 해줘…… 나기…………."

나는『능력 재구축 LV4』에 표시된『재구축』글자를 건드렸다.

"『속박 가창 LV1』을 재조정한다. 실행!『능력 재구축 LV4』!"

"……그리고…… 혼이 이어지는 약속을——."

"『혼약』."

리타의 가슴 중앙이 빛났다.
두 번째라서 알 수 있다.
작은 리타가, 천천히 나오려고 한다.

『외로운 영혼을 안아주는 사람, 사랑해 마땅한 사람.』

영차. 영차. 힘들게 나오고 있다.
나도 모르게 집게손가락을 내밀었다.

『고마워…… 정말 좋아해.』

그렇게 말하고, 리타의 혼은 내 집게손가락을 끌어안고 입을
맞췄다.
그리고는 손가락을 붙잡고 가슴 속에서 빠져나왔다.
『포기하지 않아서 정말 고마워.』
"나도 리타한테 무리하게 했으니까 서로 비긴 거야."
『리타, 정말 귀찮지?』
"하지만 그게 좋아."
『리타는, 고집쟁이지?』

"그래서 같이 있어 주는 거잖아?"

『리타는, 궁극의 외로움 많이 타는 아이지?』

"나도 많이 타니까 똑같아."

『그러니까, 영원히 함께하자.』

리타의 혼은 금색 머리카락을 하나 뽑아서 내 약지에 감았다.

『『계약』에 의해, 깊은 인연을, 당신께.』

리타의 혼이 내 팔을 타고 달려 올라왔다.

그리고 내 가슴에 닿았다.

그대로 어깨까지 올라가서 내 머리카락을 뽑았고.

그것을 리타의 약지에 감았다.

『리타를 잘 부탁합니다. 사랑해 마땅한 사람.』

『무슨 일이 있어도, 리타는 당신 곁에 있을 테니까.』

『수인의 충성심을, 얕보지 말라고! 다시 태어나도! 아무리 멀리 떨어져도! 반드시 나기를 찾아낼 테니까!』

스륵.

리타의 혼이 리타의 가슴으로 돌아갔다.

『혼약』 성립이다.

창에 표시된 리타의 스테이터스는—

직업 : 노예 혼약자

혼의 맺어짐 : 강도 중

상태 : 기력 충실. 가장 좋음.

고유 스킬 :『격투 적성 LV5』『완전 수화(비스트 모드) LV1』『■

■ ■ ■ ■ ■ ■』

리타의『혼약』스킬은 완전히 동물 모습이 되는 스킬인 것 같다.

어떤 동물이려나.

예쁘다는 건 알겠지만.

내 스테이터스는.

『소마 나기

고유 스킬 :『능력 재구축 LV4』『고속 재구축』『의식 공유(마인 드 링키지)』』

고유 스킬이 하나 늘어났다.

『의식 공유』

일정 시간 노예와 의식을 통할 수 있는 스킬.

떨어진 곳에 있어도 노예는 주인에게 의사를 전할 수 있다.

주인도 같은 것을 할 수 있지만, 주인은 의식을 집중해서 노예 의 사고를 읽는 것도 가능하다.

발동에는 서로의 신뢰가 필요.

그 증명으로서 입술에 입을 맞추는 것이 발동의 열쇠가 된다.

입술에 키스를 해서 의식을 공유…….

난이도가 높은 건지 낮은 건지 모르겠네. 쓸 만한 스킬이기는
하지만.

"……리타, 괜찮아?"

"여기는…… 천국이야?"

욕조에 몸을 담근 채, 리타가 눈을 떴다.

아직 조금 멍한 얼굴로 날 마주 본다.

"…………어디라도 상관없어…… 나기가 있으니까."

리타는 왼손 약지의 반지를 알아차렸다.

보물처럼 꼭 안고서 입을 맞췄다.

"이걸로 나, 혼까지 나기 것이 됐네."

"수인의 충성심을 우습게 보지 말라고 했어."

"내 혼이?"

"다시 태어나도 꼭 찾아낼 거라고."

"그럼 나기 냄새를 더 많~이 기억해둬야지."

그렇게 말하고, 리타는 내 목에 코를 가까이 댔다.

귀가 쫑긋쫑긋 움직이는 게 귀여워서 머리를 쓰다듬어봤다.
리타는 깜짝 놀란 것처럼 눈이 휘둥그레졌고, 그리고는 기분 좋
다는 듯이 눈을 가늘게 떴다.

"내가 쓰다듬어줬으면 하는 거, 어떻게 알았어?"

"그 정도는 알아야 주인님 노릇을 하지."

"나기네 세계에서 다시 태어나면, 난 어떻게 되려나?"

"잘은 모르겠지만…… 그쪽에서도 나한테『능력 재구축』이 있으면, 일단『리타를 찾는 스킬』을 만들 거야."

"그런 스킬, 누가 갖고 싶어 하는데?"

"적어도 나한테는 엄청 필요하고, 세실도 좋아할걸? 아이네도."

"흐~응."

리타는 욕조 속에서 씩, 웃었다.

"그럼, 주인님."

일어난 리타는 금색 머리카락을 손으로 매만지고 흐트러진 옷매무새를 바로잡고.

그리고는 가슴에 손을 얹고, 고개를 숙였다.

"리타 멜페우스는 나기의『혼약자』로서 이 목숨이 다해도, 다음 생에서도―아, 몰라, 아무튼 세상이 끝날 때까지 계속 같이 있기로 맹세했으니까! 각오하라고! 도망칠 생각은 하지도 마, 알았지?!"

리타는 쑥스럽게 웃으면서 선언했다.

제16화 「거점 공략은 귀찮으니까, 은근슬쩍 힘을 써봤다」

"후작 영애 에텔리나 하스부르크를 놓치고 말았습니다."

다음날, 비서를 데리고 온 이리스가 깊은 한숨을 쉬었다.

"그 사람은 작은 섬에 있는 저택을 점거하고 정규병과 공방을 벌이고 있습니다."

"잠깐만, 왜 또 그렇게 된 거야."

아니다…… 상상은 할 수 있네.

"작은 섬의 저택이라는 곳, 혹시 영주 가문 소유물이야? 노이엘 하페우메어를 통해서 넘어갔다든지?"

"예. 말씀하신 대로 그 장소는 이르가파 영주 가문의 별채입니다. 오라버니가 그녀에게 열쇠를 건넸다는 것 같습니다…… 이번 계획의, 본거지로 삼기 위해서."

……좀 더 생각한 다음에 움직이라고, 노이엘 하페우메어.

후작 영애한테 너무 쉽게 넘어갔잖아. 이리스도 완전히 지쳐 버렸고.

"부모님은 일련의 사건 때문에 충격을 받고 쓰러지셨습니다. 그래서 이리스가 대책을 마련하게 됐습니다."

……게다가 쓸데없는 일까지 늘어났고.

"앞으로 정규병이 본격적으로 섬을 공략하게 됩니다만, 그 저택은 긴급시에 영주가 대피하기 위해 만든 곳이라서 상당히 튼튼합니다……."

"어설프게 하면 시간이 걸리고 적이 도망칠 가능성이 커져. 힘으로 밀어붙이면 적을 전부 죽이게 되고 이쪽에도 희생자가 나올 수 있고. 정보를 캐내기 위해서라도 후작 영애는 가능한 생포하고 싶으니까, 이리스한테는 힘든 일일 거야."

"……역시 이리스의『영혼의 오빠』네요."

이리스는 눈이 휘둥그레져서 이쪽을 보고 있다. 감탄한 것 같다.

하지만 왜 네가 "에헴" 하고 자랑스러워하는 걸까, 세실.

"여러분의 주인님은 주위에 있는 소녀의 마음 따위는 훤히 들여다보시는군요……."

이리스는 차를 새로 내온 세실을 보며 상냥하게 미소를 지었다.

"예. 나기 님은 항상 제 모든 것을 알아보시고, 제가 모르는 새로운 저를 끌어내 주셔요."

"그러고 보니 차분하게 이야기하는 건 처음이네요. 나기 님의 노예 분…… 세실 님."

"『님』이라고 부르지 마세요. 저는 나기 님 것이니까요."

"……『소마 님 것』…… 인가요."

이리스는 뭔가를 찾는 것 같은 눈으로 세실을 빤히 쳐다봤다.

머리부터 발끝까지. 가슴과 머리 위치를 확인하려는 것처럼 몇 번이나 시선을 왕복했다.

"세실…… 양은, 소마 님 것이 된 건가요?"

"예. 저는 몸도 마음도 영혼도 나기 님 것이에요."

"……그렇군요, 당신 같은 분이 나기 님 취향…… 이군요. 홀

룡합니다."

이리스는 드레스 가슴팍을 툭툭 두드린 뒤에 후후훗, 하고 웃었다.

"역시 소마 님은 이리스가 인정한 분입니다. 그리고 세실 님도, 그 파트너로 어울리는 분입니다. 소마 님 **좌우**에는 세실 님 같은 분이 잘 어울려요."

"나기 님, 저 칭찬 받은 건가요?!"

세실이 눈을 반짝거리며 내 손을 잡았다.

"예, 정말 잘 어울립니다. 소마 님이 세실 님 같은 분을 총애한다는 건, 이리스한테도 희망이 있다는 뜻이니까요."

"…………잘 어울려요. 저랑 나기 님이…….."

"이번에도 그런 소마 님의 지혜를 빌리고 싶습니다."

"그래. 나라도 좋다면."

꼬물거리는 세실의 머리를 쓰다듬어주면서 말했다.

이리스가 손뼉을 치자 복도에 대기하고 있던 비서가 둥글게 만 천을 들고 왔다.

바다 한복판에 덩그러니 떠 있는 작은 섬의 지도였다.

"이것이 후작 영애가 농성하고 있는 곳입니다."

적혀 있는 숫자와 단위는 이쪽 세계의 것.

내가 살던 세계의 축척으로 변환하면—

"섬의 크기는 끝에서 끝까지 200미터 정도. 저택 사방에는 높이가 몇 미터나 되는 성벽. 북쪽에 선착장. 그 외에는 깎아지른 절벽인가.

"해적 대책을 위한 거점으로 사용한 곳이기도 해서, 파수대도 있습니다."

"이러면 후작 영애도 도망칠 길이 없겠네."

"저희가 가도를 막았기 때문에 어쩔 수 없이 이곳으로 도망친 것 같습니다. 다른 항구 도시에서 원군이 오거나, 아니면 틈을 봐서 도망치려는 것이거나, 비장의 수단이 있거나……."

거기까지는 전부 예상할 수 없다.

고도 공략이라…… 전에 시뮬레이션 게임을 만들려고 했을 때 전술 책 같은 것들을 잔뜩 읽은 적이 있기는 한데, 꽤 힘들지.

……간단히 끝내려면…….

"저기, 이리스."

"예, 소마 님."

"오빠…… 노이엘 하페우메어와 후작 영애는 정말로 동맹 관계였을까?"

"오라버니는 그렇게 주장하고 있습니다."

"후작 영애 쪽은 어떨까?"

"모르겠습니다. 하지만 오라버니를 방치하는 것을 보면 이미 『버렸다』고 봐야겠죠."

"그건 모르지~ 어쩌면 굳은 신뢰로 맺어진 관계일지도 몰라~."

"무슨 의미신가요?"

"쓸 수 있는 건 써보자는 얘기야."

나는 작은 목소리로 작전에 대해 말했다.

이야기를 들은 이리스는 처음에는 놀랐지만 바로 눈을 반짝거리며 고개를 끄덕였고, 마지막에는 「씩」 웃는 얼굴이 됐다. 좋아하는구나, 이런 못된 꿍꿍이. 나도 그렇지만.

그렇게 어려운 작전은 아니다.

이리스의 오빠한테도 책임을 지게 하는 것뿐이니까.

"핫핫, 사람을 지배하는 건 참 재미있네."

작은 섬의 정원에서, 후작 영애 에텔리나 하스부르크가 웃었다.

그녀의 본명은 카타기리 에리나. 약 2년 전에 다른 세계에서 온 『내방자』다.

고유 스킬은 『마기 작성(魔器作成 크래프트 워크).』

도구에 마법을 깃들게 해서 인스턴트 매직 아이템을 만들 수 있다.

지금은 작은 배에 바람 마법을 인스톨하는 중이다. 이걸로 일시적이나마 모터보트 정도의 속도를 낼 수 있을 것이다. 이제 밤이 되기를 기다려서 재빨리 도망치기만 하면 된다.

『신명 기사단』은 전부 북쪽 성벽 방어를 맡고 있다

가면을 이용하는 지배는 상상력을 빼앗는 단점이 있기는 하지만, 명령에는 잘 따르게 만든다. 그들은 에리나의 준비가 끝날 때까지 충실하게 사명을 다할 것이다.

"그나저나 어디서 에러가 난 거지?"

계획에는 아무 문제도 없었을 텐데.

퀘스트의 순서대로 후작 가문에 들어가고 이르가파로 파견된 데까지는 완벽했다

그 남자, 노이엘 하페우메어는 아주 간단했다. 왕가와 가까운 귀족에 대한 콤플렉스가 있었겠지. 그 부분을 파고들었더니 간단히 꼭두각시가 됐다.

『노이엘 님. 당신은 항구 도시의 영주로 끝날 그릇이 아닙니다.』

『제게는 당신에게만 있는 능력이 있습니다.』

『당신께 걸맞은 비즈니스를 제안할까 합니다. 이것은 다른 누구에게도 가르쳐줘서는 안 되는, 이 세계에서는 처음 시도하는 시스템입니다.』

거짓말은 하지 않았다. 그녀는 원래 살던 세계에서도 비슷한 시스템으로 성과를 올렸으니까.

그것을 인정했기에 지금의 고용주도 에리나에게 일을 맡긴 것이다—

"치사한 짓을 하면서 건방지게 구는 도시가 있다. 자네라면 어떻게 해야 할지 알겠지?"

그렇게 말한 사람은 『길드 마스터』—현재 에리나의 고용주.

치사한 짓을 하는 도시란 당연히 항구 도시 이르가파.

그곳은 『해룡 케르카톨』이라는 존재와 독자적으로 계약을 맺고 배를 지키고 있다는 것 같다.

"열심히 노력하는 다른 항구 도시 입장에서는 용서할 수 없는 일이다. 자신들만 효율적으로 일하고 정시에 퇴근하는 사원을,

자네는 용서할 수 있나? 다들 똑같이 고생해야 하지 않겠나?"

"당연하지. 용서 못 해. 그딴 동네는 혼쭐을 내줘야지!"

역시나 『길드 마스터』. 좋은 얘기를 한다니까.

원래 세계의 상사와는 너무나 다르다.

정시에 퇴근하려는 동료에게 "뭐?! 네 일이 끝났다고? 그게 어쨌다는 거야?! 다른 사람 일하는 게 안 보여?"라고 압박하고 다니던 에리나에게 한마디 했던 그 상사. 내가 대체 뭘 잘못했다는 건지, 도무지 이해할 수가 없다. 그건 날 완전히 부정하는 짓이었어.

정말이지, 원래 세계의 인간들은 하나같이 바보였다. 열심히 하면 성과를 낼 수 있는데. 성과가 나오지 않는다는 건 열심히 하지 않았다는 뜻이고. 왜 그런 간단한 일을 모르는 거야?

한심한 놈들. 자신이 A랭크라면 상사는 D. 동료들은 전부 랭크를 매길 가치도 없다.

그놈들을 상대하는데도 진력이 났을 때, 에리나는 이쪽 세계로 소환됐다.

이쪽 세계의 고용주는 네 힘이 필요하다고 해줬다. 인정해줬다. 그래서 에리나는 이 퀘스트를 위해서 『마기 작성』으로 사람을 조종하는 가면을 만들었다.

사람을 지배하는 것이 얼마나 즐거운 일인지, 새삼 알게 됐다.

다들 「옳은 나」를 따른다. 기분 좋다. 후후후, 하하하.

이번 퀘스트의 목적은 『해룡 제사』를 망치는 것.

그리고 귀중한 샘플로서 이리스 하페우메어를 데리고 돌아가는 것. 아, 마왕 대책 실험도 했지. 골렘 정제에는 성공한 것 같으니까 성과는 보고해야겠지.

"마력이 남아 있다면 마법을, 팔이 움직이면 활을 쏴! 여기를 넘으면 힘들지 않습니다! 쓰러지면 지금까지의 노력이 헛수고가 되잖아!"

"에텔리나 님. 이미 마력이 한계인 자들이 있습니다. 휴식을."

"구덩이 파고 던져 넣으라고 했잖아! 왜 아직도 안 묻어버린 거야?!"

"한 시간만 쉬면 마력이 60%는 회복됩니다만."

"시키지도 않은 짓을 멋대로 하지 마! 다른 사람들의 의욕이 떨어지잖아?! 남들이 일하고 있는데 쉬겠다니, 말도 안 돼!"

이래서 미개인은. 어째서 같은 소리를 몇 번이나 해야 하는 거야?!

"에텔리나 님!"

"시끄러워! 지시를 기다리는 미개인! 조금이나마 알아서 판단할 수도 없는 거야?!"

"……새로운 군선이 다가오고 있습니다."

파수대 위에 있는 검사가 말했다.

저택은 석조 성벽으로 둘러싸여 있다. 에리나는 계단을 이용해서 파수대로 올라갔다.

군선들이 보인다.

어느샌가 돛대에 황색 깃발을 달았다. 이쪽 세계에서는 휴전과 교섭을 제안하는 표시다.

"할 말이 있다. 나의 동맹자, 에텔리나 하스브루크!"

갑자기 들려온 목소리에 에리나는 눈이 휘둥그레졌다.

후방에 있는 배의 갑판에서 노이엘 하페우메어가 소리치고 있었다.

"이야기를 들어줬으면 하오! 그대는 정말로 날 이용할 생각이었나?!"

"전원 대기. 언제든지 돌격할 수 있게."

에리나의 말에 『신명 기사단』이 고개를 끄덕였다.

노이엘 하페우메어의 뒤쪽, 돛대 뒤쪽에 초록색 머리카락이 보인다.

초록색 머리카락—그렇다면 저게 이리스 하페우메어다.

정말 바보라니까. 제사의 무녀가 이런 곳까지 나오다니.

"그대가 다른 이에게 말을 해주게. 우리의 계획이 이르가파의 발전에 기여하는 것이라고!"

"저도 당신에게 폐를 끼칠 생각은 없었어요."

에리나는 성벽 위에 서서 노이엘을 향해 외쳤다.

"갑자기 병사들이 쳐들어와서……. 그 사람들이 공격하지 않았다면 이렇게 되지도 않았어요! 저도 당신과 말할 기회를 찾고 있었어요, 노이엘 님!"

"오오, 에텔리나!"

"일시 휴전하도록 하죠. 정보 공유는 중요하니까요. 서로 간에 컴플라이언스를 철저히 하지 않은 탓에 정보의 콘플릭트를 일으킨 건지도 몰라요. 이 세계의 매조리티에 이노베이션의 인센티브를 더욱 프로모트해야──."

"──알았다! 이봐, 뭘 하고 있나! 빨리 배를 섬에 대!"

노이엘이 말하자 병사들이 움직였다.

석양이 비추는 속에서, 군선에서 공중으로『라이트』마법이 떠올랐다. 세 개.

에리나는『신명 기사단』들을 모으고 작은 소리로 지시를 내렸다. 배가 다가오면 돌격하라. 억지로 배에 올라타라. 이리스 하페우메어를 인질로 삼아서 도망치자, 라고.

배를 댈 수 있는 곳은 이 북쪽 암벽뿐. 다른 곳은 깎아지른 절벽이다. 지키기 쉽고 공격하기 힘들다. 이런 곳의 열쇠를 간단히 넘기다니, 역시 이쪽 세계의 인간은 미개인이다.

"하지만…… 그렇다면."

머릿속에 떠오른 의문은 단 하나.

──어째서 내 작전이 실패했을까?

"………………작렬을 꿰뚫는 화산과도 같은…………『파이어 볼』."

고개를 갸웃거리는 에텔리나의 귀에 작은 목소리가 들려왔다.

군선이 있는 반대쪽─남쪽에서다.

고개를 돌린 그녀의 눈에 들어온 것은 검은 머리카락의 소년과 다크 엘프로 보이는 사람의 그림자, 그들을 태운 작은 배와──

시야를 전부 뒤덮은, 거대한『파이어 볼』이었다.

"──히익?!"

다음 순간, 성벽이 날아갔다.

제17화「『의식 공유(마인드 링키지)』와 세실의 자백」

열에 의해 팽창된 공기가 에리나 주위에 휘몰아친다.

부서진 돌 파편이 날아다닌다. 그것이 전택의 창문을 깨고 주위에 불똥을 흩날린다.

등에 극심한 통증이 울렸을 때에야 에리나는 자신이 벽에 처박혔다는 것을 알았다. 타는 냄새―몸에 걸친 로브에서 연기가 피어오르고 있다. "끄아아아아아아악!" 짐승 같은 비명을 지르고, 에리나는 땅바닥에 뒹굴었다.

날아간 것은 남쪽 성벽. 노이엘 하페우메어가 있는 곳과 반대쪽이다.

남쪽은 깎아지른 절벽.

배를 댈 곳도 없는데―그리고, 이 위력은?!

부서진 성벽 조각이『신명 기사단』을 향해 날아간다. 운도 없이 맞은 자들이 팔다리를 붙잡고 몸을 웅크렸다. 처음 발생한 폭풍에 쓰러진 자들은 이미 대부분 의식을 잃었다.

그런데도 사망자는 없다. 마음이 꺾일 것 같았다. 상대의 목적은 에리나와『신명 기사단』의 전투력만 빼앗는 것. 마치 에리나 따위는 피라미라는 것처럼.

그『파이어 볼』은 성벽의 근원 부분에 맞았을 것이다.

그 충격과 열이 지면을 도려냈고, 지탱할 곳을 잃은 성벽을 무너트렸다. 돌을 태우고 날린 것은 **단순한 여파**다. 머리 위에서 쏟아지는 바닷물도, 시야를 가로막는 수증기도.

"뭐, 뭐야. 파괴 병기야?"

에리나는 신음하면서 바다 쪽을 봤다.

수증기 너머로 아까 그 배가 보인다. 아주 작은 쪽배다. 거기에 경장비의 소년과 다크 엘프로 보이는 소녀가 타고 있다.

그들은 이쪽을 보지도 않았다. 자기 일은 끝났다는 것처럼 멀어져간다. 뭐야 저거.

"지금이다아아아아! 공겨어어억———!"

뒤에 들려온 절규에, 에리나는 고개를 돌렸다.

정규병들이 함성을 지르며 상륙하고 있다. 이쪽의 전력은 괴멸됐다. 『신명 기사단』은 싸울 수 있는 상대가 아니다. 에리나의 발밑은 무너지기 직전이라서 서 있을 수도 없다.

"우으으으으으읍—. 이, 이런 말도 안 되는———."

배 위에서는 노이엘 하페우메어가 붙잡혀 있다. 붙잡고 있는 것은 초록색 머리카락의 이리스 하페우메어—가 아닌가?! 머리에 초록색 해초를 묶은 병사다. 돛대 뒤에 숨어 있어서 알아보지 못한 건가?! 속은 거야? 내가, 미개인한테?! 용사인 내가?!

"이상해. 이런 건 이상하다고."

에리나의 머릿속이 새하얘졌다.

"…………뭐야 이거………… 이거, 대체 뭐냐고."

말도 안 돼. 이런 건 현실이 아니다.

열심히 하면 성과를 낼 수 있을 것이다. 성과를 내지 못하는 건 열심히 하지 않았다는 뜻. 하지만, 난 열심히 했다. 우수하니까, 노력하지 않을 리가 없다―실패 따위는 하지 않는다. 그래서 이런 결과가 나올 리가 없다. 그러니까 이건 현실이 아니다. 자, 증명 종료―

"…………하하. 하하하하하핫."

성벽에 주저앉은 채 움직이지 못하게 된 후작 영애 에텔리나 하스브루크가 붙잡힌 것은, 그 뒤로 몇 분이 지났을 때였다.

"세실, 수고했어."

"후뉴……."

나는 축 늘어진 세실의 머리카락을 쓰다듬었다.

내 마력을 공급해주기는 했지만, 역시 고대어『파이어 볼』은 힘들었던 것 같다. 그나저나 암벽을 파내다니, 완전히 오버 킬이잖아.

여기는 작은 돛이 달린 배 위.

우리는 이미 작은 섬에서 떨어져서 육지를 향해 가고 있다.

작전은 단순했다.

노이엘 하페우메어를 이용해서 후작 영애의 관심을 돌리고, 적을 북쪽에 모이게 한다. 반대쪽의 방비가 허술해진 틈에 고대어『파이어 볼』로 성벽을 날려버린다.

『라이트』세 개가 공중에 떠오르는 것이 작전 개시 신호. 이리스가 고용한 『수수께끼의 마법사』인 우리들은, 그전까지 섬에서 떨어진 곳에 있는 바위 뒤에 숨어 있는다. 그게 전부.

후작 영애가 사람을 이용하는 데 익숙하다면, 노이엘 하페우 메어나 가짜 이리스 중 하나에 낚일 거라고 생각했다. 잘 된 것 같네.

"계산 밖이었던 건 『조선 LV7』이 의외로 비쌌다는 정도려나."

항구 거리니까 말이야. 수요가 있으니 어쩔 수 없지.

후작 영애에게는 별로 관심도 없다. 정체와 배후에 있는 녀석의 정보만 캐내면 된다. 그 부분은 정규병 분들이 할 일이다. 저택의 방어력은 빼앗았으니까, 나머지는 간단히 공략할 수 있을 것이다. 그냥 맡겨두면 되겠지.

"…………나기…… 니임…………."

누워 있던 세실이 몸을 일으키려고 했다.

하지만 힘이 안 들어가는 것 같다.

"괜찮아? 아이네가 끓여준 차가 있거든. 추우면 이불도 있고, 그리고……."

"──찮──아────요……."

"미안. 못 들었거든. 좀 더 큰 소리로─"

"──를──실──나…… 요?"

세실의 작은 입술이 움직인다. 하지만 바람이 세서 목소리가 안 들린다.

어디 안 좋은 걸까? 무리했으니까 말이야.

복리후생은 중요하니까. 세실이 뭔가 바라는 게 있다면 잘 들어줘야지.

무리하게 하는 대신, 오늘은 세실의 응석을 한계까지 받아주기로 했다.

"세실! 목소리가 잘 안 들리니까 스킬을 써도 되겠어?!"

"———스킬? 하———?"

"어제 설명했던『의식 공유』!"

"———? 어떤—— 스킬——— 요?"

안 들리나.

어제『혼약』하면서 얻은 스킬에 대해서 설명했을 텐데.

"의 · 식 · 공 · 유 · 말 · 이 · 야!! 의식을 공유하는 그거!!"

"——예요! 잠깐——— 으에에에?!"

확, 하고 세실의 얼굴이 새빨개졌다.

빨간 눈으로 날 보고, 작은 손으로 입술을 훔치고, 그리고,

"…………예…… 하세요…….."

세실은 각오한 것처럼 눈을 감았다.

나는 세실의 손을 잡고 작은 몸을 일으켰다. 세실, 정말 가볍다. 작다. 보는 사람도 없는데 신고당하지는 않을지 걱정되는 건, 원래 세계의 룰이 머릿속에 박혀 있기 때문일가. 하지만 노예의 목소리를 무시할 수도 없으니까. 주인님이잖아. 어쩔 수 없는 일이야.

세실이 불안하지 않게, 잘 조준하고—닿았다.

"발동.『의식 공유』"

세실의 입술은 따뜻하고 부드러웠다. 숨결이 성말, 뜨겁다.

『의식 공유』
일정 시간 노예와 의식을 통할 수 있는 스킬.
떨어진 곳에 있어도 노예는 주인에게 의사를 전할 수 있다.
주인도 같은 것을 할 수 있지만, 주인은 의식을 집중해서 노예의 사고를 읽는 것도 가능하다.
발동에는 서로의 신뢰가 필요.
그 증명으로서 입술에 입을 맞추는 것이 발동의 열쇠가 된다―

『세실, 세실. 들려?』
세실을 눕힌 뒤에 마음속으로 물어봤다.
바닥에 깔아놓은 모포 위에서, 세실이 몸을 웅크렸다. 넓게 퍼진 은색 머리카락이 저녁노을을 받아서 빛난다. 치마가 크게 펄럭이는 건 고물 쪽에서 바람이 들어오기 때문에. 세실 머리가 내 쪽으로 향해 있지 않았으면 큰일 날 뻔 했다. 아깝다.
『이봐~ 세실. 몸이 안 좋으면 물 마실래? 해류를 탔으니까 15분 정도면 육지에 도착할 것 같아.』
『몸이 둥실둥실하고 심장이 쿵쾅쿵쾅해요. 행복해서 죽을 것 같아요…….』
새빨개진 얼굴을 이불로 가리며, 세실이 말했다.
정확히 말하자면―머릿속에 직접 메시지를 보내왔다. 실제

세실과 똑같은 목소리다.

『……나기 님은 몇 번이나 저를 이런 애로 만들어야 속이 풀리겠어요……?』

『세실, 아까 뭐라고 말하려고 했어?』

『올 때 이르가파 명물「해룡 튀김」을 파는 가게를 봤는데, 다른 분들 선물로 사갈까요? 라고 했어요.』

……정말 시시한 일이었네.

참고로『해룡 튀김』이라는 건 생선 살 토막을 채소랑 같이 튀긴, 이세계풍 튀김이다. 갓 구운 방에 끼워서 먹으면 정말 맛있다.

『제가 나기 님을 독차지하는 건, 나쁜 짓이에요.』

『나쁜 짓은 아니잖아.』

『아니요. 저만 나기 님이랑 일을 하고「의식 공유」까지 쓰다니, 너무 행복해요. 이상한 기대를 하게 돼요. 저, 리타 언니나 라필리아 언니처럼 훌륭하지도 않은데……….』

고개를 옆을 돌린 채, 세실은 가슴에 손을 얹었다.

뭔가 분홍색 생각이 전해지는 것 같은데, 이건 뭐죠?

『그러고 보니「의식 공유」를 쓰면 나기 님이 제 생각을 읽을 수 있다고 했죠?』

『집중하면. 쓸 때는 허락 받고 쓸 테니까 안심──.』

『예에에에에?! 그렇다면 지금 제가 생각하는 것도 나기 님한테 다 보인다는 건가요?』

『그러니까, 세실 생각을 멋대로 들여다보지는 않는다고──.』

『다 보인다니…… 제 꿈도?! 나기 님이랑 평생 같이 있고 싶다는 꿈도―인간과 마족의 피를 이어받은 아이들에게 둘러싸인 평화로운 곳에서 조용히 사는 꿈도?! 다 보이는 건가요?!』

『세실, 그거 자백이야! 이건 아예 자폭이라고!』

『……푸슈……………….』

안 듣네.

세실은 이불을 뒤집어쓰고 배 바닥에서 데굴데굴 굴렀다.

당황한 탓인지 사고와 전하고 싶은 메시지가 뒤섞이고 있다. 생각해보면 보통은 텔레파시 같은 건 못 쓰니까, 전하고 싶은 것과 생각하는 것을 확실히 구별할 수 없겠지.

그렇게 해서, 세실의 생각이 나한테 다 들리게 됐고―

『새, 생각하면 안 돼요. 나기 님한테 들켜요. 그, 그러니까, 나기 님 아이가 갖고 싶다든지, 반마족 아이들한테 둘러싸여서 산다든지 그런 생각은 하면 안 돼요.

나기 님 곁에서 제가 반마족 아이…… 남자아이도 여자아이도 좋지만…… 안고 있다니………… 너무 행복해요. 상상만 해도 가슴이 뜨거워져요. 하, 하지만, 나기 님께 알려지면 창피하니까, 지금은 생각하지 않을래요. 하면 안 돼요!

반마족 아이들에게 둘러싸인 파라다이스라든지, 그런 생각을 하면 나기 님한테 다 들켜요. 생각 안 해요! 저 생각 안 하고 있죠?!

이런 생각을 나기 님한테 들키면 창피해서 죽을 거예요. 아,

안 돼요. 지, 지금만은, 언젠가 나기 님 아이가 갖고 싶다는 생
각만은 들키면 안 된다고요———!』

벌떡.
누워 있던 세실이 몸을 일으켰다.
머리에 이불을 뒤집어 쓴 채로, 눈물을 글썽이며 날 쳐다봤다.
『나, 나기 님?! 지금 그거 들으셨어요?! 들렸나요?!』
『저·는·아·무·것·도·못·들·었·습·니·다.』
잡아뗐다.
세실이 머리에서 김이 올라올 정도로 새빨개져 있으니까.
더 이상 자극하면 마력 소모랑 다른 이유로 쓰러질 것 같다.
『파·도·소·리·때·문·이·려·나. 하·나·도·안·
들·렸·어.』
『왜 그렇게 딱딱하게 말하시는 거죠?! 어, 어째서 입을 막고
웃는 건가요?! 여, 역시 들린 거죠? 그렇게 따뜻한 눈으로 쳐다
보시면, 저 녹아버리거든요? 무슨 말이라도 해주세요. 나기 님!』
『세실 귀여워.』
『아, 머리 토닥토닥하면서 얼버무리지 마세요! 쓰다듬는 것도
안 돼요! 그, 그치만, 그만두는 건 더 싫어요!』
세실은 볼을 빵빵하게 부풀리고, 그러면서도 황홀한 얼굴로
웃고 있다.
『제, 제 영혼 깊은 곳이 울리고 있어요. 징징 울려요. 나, 나기
님, 그렇게 아무 말도 안 하시면 저도 각오할 거든요? 지금 한

얘기 들은 걸로 할 거거든요? 괜찮겠어요?! 예? 마음대로 하라고요?!

　　…………아으……………… 아으으으………………. 저, 정말이지, 나기 님은──!』

　세실은 웃었다가 화냈다가 부끄러워하다가 정말 바쁘고──

　진정시키지 않으면 넘어져서 바다에 빠질 것 같으니까──

　나는 뭍에 도착할 때까지 계속 세실의 머리를 쓰다듬어줬다.

제18화 「바닷속에서 수호신이 나타났기에, 사정을 말하고 교섭해봤다」

사건 이후, 가면이 벗겨진 『신명 기사단』은 모두 제정신으로 돌아왔다.

그들은―계속 꿈을 꾼 것 같다고 증언했다.

처음에 몇 명은 에텔리나 하스부르크에게 매수당해서 "노예 신분에서 해방시켜주는 대신에 부하가 되라"는 명령을 받은 사람들이고, 나머지는 "『신명 기사단』은 성과를 올리고 있고 강한 멤버도 있으니까……"라는 생각으로 동료가 됐다는 것 같다.

그 뒤에 가면으로 정신을 지배당하고, 조종당해서.

『신명 기사단』 중에서 몇 명이 버려지고 몇 명이 죽었는지 파악하고 있는 건 후작 영애뿐.

그 후작 영애 에텔리나는 잡힐 때 날뛰면서 부상.

『해룡의 성지』를 어지럽히고, 이르가파 영주 가문의 별장을 빼앗고, 게다가 그 원인을 만든 것이 차기 영주였다는 일은, 이리스네 집에서는 도저히 공표할 수 없는 일이라서―

"이번 일은 뒤에서 조용히 처리해야겠죠."

이리스는 그렇게 말했다.

에텔리나 건은 후작 가문에 질의서를 제출.

본인은 마력을 봉인한 뒤에 다른 도시로 이송하고 유폐.

이리스의 오빠 노이엘은 친척에게 맡기고, 차기 영주는 분가에서 양자를 맞이한다.

그리고 이리스는—

"소마 님. 자료를 가지고 왔습니다."

오빠가 죄인이 되고 부모님이 충격을 받아 쓰러지면서 구속이 느슨해진 덕분에, 편하게 우리 집에 올 수 있게 됐다. 물론 같이 오는 사람은 있지만.

"복잡하네요…… 오라버니의 반란 덕분에 소마 님 곁에 올 수 있게 되다니……."

곤란하다는 얼굴로 제사에 관한 자료를 전해줬다.

의식에 참가하기로 했으니, 나도『해룡 전설』에 대해 조사해둘 필요가 있다.

시간은 약 하루. 그동안에 머릿속에 집어넣을 수 있을 만큼 집어 넣어두자.

원래 살던 세계에서도 시험 때마다 벼락치기로 해치웠으니까.

『해룡 전설』에는 여러 패턴이 있다.

공통된 점은 해룡의 딸과 용사가 사랑이 빠졌고, 용사가 퀘스트를 클리어해서 해룡으로부터 사위로 인정받았다는 점이다.

대부분의 이야기에서는 해룡의 딸과 용사는 사람들에게 축복을 받았다고 되어 있다.

딱 하나—이리스가 「이건 이단적인 이야기지만」이라면서 빌려준 책에서는—해룡의 딸이 인간으로부터 공격받았다고 되어 있다.

인간 소년을 사랑하고 해룡의 힘을 빌어서 인간 모습이 된 것까진 좋지만, 몸에 비늘이 있는 탓에 괴물 취급을 받았다는 이야기였다.

해룡의 딸은 사람들에게 돌을 맞고 쫓기다가 죽기 직전에 간신히 용사와 재회했다. 그 뒤에 용사가 사람들에게 해를 끼치던 『해룡의 천적』을 쓰러트렸더니, 사람들은 손바닥을 뒤집는 것처럼 태도를 바꿨다. 그 이야기는 마지막에 해룡의 축복을 받았다는 것으로 끝났다.

어두운 이야기지만 이게 제일 그럴듯하다.

이쪽 세계 사람들은 세실의 동족을—마족을 멸망시켰다.

이리스도 그 바보 같은 오빠가 사람으로 취급하지도 않았고.

솔직히 나로서는 『해룡 전설』의 진실은 모른다.

단지 나와 이리스가 『용사』와 『해룡의 딸』처럼 맺어지면, 이리스를 무녀의 사명으로부터 해방시켜줄 수 있다는 것만은 확실하다. 이것은 역대 무녀들에게 전해 내려온 전설이라는 것 같으니 틀림없겠지.

남은 건 해룡이 어떤 제안을 할지가 문제다.

제사 당일.

우리는 다시 던전의 넓은 공간에 와 있다.

멤버는 나, 세실, 리타, 그리고 무녀인 이리스.

아이네와 라필리아는 지상에서 대기하고 있다.

"그럼…… 중추의 문을 열겠습니다."

이리스는 긴장한 얼굴로 중추로 들어가는 문을 보고 있다.

몸에 걸친 것은 의식용 옷. 살갗이 다 비치는 게 아닐까 싶을 정도로 얇은 천에 해룡 모양의 자수가 놓여 있다. 옷자락이 바닥에 끌릴 정도로 길다. 평소 같으면 메이드가 옷자락을 들어주겠지만, 이번에는 우리가 그 역할을 맡고 있다.

"세실 님, 리타 님도 괜찮으시겠습니까?"

이리스가 문에 손을 댔다.

그녀가 손을 대자 무거운 철문이 끼익, 하고 움직였다.

""예. 준비 됐어(요).""

그렇게 말하고, 세실과 리타가 내 팔에 매달렸다.

"이, 이렇게 하면 나기 님의 의문의 파워가 지켜주니까요."

"그, 그래. 우, 우리…… 사…… 랑은 중추의 압박 같은 거에 안 지니까."

의문의 파워가 아니거든.

『혼약』으로 맺어지면서 『해룡의 용사』의 저항력이 두 사람한테도 흘러 들어가고 있을 뿐이거든요.

"그럼, 열겠습니다."

이리스는 두 사람을 본 뒤에 문을 밀었다.

차가운 바람이 불어와서 세실과 리타가 부들부들 떨었다.

그것이 진정될 때까지 기다렸다가 두 사람의 손을 놨다.

"그럼, 갔다올게."

"오빠를 빌릴게요."

이리스가 내 손을 잡았다.

떨고 있다.

이번 의식으로 이리스의 운명이 달라질지도 모른다.

예를 들자면 블랙 기업을 그만두고 전직하기 위해서 초 화이트한 회사에 면접 보러 가는 것 같다고나 할까. 긴장하는 것도 당연한 일이지.

"괜찮아."

보증 같은 건 없지만.

이리스 앞에서는 『해룡의 용사』라는 캐릭터를 연기하기로 했으니까.

"만약 의식에 실패하면 이리스를 치트 캐릭터로 만들어서 이르가파를 이능과 공포로 지배할 수 있게 해줄 테니까. 그런 자유도 괜찮겠지."

"그거 정말 재미있을 것 같네요. 오빠."

이리스는 심호흡을 하고, 내 손을 잡고서 걸어갔다.

그리고 우리는 성지의 중추로 들어갔다.

설지의 중추는 창백한 빛에 감싸인 공간이었다.

천장이 돔 모양으로 되어 있고, 거기에 푸르스름한 빛이 쏟아지고 있다.

빛나는 것은 해룡 케르카톨의 비늘인 것 같다.

밀물 때가 되면 천장까지 바닷물에 잠긴다. 그러면 의식 때 해룡한테서 떨어진 비늘이 천장에 달라붙게 되고. 오랜 시간 동안 그것을 반복하면서, 비늘이 천장의 일부가 된 것 같다.

바닥은 평평한 바위고, 중앙에는 학교 운동장만한 크기의 호수가 있다. 바닷물 냄새가 나는 건 바다와 이어져 있기 때문이겠지.

호수 앞에는 작은 제단…… 높이 1미터 정도의 기둥이 있다.

표면에는 글자와 문장이 새겨져 있다. 내용은 모르겠다. 알 수 있는 건 문장이 해룡 케르카톨의 모습을 모사했다는 정도.

"해룡 소환 의식을 시작하겠습니다. 소마 님은 조금 떨어져 주세요."

그렇게 말하고, 이리스는 호수로 다가갔다.

천천히, 물속으로 들어간다.

무릎 정도까지 들어갔을 때 멈춰서고, 두 손으로 물을 떠올렸다.

찰싹, 그것을 어깨에 뿌린다.

오른쪽 어깨. 왼쪽 어깨.

가슴.

등.

얇은 옷이 이리스의 몸에 달라붙어서 하얀 피부가 비친다.

가느다란 등도,

허리도, 어깨의 비늘도.

"이번 세대의 무녀 이리스 하페우메어의 이름으로 해룡과의
『계약』을 바랍니다."
이리스의 예쁜 목소리가 지하 공간에 울리기 시작한다.
그것은 마치 내가 살던 세계의 축사 같았다.

『영원하고 신묘한 맹세를
이 땅에 맺어주시는 옛 신의
권속의 후예 되는 자로서 소리를 내어
그대와 백성들을 맺는 무녀가 간절히 바랍니다
이 자리에서 올해의 제사를 행하여
바다에 사는 백성들의 안식을 기원합니다』

이리스는 노래하면서 춤을 춘다.
몸을 물에 담근 채, 가느다란 팔을 뻗어서 물을 떠올린다.
하얀 살갗을 따라 흘러내리는 물에 입을 맞춘다.
오른팔을 든다.
몸을 돌린다.
물방울이 수면에 파문을 만든다.
나 말고는 아무도 없는 땅속에서, 이리스는 해룡을 찬양하는
춤을 춘다.

『일 년의 맹세를 맺습니다

저는 그대의 피를 이은 인간 아이

그대는 제 조상이라 불러 마땅한 용이시니

새로운 한 해의 계약을 부탁드립니다

그대를 섬기는 백성의 목소리를 들어주십시오』

『해룡 케르카틀이시여…… 이곳으로.』

춤이 끝났다.

이리스는 내 쪽을 보고 쑥스럽다는 듯이 가슴에 손을 얹고는, 꾸벅.

"만약 『초대 의식을 재연』하게 되고 이리스가 무녀의 사명에서 해방된다면."

이리스가 날 보면서 말했다.

"다음에는, 소마 님―오빠만을 위해서 춤출게요."

"그건 너무 아까운데."

"그럼 다른 노예 동료 분들을 위해서."

"노예가 되는 게 확정이야?"

"오빠랑 같이 계신 분들과 똑같아지고 싶어 하는 건, 당연한 일이 아닌가요?"

그런 얘기를 하고 있는데―

우우우웅.

공기가, 흔들린다.

우우우웅.

호수에 파도가 일렁인다.

바닷물이 기둥을 때린다. 땅이 흔들린다. 벽이 더 밝게 빛난다. 공간이 새파랗게 물들어간다.

발대한 마력을 지닌 무언가가 이곳으로 다가오고 있다.

하지만 『마력 탐지』가 없다보니 자세한 건 알 수가 없다.

세실이라면 알 수 있겠지만⋯⋯ 세실이라면.

『세실. 느껴져?』

물어봤다.

『느껴져요. 나기 님.』

머릿속에서 대답이 들려왔다.

세실하고의 직선거리는 그리 멀지 않다.

그래서 사전에 『의식 공유』로 연결해뒀다.

『바닷속에서 엄청난 마력을 지닌 존재가 다가오고 있어요. 리타 언니의 「기척 감지」에도 반응이 있나 봐요. 존재감이 너무 커서 무섭다고 해요.』

『크기는?』

『아무튼 길어요. 성지를 전부 둘러쌀 정도로. 이런 게 있으면―마물―가까이 오지―못―』

해룡의 마력 탓인지 연결 상태가 좋지 않다.

세실한테 『나중에 다시. 무슨 일 있으면 연락하고』라는 말을 한 뒤에 의식을 호수 쪽으로 돌렸다.

중추에서도 『치트 스킬』을 쓸 수 있다는 건 확인했다. 지금은 그걸로 충분하다.

"해룡이 옵니다. 소마 님."

호수에서 나온 이리스가 내 손을 잡았다.

휘잉, 바람이 소용돌이치면서 호수 물이 솟구친다.

날아오른 물이 호우처럼 쏟아졌다. 나와 이리스를 흠뻑 적혔다.

이리스는 이미 온몸이 흠뻑 젖어서 하얀 옷이 가는 몸에 달라붙었다. 옷을 안 입은 것과 거의 차이가 없을 정도가 됐다. 나는 이리스의 어깨에 손을 얹었다. 서로가 닿은 부분만이 따뜻하다.

우우우우우우우우우우우우우우웅.

수면이 부풀어 오르고 — 갈라지고.

쿠우우우우우우우우우우우우우우우.

파란 뿔이 보였고. 뭔가의 머리가 올라왔다.

수많은 주름이 새겨진 머리에 묻힌 가느다란 눈이 우리를 쳐다봤다.

크다.

머리 하나가 짐을 잔뜩 싫은 트럭처럼 크다.

하지만 그 모양은 틀림없이 용이었다.

"일 년 만에 강림해주신 데 대해 감사드립니다. 저희의 수호
신『해룡 케르카톨』이시여."

내 가슴에 등을 기댄 채, 이리스가 말했다.

파란 비늘을 두른 용이 우리 눈앞에 있다.

『잘 지냈느냐, 내 혈통을 이은 자여.』

해룡 케르카톨은 공간에 울리는 것 같은 목소리로 말했다.

모습은 내가 살던 세계의 동양 용과 비슷했다.

호수 밖으로 나와 있는 부분은 눈대중으로 길이 20미터 정도.
몸통은 뱀 같고, 비늘이 있고, 등에는 지느러미가 있다. 몸통이
어디까지 이어져 있는지는 모른다. 대부분 물속에 있다.

물 밖으로 나와 있는 건 머리와 몸통 일부, 앞다리 뿐. 땅을
움켜쥐고 있는 앞발에는 발톱이 세 개. 머리에는 울퉁불퉁한 혹
과 여덟 개의 뿔이 달려 있다. 눈은 가늘어서 뜬 건지 감은 건지
모르겠다. 크게 찢어진 입에는 수많은 이빨이 보인다.

이것이 항구 도시 이르가파의 수호신『해룡 케르카톨』인가.

진정한 의미의『신』인지 아닌지는 모르겠지만, 어지간한 마물
은 비교도 할 수 없는 존재라는 건 알 수 있다. 크기만으로도 엄
청난 위협이 되고, 인간과 대화가 가능할 정도의 고위 용이라면
마법 내성 정도는 가지고 있겠지.

그야말로 격이 다른 존재다.

"올해도 제사의 계절을 맞이했습니다."

이리스는 해룡을 향해 고개를 숙였다. 나도 따라했다.

『무사히 이날을 맞이했구나.』

해용이 말하자 진동에 벽과 바닥이 울렸다.

『헌데, 현재 이 자리에는 무녀 외에도 내 권위를 견디는 자가 있는 것 같구나.』

"이리스는 『해룡의 용사』 적격자를 찾아냈습니다."

이리스가 내 손을 꼭 쥐었다.

나는 『대괴어 레비아탄의 비늘』을 들어 보였다.

『오오. 이 몸의 천적을 쓰러트렸나.』

"정확히는 내 노예가 쓰러트렸어. 해룡 케르카톨."

『그렇다면 그 노예는 이미 네 일부이겠지.』

"……무슨 뜻이야?"

『그 노예는 네 일부가 되어, 네 수족이 되어 힘을 행사했다. 본인이 그것을 바라고 너도 그것을 받아들였다. 그렇기에 노예의 공적은 네 것이 됐다. 그 노예는 너와 하나로 어우러지기를 바라고 있다. 그렇기에 네가 『해룡의 용사』로 인정된다.』

"잘은 모르겠지만, 노예한테 대괴어를 쓰러트리라고 명령한 파티의 리더한테 용사의 권리가 주어진다고 생각하면 되나?"

『그러하다.』

긴 목을 호수 위에 세우고 있는 해룡 케르카톨이 날 보면서 고개를 끄덕였다.

『너를 해룡의 용사로 인정한다.

그리고 부르지도 않았는데 호수에서 강을 타고 바다로 내려와, 짜증 나는 재생 능력과 촉수로 내 바다에 사는 생물들의 영역을 어지럽히고. 하다 하다 이 몸에게까지 싸움을 건데다 죽여도 수십 년이 지나면 재생되는 짜증 나는 대괴어를 쓰러트렸다면─』

생각하기도 싫은지, 해룡은 몇 번이나 고개를 저었다.

짜증 나는 놈이기는 했지. 대괴어 레비아탄.

촉수는 재생되고, 본체는 크고. 마비 능력까지 있고.

"해룡 케르카톨이시여. 이리스는 용사 소마 나기 님과 『초대 의식의 재연』을 행하기를 바랍니다."

『네 대의 제사를 끝내겠다고?』

"이리스가 무녀로 있는 탓에 싸움이 벌어졌습니다. 이 성지를 어지럽힐 뻔했습니다. 무녀라는 이유만으로…… 노려지고, 눈앞에서 사람이 피를 흘리고…… 이리스는, 더 이상 그런 것은 싫습니다."

이리스는 내 몸에 등을 기댔다.

이제 한계겠지. 무녀라는 블랙 노동이.

무녀는 선택받은 사람이지만, 그 탓에 연구 재료나 거래 가능한 물건 취급을 받는다. 그냥 놔두면 이대로 쓰러지는 게 아닌가 싶을 정도로 지쳐 있다.

"『해룡 전설』은 나도 읽었어. 당신이 이 항구 도시에 가호를 내리는 건, 자신의 자식과 용사를 축복하기 위해서라고 적혀 있었거든."

　하는 수 없지. 나도 해룡이랑 교섭을 시도해보자.

　"하지만, 그것을 위한 의식이 무녀에게 무거운 짐이 돼버렸어. 뭐, 역대 무녀 중에는 기꺼이 그 역할을 맡은 사람도 있겠지만, 지금은 주변 상황이 좀 이상해졌거든."

　『설명하라.』

　해룡은 담담한 목소리로 말했다.

　내 말을 들어주는 건가. 대단하네.

　"이리스는 특수한 스킬을 지닌 적에게 공격당했어. 그 녀석은 이리스를 연구 재료로 삼으려 했지."

　『더 설명하라.』

　"다른 적은 이리스네 오빠를 이용해서 성지와 의식을 파괴하려 했고. 그 잔해는 지금도 이 던전 안에 남아 있으니까 확인할 수 있을 거야."

　『그렇다면 제안하라.』

　"일단 이리스를 무녀의 사명에서 해방시켜줘야 할 것 같아.

　메리트는 두 가지. 당신의 피를 이어받은 자가 자유롭게 살 수 있게 되지.

　두 번째는 치안이 안정된다는 점이야. 이리스를 없애면 항구 도시는 해룡의 가호를 잃게 되잖아. 그래서 적은 이리스를 노리고. 그러면서 전투가 벌어지고 성지와 도시가 어지럽혀져. 이리스가 이르가파의 약점이 아니게 되면 그 연쇄를 막을 수 있어."

　『이번 세대의 용사는.』

해룡 케트카톨은 푸슈~ 하고 한숨을 쉬었다.

『따지기를 좋아하는군.』

"그런 성격이라서."

『『초대 의식의 재연』을 고려한다. 무녀와의 이어짐을 증명하라.』

"난 이렇게 무녀와 붙어 있어. 이리스는 싫어하지 않아."

"오히려 소마 님 품 안에서 편안함을 느낍니다."

『더 증명하라.』

"이리스는 이미, 소마 님—— 영혼의 오빠께 충성을 맹세했습니다!"

해룡 케르카톨을 올려다보며, 이리스가 소리쳤다.

"영주 가문의 딸이라는 입장 상 노예의 목줄을 찰 수는 없지만, 이리스의 마음은 이미 소마 님을 주인으로서 섬기고 있습니다!『계약』은 행하지 않았지만 몸도 마음도 소마 님께 바쳤다고 해도 과언이 아닙니다.

이리스는 계속, 항구 도시에서 효율을 중시하며 살아왔습니다. 그런 이리스가 소마 님을 만나고서 처음으로 소녀의 마음을 알았습니다. 그러니 이리스는…… 이리스는."

『고려하겠다.』

해룡 케르카톨은 잠시 생각에 잠긴 것처럼 고개를 갸웃거렸다.

『고려하겠다. 더 많은 정보를 바란다.』

"이리스는 최근 며칠 동안 몇 번이나 목숨이 위태로웠어."

"그때마다 소마 님께서 목숨을 구해주셨습니다."

"처음에는 리빙 메일이, 그다음엔 마족을 사칭한 가짜한테.

바로 며칠 전에는 친오빠가 공격했지."

"휘하 노예 소녀들에게 적절한 지시를 내리는 소마 님을 보며, 이리스는 가슴이 두근거렸습니다."

"무녀라는 게 축복일지도 몰라. 하지만 이리스는 그것 때문에 자유롭게 밖을 돌아다닐 수도 없어."

"소마 님이 이웃으로 이사 오신 덕분에 마음이 구원을 받았습니다."

"『해룡의 무녀』는 댁의 피를 이어받은 사람이잖아? 그 자손이 사명을 무거운 짐으로 느끼고 있어. 그걸 조금이라도 줄여줄 수 있는 방법이 있으면 가르쳐줘."

"무녀의 피는, 소마 님께 부탁드려서 미래로 이어가겠습니다……."

"이리스, 잠깐만 조용히 해."

내 눈앞에서 무릎을 꿇은 이리스의 입을 손으로 막았다.

내 품 안에서 우읍~ 하고 날뛰는 이리스가 왠지 기뻐 보인다.

"아무튼, 할 말은 이게 전부야. 어쩔 거야? 해룡 케르카톨."

『『의식의 재연』을 행한다.』

해룡 케르카톨이 말했다.

『그 일환으로서 「해룡의 시험」을 행한다. 「주종계약」을 하라. 무녀는 용사의 「숨겨진 노예」가 되거라.』

"『숨겨진 노예』?"

『이리스 하페우메어. 그대 안에 흐르는 내 피에 의해 「계약」에 간섭한다. 무녀가 용사의 노예가 되었다고 하면 이 도시가 동요하겠지. 그것은 내가 바라는 일이 아니다.』

응. 그건 나도 엄청 곤란해.

『그렇기에 무녀에게 걸맞은 목줄을 선사한다.』

"주종계약이 필요한 이유는?"

『그것을 통해「혼약」을 대신한다. 그 의식은 복잡하니 지금 여기서 행하는 것은 불가능. 그렇기에 연결을 증명하는 수단으로서「주종계약」을 이용한다.』

무거운 말투로, 해룡이 말했다.

존재의 레벨이 너무 달라서 잘은 모르겠지만, 이쪽의 사정을 이해하고 이리스의 바람을 들어주려고 하는 것 같다.

그렇다면…… 이 정도가 타협점이려나.

"알았어. 내 노예가 돼줘, 이리스."

"예. 소마 님."

이리스는 내 쪽을 보고 내 앞에서 무릎을 꿇었다.

나는 내 메달리온을 꺼내서 선언했다.

"소마 나기를 주인으로, 이리스 하페우메어와 주종 계약을 행한다. 계약 조건은『이리스가 무녀의 의식으로부터 해방되는 대가로 소마 나기를 주인으로 삼는다. 계약 해소는―』."

"그에 걸맞은 것이어야 합니다, 소마 님."

"그럼, 『소마 나기의 생활이 안정되고 일하지 않아도 먹고살수 있게 될 때까지』정도면 되려나."

"예. 그럼『계약』을."

"『계약』."

딱, 우리는 가슴의 메달리온을 부딪쳤다.

스륵, 이리스의 목에 목줄이 감겼다.

하지만 그것은 가죽이 아니라 비늘과 해룡의 부조가 새겨진 목줄이었다.

해룡이 목줄의 디자인에 간섭해준 것 같다.

『이것이라면 이 몸이 내린 장식품이라고 설명할 수 있겠지.』

"다행이네. 고마워, 해룡 케르카톨."

이거라면 아무도 이리스가 내 노예라는 걸 알아차리지 못하겠지.

이리스는 지금까지 했던 것처럼 영주 가문 저택에 있고, 우리 집에 올 때만 노예로서 섬길 수 있을 것이다. 사소한 일들은 나중에 생각하기로 하고.

"이리스는…… 마침내 소마 님의 것이 됐습니다……."

"들떠 있을 때가 아니야. 아직 의식의 제1단계니까"

해룡은 아직도 우리를 빤히 보고 있다.

"해룡 케르카톨. 『해룡의 시험』에 대해 가르쳐줘. 심부름 퀘스트인가? 토벌 퀘스트?"

『초대 의식의 재연이다.』

해룡 케르카톨이 갈고리 발톱이 달린 팔을 들었다.

『「해룡의 용사」 자격을 지닌 자에게 고한다. **무녀를 구하라.**』

뭐?

이리스도 깜짝 놀랐다.

무슨 뜻이야?

『초대 용사가 그리 했던 것처럼.

인간 세상에서 살기를 선택한 「해룡의 딸」의 기억과 고통으로부터 무녀를 구하라!』

해룡 케르카톨이 외친 순간.

공간에 마력이 소용돌이쳤고, 그리고—

이리스의 눈에서 빛이 사라졌다.

제19화 「의식의 재연을 뛰어넘어, 용의 무녀를 초절 진화 시켜봤다」

"⋯⋯⋯⋯아, 아, 아아아아!"

새파래진 이리스가 겁먹은 것처럼 나한테서 떨어졌다.

눈물을 뚝뚝 흘리며, 고집 부리는 애처럼 고개를 젓고—도망 치려고 하는 건가?

"이리스⋯⋯? 왜 그래, 이리스?"

"⋯⋯⋯⋯안 돼, 무서워. 사람⋯⋯⋯ 무서워. 나⋯⋯⋯ 나는⋯⋯⋯."

이리스는 자기 몸을 끌어안고 벌벌 떨면서 뒷걸음질 쳤다.

내 목소리 따위는 들리지도 않는 것처럼.

"뭘 한 거야, 해룡 케르카톨?!"

『용사와 사랑에 빠진 내 딸의 기억을 내렸다.』

해룡의 표정은 변함이 없다. 용의 표정 따위는 모르지만.

『인간의 모습으로 바뀐 내 딸은 사람들에게 박해받고 두려워 했다.』

그건 안다.

이리스가 빌려준 책 중에 그런 이야기가 있었으니까.

『내 딸을 이해하려 한 소년을 사랑하고 용으로서의 능력, 수 명, 모든 것을 희생하고 인간의 모습이 되기를 선택했다. 하지 만 인간은 그것을 이해하지 않았다.

딸을, 사람으로 변한 사악한 것으로서 공격했다. 딸은, 그것을 견디며 사랑하는 소년을 원했다.

그리고 마지막에는 소년—용사와 대화해서 소원을 이루었다. 용사가 딸을 절망으로부터 구했다.

그제야 겨우, 사람들은 둘을 이해했다. 그렇기에 나는 인간에게 가호를 내리기로 했다. 용사와 딸이 그것을 바랐기에—

그 의식의 재연을 바란다면, 같은 시련을 헤쳐 나와야 한다.』

"……하기 전에 말하라고…… 그건 무리인가."

해룡은 인간도 데미 휴먼도 아니다. 우리하고는 사고방식의 스케일이 다르다.

말을 들어준 것만으로도 기적인지도 모른다.

『네가 「해룡의 용사」 적격자라면, 이 아이의 마음을 구하고 항상 함께 할 것을 증명하라. 그것을 통해 「초대 의식의 재연」을 인정한다.』

말은 쉽게 하지.

사람을 구하는 건 내 특기가 아닌데.

"……이리스."

"히익! 아, 아, 아아아아아아…… 안 돼, 가까이 오지 마."

찰싹.

이리스가 내 손을 뿌리쳤다.

"비늘이 있다는 이유로…… 어째서, 돌을 맞아야…… 하는 건가요……. 인간이 좋아서, 친구가 되고 싶어서………… 아버님께 사람 모습이 되게 해달라고 했는데.

　…………어째서…… 어째서 이리스는………… 사람들에게 미움을 받아야 하는 거죠……?! 아버님은, 무녀가 필요했던 게 아닌가요?!"

　이리스는 머리를 쥐어뜯으며 신음했다.

　해룡의 딸과 이리스의 기억이 뒤섞인 건가……?

　"이리스, 진정해. 난 이리스의『친구』잖아…… 그러니까.

　그렇게 말했다. 하지만,

　"히익!"

　지금의 이리스한테는 통하지 않았다.

　"……싫어. 싫어요. 무서워…… 인간………… 무서워…………."

　이리스 안에서 날뛰고 있는 옛날 기억들 때문에 내 말이 전해지지 않는 건가.

　그렇다면―

　『세실? 들려?』

　나는 머릿속으로 세실을 불렀다.

　『확인할게. 「의식 공유」가 아직 작용하고 있어?』

　『…………예, 나기 님. 들려요. 괜찮으세요?』

　『해룡은 예정대로 나타났는데, 조금 문제가 생겼어.』

　해룡의 마력 때문에 전파 상태가 좋진 않지만, 일단 통했다.

　그럼, 어떻게든 되겠지.

　『지금부터 이리스를 진정시켜야 하니까 일단 스킬을 끊을게. 나중에 연락할게.』

세실이 대답한 뒤에 『의식 공유』를 해제.

나는 이리스와 마주봤다.

"이리스."

"————!"

겁먹은 이리스가 뒷걸음질 친다. 마치 그 나이에 맞는 어린아이처럼.

정말이지, 이리스네 가족도 이쪽 세계 사람들도, 비늘 좀 있다고 박해하면 어쩌자는 거야?

용의 피를 이어받았다니, 멋있는데 말이야.

"————! 안…… 돼. 미안해요. 아버님 계신 곳으로, 돌아갈 테니까. 인간의 친구가 되겠다고…… 생각하지 않을 테니까. 이리스는………… 일을 할게요…… 할 테니까……. 괴물이라고 하지 마세요. 부탁입니다, 이름을 불러주세요……!!"

이리스는 더 도망치려다가—멈췄다.

뒤쪽은 벽이다. 도망칠 곳이 없다.

"무섭게 해서 미안해. 금방 회복시켜줄 테니까."

나는 그대로 이리스를 벽 쪽으로 몰아붙였다.

가슴에 손을 얹고 움츠린 작은 몸을, 벽과 내 **몸통** 사이에 끼웠다.

이리스의 작은 머리가 내 가슴에 닿았다. 지금이다.

나는 벽에 손을 짚고—스킬을 발동!

"발동 『구심 포옹(救心抱擁 하트 힐링 허그) LV1』!"

그저께, 리타의『속박 가창 LV1』과 같이 만든 스킬이다.

설마 이런 데서 쓰게 될 줄은 몰랐네.

『구심 포옹 LV1』(UR)

『몸통』으로『사람의 마음』을『움직이는』스킬

대상의『수면』,『매료』,『기절』,『혼란』을 해제한다.

도한 심장 마사지 효과가 있어서 스킬이 적용된 상대는 일정 시간 심장 고동이 빨라지고 체온이 상승한다. 또한 강제로 스킬 소유자에게 의식이 집중하게 된다.

발동 조건은 상대의 머리를 자신의 몸통에 접촉하는 것. 안는 것이 가장 빠르다.

원래「라지 서펜트」가 가지고 있던 스킬을 재구축한 것이다 보니, 손발을 쓰지 않고 상대의 머리를 자신의 몸에 닿게 하면 효과가 네 배가 된다.

한마디로 이 스킬은 밀착형『벽꿍』상태에서 그 진가를 발휘한다!

두근, 하는 고동이 이리스의 몸에 전해진다.

작은 몸이 움찔, 하고 뛰었다. 새파래졌던 뺨에 핏기가 돌아왔다.

눈을 꼭 감고 있던 이리스가 고개를 들었다. 나를 본다.

"⋯⋯⋯⋯소마, 님⋯⋯⋯⋯."

"이리스, 괜찮아?"

"⋯⋯아, 예⋯⋯ 무슨 일이⋯⋯. 있었다는 건 알아요. 하지만⋯⋯ 아으. 이, 기억은⋯⋯?"

이리스는 아직도 두려워하고 있다.

해룡의 딸의 기억이 사라진 건 아니겠지. 자신의 트라우마도 있겠고.

이대로 가면 또 기억에 삼켜져버릴 것 같다.

"그럼 이리스. 미안하지만 키스해도 될까?"

내가 말했다.

이리스는 내 얼굴을 보면서 입을 떡~ 벌렸다.

그리고는 얼굴이 새빨개져서―

"⋯⋯⋯⋯예? 소, 소마 님? 오빠? 여기서?! 예? 대체 왜요?!"

"필요하니까."

"피, 필요⋯⋯ 어, 그게."

"의식을 유지하는 사이에 대답해줬으면 싶어. 해도 될까? 안될까?"

"무슨 말씀이세요! 소마 님―오빠는?!"

이리스는 눈썹을 들어 올리고, 약간 화난 말투로 대답했다.

"당연히 되는 거죠?! 이리스는 이제 오빠 것――으음."

허락을 받았으니, 한쪽 무릎을 꿇고 이리스에게 입을 맞췄다.

그리고 발동―『의식 공유』!

집중한다. 이리스의 의식에 침입한 「해룡의 딸」의 기억을 엿

본다―

『아버님. 저는 인간을 사랑하게 됐습니다.』

『그는 아버님―해룡을 숭배하는 백성 중의 한 명입니다.』

『저는 신에 가까운 존재로서 영원히 살아가는 것보다, 인간 모
습이 돼서 인간 사이에서―』

이건 해룡의 딸의 기억―

『사람으로 변한 괴물이다! 죽여라―――!』

『이 강대한 마력은 우리에게 위협이 된다.』

『사슬로 묶어! 「계약」해! 마물에 대항할 도구로 삼아라!』

이건, 해룡의 딸이 인간들에게 공격당한 때의 기억―

『알고는 있었지만 기분이 나쁘군. 내 핏줄에서 이런 것이 태어
나다니.』

『이리스의 어미가 죽었다고? 그래서? 무녀의 피는 이리스가
이어받는 게 아닌가?』

『우수하다고? 그래서 어쨌다는 거지. 그 아이는 제사의 무녀
일만 하면 돼.』

『의식을 위한 인형이 제일 잘난 자식이라니. 뭐, 일이 하고 싶
다면 시켜 주지.』

『어머니 성묘? 하는 수 없지. 뭐 하나, 아버님께 고개를 숙여야지. 널 위해 양보했다. 정말이지, 오빠나 언니와 대등하다고 착각하는 건 아닌가……?』

이것이 해룡의 딸의 기억에 반응해서 튀어나온 이리스의 기억이다.

말은 물론이고 이미지까지 전해져 온다.

최악이네. 이딴 것이 이리스 안에서 맴돌고 있는 건가.

『……살려줘…… 오빠…… 이리스는…… 무서워요…….』

이리스는 날 꼭 끌어안고 필사적으로 매달려 있다.

뿌리치면 자신이 산산이 부서질 것 같다는, 그런 생각이 전해져왔다.

왠지 화가 나는데.

왜 해룡의 피를 이어받았다는 이유로 이리스만 이런 꼴을 당해야 했는데?

이리스는 할 일을 했잖아?!

어째서 핏줄이라든지—집안 사정 때문에—이런 고생을 해야 하는 거냐고?

제대로 된 부모님도 가족도 없이—블랙한 상황에 내던져진—꼭 원래 세계에 있던 시절의—아니, 그딴 건 이제 됐고!

이딴 건 끝내주겠어. 지금, 여기서.

이리스 안에 있는 해룡의 피가, 이리스에게 초절 극대의 메리트가 되도록 만들어주겠어!

"저기, 해룡 케르카톨."

내가 말했다.

"그쪽이 바라는 게 『초대 의식의 재연』으로 맺어지는 거라면, 그 이상의 뭔가를 해도 되겠지?"

『……무슨 뜻인가? 용사여.』

"남이 물었으면 대답하라고. 해룡."

『내가 바라는 것은 내 자손의 안정과 평화. 그것뿐이다.』

"알았어."

말로 해선 소용없다. 그딴 걸로는 이리스의 공포를 막을 수 없어.

바꿔주지. 전부다.

『내 아름다운 노예 이리스 하페우메어여.

이리스의 몸은 머리카락 한 올부터 손톱 한 조각까지 전부 내 것이다.

그러니, 묻는다. 이리스 안에 있는 용의 힘을 내가 원하는 대로 바꿔도 되겠는가?』

"…………예?"

이리스가 깜짝 놀라서 눈이 휘둥그레졌다.

나는 주인님 권한으로 이리스의 스킬을 표시했다.

『용종 공감 LV4 (잠금 스킬)』『용의 피 LV4 (잠금 스킬)』
『호신술 LV3』『기억술 LV6』『전술 LV8』『계산 LV9』『정치 LV3』

내 생각이 맞았다. 이리스 안에는 해룡의 자손이라는 것을 의미하는 스킬이 있다.

　아마도 해룡이 과거의 공포를 보내는 데 쓰고 있는 건—『용종 공감 LV4』다.

　『용종 공감 LV4』
　『용』과『의식』을『통하는』스킬

　용 전반과 의식을 통할 수 있다.
　하지만 상대가 상위 용족인 경우 일방적으로 사고가 흘러들어 오는 경우도 있으니 주의.

　『이리스, 들어봐. 나한테는 노예의 스킬을 바꾸는 힘이 있어.』
　"……오빠?"
　『그 능력으로, 난 세실이랑 다른 사람들을 치트 캐릭터로 만들었어. 아이네랑 라필리아가 이리스를 지킬 때 엄청난 힘을 썼지? 그게 치트 스킬이야. 원한다면 내 노예가 된 이리스한테도 같은 힘을 줄 수 있어.』
　내가 말하자 이리스의 눈이 휘둥그레졌다.
　내 얼굴을 똑바로 보고, 그리고는 부끄러운지 입술에 손을 얹고 고개를 끄덕였다.
　역시 이리스야. 지금 그 말만 가지고 내가 무슨 말을 하려는지 알아준 것 같다.
　"예, 오빠. 이리스한테도, 해주세요."

조금도 망설이지 않고 대답했다.

"솔직히 이렇게 오빠랑 닿아 있을 뿐인데도, 이리스는 옛 기억을 떠올리면서도 마음 편하게 있을 수 있어요. 더 깊은 곳에 오빠를 받아들이면 틀림없이 더 포근하고 꿈같은 기분이 될 거예요."

『자극이 꽤 클 텐데.』

"거기에 걸맞은 뭔가를 얻을 수 있잖아요?"

『아마도, 이리스는 용의 능력 일부를 제어할 수 있게 될 거야.』

내 생각이 맞는다면, 이렇게 해룡에게 정신을 지배당하는 일도 없어진다. 틀림없이.

"훌륭하네요."

이리스는 꿈꾸는 것처럼 눈동자를 반짝거렸다.

"그런 것, 계속 꿈꿔왔어요. 이리스 안에 있는 해룡의 피가 뭔가를 없애기 위한 것이 아니라, 자유를 얻기 위한 것이기를—"

그렇게 말하고, 이리스는 작은 머리로 내 가슴을 꾹 눌렀다.

"그러니까…… 해주세요. 이리스는 이미 오빠 거예요. 반품은 안 되거든요?"

『알았어. 간다, 이리스.』

이리스의 가슴에 손을 댔다.

물에 젖은 드레스는 몸을 감추는 역할을 다하지 못하고 있다.

모든 것을 드러낸 이리스로부터 열기와 두근, 두근 뛰는 고동이 전해져 온다.

『용사여. 「해룡의 무녀」여. 너희는 뭘 할 생각이냐?』

"해룡의 무녀를 강화할 거야."

그러기 위한 스킬은 가지고 있다.

재료는 엊그제 산『조타 LV7』이다.

『배』를『자유롭게』『조종하는』스킬

여기서 만드는 건『용을』『자유롭게』『조종하는』스킬이 아니다.

그것 가지고는 아마도 모자랄 테니까.

『용액 생물 지배』와 마찬가지다. 아마도 저항 당할 거야. 상위 용의 정신 지배는 막을 수 없다.

그래서—레벨을 하나 올린다.

『능력 재구축』이 레벨4가 됐다. 그리고 리타를『재조정』할 때, 창에 낯선 표시가 나타났다.『개념 레벨 : 3』이라고.

그걸 변화시키면 엄청난 치트 스킬을 만들 수 있을지도 몰라.

『발동「능력 재구축 LV4」.』

"..........아, 아, 아. 아아아아아앗!"

이리스의 작은 몸이 움찔, 움찔 떨린다.

나는『능력 재구축 LV4』의 창에 표시된『개념 레벨 : 3』의 숫자를 건드렸다.

손가락을 위로 민다.

레벨을 하나, 올린다.

『개념 레벨 : 4』

창이 커졌다.

구체적으로는 개념이 『네 개』 들어갈 정도로.

"오빠…… 이거…… 뭔가요…… 이리스 안에…… 오빠가……."

『내 「능력 재구축」의 힘이야. 내 마력이 이리스의 스킬에 간섭하는 거지.』

"이게, 오빠의 힘……."

이리스가 내 목을 꼭 끌어안는다.

"……………오빠."

『응.』

"…………오빠는, 이리스한테, 나쁜 짓을 가르치고 있어요."

『그런가?』

"처음이에요…… 이런 건…… 몸이 움찔움찔…… 욱신욱신…… 하고. 해룡님 앞…… 인데……."

『허락은 받았어. 이어진 증거를 보이라고도 했고.』

해룡 케르카톨은 말없이 우리를 보고 있다.

묵인하고 있는 걸까, 무슨 일이 일어나는지 모르고 있는 걸까.

아무려면 어때. 이리스를 『용의 딸』의 기억에서 해방시킬 수 있는 스킬만 만들면 돼.

『시작한다. 이리스.』

"아직 시작도 안 한 건가요?! 어, 어라? 세상에……."

『그만둘까?』

"……그런 건, 묻지, 마세요."

『알았어. 그럼 이리스를 새로 만들어줄게.』

"예!"

이리스는 날 똑바로 보면서 말했다.

"부탁드려요. 이리스를, 진정한 의미로 오빠의 노예로 삼아주세요――."

나는 이리스의 스킬을 건드렸다.

목적은 이리스가 자유롭게 용의 힘을 제어하는 것.

그러기 위해서 이리스의 스킬 개념을―늘린다.

개념이 세 개 있는 스킬에서 네 개로 바꾼다.

그러면 이리스는 용의 힘을 『자유롭게』 지배할 수 있게 될 거야.

『조금만 참아, 이리스.』

나는 『조타 LV7』에서 『자유』를 꺼내서 이리스의 스킬에 가져갔다.

움찔.

"…………움찔."

『이리스는 편하게 있어. 나머지는 전부 내가 할 테니까.』

"창피한 소리를 내도, 되나요."

『괜찮아. 여기는 나랑 이리스랑…… 이리스네 조상님밖에 없으니까…….』

"해룡…… 케르카톨."

이리스가 내 어깨 너머로 해룡을 봤다.

"들어주세요…… 이리스의 바람을…… 당신이, 이리스의 선조님이라면…… 아, 앙. 아, 아, 아아아아아아아—!!"

그리고 이리스는 더 참을 수 없는지 소리를 내고, 눈을 감았다.

들리시나요, 해룡 케르카톨.

해룡의 무녀, 이리스 하페우메어의 목소리가 들리시나요?

이리스는 당신을 섬기고 있습니다.

감사하고 있습니다. 이 도시의 배를 지켜주시는데 대해.

하지만—그것이 이리스에게는 무거운 짐이기도 했습니다.

역대 해룡의 무녀는 결코 이 도시가 가호를 잃지 않도록 갇혀 있고, 의식 때만 권리를 가져왔습니다.

시간이 흐르고, 이리스 때에는 그렇게까지 엄하지는 않게 됐지만 자유는 없었습니다.

그런 때, 이리스는 소마 나기 님—오빠와 만났습니다.

지금…… 이리스 안에 들어와 계신 분입니다.

스킬을 바꿔 써주시고 있습니다. 생각이 전해집니다. 지금 『자유롭게』라는 개념을 『의식』 『통한다』 사이에 넣고 있는……
그래요. 정말…… 대단해요…… 이리스의 등이…… 찌릿찌릿해요. 대단해요. 아. 허리, 멋대로 움직여요. 오빠의 몸에, 닿은

게, 느껴져요. 창피해…… 아앙.

그래도, 괜찮겠죠?

해룡 케르카톨, 당신이 바란 것은 초대 의식의 재현.

그렇다면 초대 용사와 해룡의 딸도 당신 앞에서 같은 일을 했을 거예요.

이리스가…… 오빠와…… 이어져서…… 이렇게…… 행복해…… 져도.

오빠는, 처음 만났을 때부터, 이리스를, 계속, 지켜주고, 해룡의 무녀가, 아니라, 평범한, 여자아이로―.

오빠의, 목적은, 지위도 명예도…… 아니라, 가족과…… 편하게, 사는 것…… 이고.

그러니까, 괜찮겠죠. 오빠 것이 돼도, 되겠죠?

도시는, 잘, 지키겠습니다. 그저, 짐을 조금만, 내려놓을, 뿐.

아, 더 이상…… 말이…… 생각나지, 않아요. 머릿속, 새하얘. 머리끝까지…… 찌릿찌릿.

물소리가, 나요. 찰박, 찰박. 이리스의, 안―밖에서도.

오빠한테, 미움…… 예? 괜찮아요? 자극이, 너무 세서…….

조금만 더 하면, 끝…… 예. 힘낼게요.

이건 모르시죠? 이리스, 가슴을, 오빠가 문지르는 것. 다리, 엮었어요. 찰박찰박…… 젖은…… 호수…… 물이에요. 예. 무녀의 명예를 걸고, 거짓말이면, 이리스를, 마음대로 하세요.

오빠, 마음대로―앗.

안, 되겠어요…… 이리스…… 행복해…… 안 돼. 이런 짐승 같은 꼴. 목소리.

　안 돼, 이젠. 못…… 참겠……. 아, 아, 앙!

　아, 아, 아아아아아아아아아아아아아아아아아아아아아아
아아———————————!

　"실행! 『능력 재구축 LV4』!"

　부들부들부들, 이리스의 몸이 경련했다.

　이리스는 있는 힘껏 나한테 매달렸다.

　옷도 몸도 흠뻑 젖었다.

　뭐, 당연한 일이지. 이렇게 작은 몸으로 정말 열심히 해줬다.
존경할 정도로.

　그래서 성공했다.

　처음으로 만든 네 개의 개념을 가진 치트 스킬.

　그 이름도 『4개념 치트 스킬』이다.

　『용종 초월 공감 LV1』 (잠금 스킬 USR−EX(익스텐드))

　『용』과 『의식』을 『자유롭게』 『통하는』 스킬

　용에게 이리스 하페우메어의 마음을 강화해서 전할 수 있는
스킬.

　상위종의 정신 지배도 물리칠 수 있다.

자기 안에 있는 『용의 피』에도 간섭할 수 있어서, 용의 능력을 어느 정도 끌어낼 수 있다. 수중 호흡도 가능. 물에 젖으면 자동으로 발동하던 『용의 비늘』도 제어할 수 있다.

또한 근처에 있는 저급 용 『와이번』, 『시 서펜트』 등을 조종할 수 있다.

단, 『용의 힘』을 발동한 뒤에는 마력 회복을 위한 휴식이 필요하다.

"이리스…… 괜찮아?"

"아, 예. 오빠…… 어라?"

이리스는 땀과 눈물로 흠뻑 젖은 고개를 들었다.

"무서운 소리가…… 안 들려요…… 해룡의 딸의 기억과…… 이리스의 나쁜 기억이 사라졌어요."

이것이 『용종 초월 공감 LV1』의 힘이다.

이리스는 해룡의 정신 지배를 물리칠 수 있게 됐다.

용의 힘도 어느 정도 끌어낼 수 있으니까, 앞으로는 자기 몸도 지킬 수 있을 거야.

"대단해요…… 주인님…… 오빠…… 대단해요."

『대화는 몸을 정화한 뒤에 하는 것이 좋지 않겠느냐, 내 자손이여.』

어느새, 해룡 케르카톨이 우리를 보고 있다.

입을 벌리고. 왠지는 모르겠지만 웃고 있는 것 같다.

"아, 아아. 뭐, 뭐야—이리스, 엉망이네요———!"

『호수를 써라, 내 자손이여.』

"예, 예."

이리스는 볼이 살짝 부풀어 올라서 날 쳐다봤다.

나는 웃옷을 벗어서 이리스에게 건넸다. 그리고 이리스는 나한테 등을 돌리고는, 여러모로 엄청난 일이 벌어진 드레스와 속옷을 벗고 호수로 들어갔다.

새하얀 등에 초록색 머리카락이 엉켜 있다.

알몸이 된 이리스는 바로 곁에 있는 해룡을 올려다봤나 싶더니 그대로 첨벙, 물속에 몸을 담갔다.

10초, 20초—3분.

이리스는 물속에 들어간 채로 올라오질 않는다. 하지만 창에 표시되는 스테이터스는 정상.

『용종 초월 공감 LV1』에 의한 수중 호흡으로 잠수해 있던 이리스는—

"대, 대단해요! 와~. 하하하, 신난다! 이리스, 헤엄칠 수 있어요! 제 마음대로요. 대단해요~! 어디까지든 갈 수 있어요! 와~. 신난다. 정말 좋아요———!"

그대로 해룡 주위를 헤엄치기 시작했다.

몸에 비늘은 나타나지 않았다. 『용의 피』를 제어하고 있는 건지, 엄청난 다리 힘으로 헤엄치고 있다. 신이 나서, 어린애다운 목소리로 외치면서.

저게 원래, 꾸미지 않은 이리스의 모습인지도 모르겠네.

『용사여——』

"왜. 해룡 케르카톨."

『너는 이 몸이 할 수 없는 일을 했다. 자랑해도 좋다.』

"글쎄. 난 내가 하고 싶은 일을 했을 뿐이야."

『후후, 하하.』

해룡 케르카틀은 아마 웃은 것 같았다.

헤엄치는 이리스에게 다가가려는 것처럼 긴 몸을 꿈틀거린다.

마침내 이리스는 지쳤는지—"하으~" 하고 뜨거운 숨을 내쉬고 물 밖으로 나왔다.

만족스레 음, 하고 주먹을 꽉 쥐고. 그리고는 내가 보고 있다는 걸 알아차렸는지 황급히 내 웃옷을 걸쳤다. 자그마해서 다행이다. 허벅지 중간까지는 가려졌다. 하지만 앞쪽 단추는 전부 채우는 게 좋지 않을까, 이리스.

"그래서, 해룡 케르카톨. 의식의 판정은?"

"어떻게 됐나요?"

나와 이리스가 말한 순간, 중추의 벽이 빛났다.

『그렇게까지 했으면 굳이 물을 필요도 없지 않은가? 재연은 이루어졌다.』

해룡 케르카톨이 말했다.

『해룡 케르카톨은 「계약」한다. 무녀와 용사가 살아있는 한 이르가파의 수호신으로서의 역할을 다할 것을. 이번 대의 무녀에게…… 더 이상 제사는 필요 없다…….』

그렇게 말하고, 해룡 케르카톨은 긴 갈고리 발톱이 갈린 팔을 뻗었다.

딱, 하고 던전으로 통하는 문을 긁었다. 그 충격에 땅이 흔들리고, 또다시 물보라가 우리 위로 쏟아졌다. 해룡이 팔을 거두자 문에는 우리들도 알 수 있는 말로 문장이 새겨져 있었다.

『해룡 케르카톨이 적는다.

이후로 무녀를 통한 제사는 필요 없다. 가호는 100년간 보장한다.

무녀가 자손을 남기지 않은 경우, 영주가 제사를 대행하라.』

해룡 케르카톨은 만족스레 고개를 끄덕거렸다.

"그래도 되겠어?"

『제사는 내 혈족이 무사한지 확인하기 위한 것. 새로운 힘이 있다면 내 혈족이 무사한지도 전할 수 있을 것이다. 만약 그 힘이 이어지지 않는다면, 제사 그 자체가 필요 없게 된다.』

"그래도 갑자기 제사가 없어지는 것도 좀 그렇고, 경제적으로도 문제가 생길 것 같은데."

『형식적인 제사는 계속해도 좋다. 이 몸은 딱히 개의치 않는다.』

"의외로 좋은 녀석이네, 해룡 케르카톨."

『이 몸은 오랜 세월을 살아가는 존재이기에, 때로 이러한 즐거움이 필요하다. 특히 올해 제사는 참으로 희귀한 것이었다. 이 몸의 자손이 부끄러워하는 모습도 감상했다. 초대의 제사에 뒤지지 않는 것이었다.』

"……정말 창피했어요."

이리스는 내 옆에서 볼이 빵빵해져 있다.

"이젠, 그런 모습은 오빠한테만 보여줄 거예요!"

『부끄러워할 것 없다. 인간이 살아가는 모습이 아니더냐.』

"……해룡과 이리스는 수치심의 기준이 달라요."

『그걸로 됐다. 우리는 바다와 뭍, 각각 사는 곳이 다르니.』

쿠우우우우우웅.

—바람이 울리기 시작했다.

『이번 의식으로 하나의 구분을 지었다. 유쾌하구나. 그럼, 이만 가도록 하겠다.』

중추의 벽에서 나오는 빛이 약해져간다.

파란 비늘을 지닌 용은 이리스에게 얼굴을 들이대고 그 냄새를 맡는 것 같은 동작을 했다.

『네 안에는 내 딸의 피가 흐르고 있다. 잘 지내거라. 내 혈족이여.』

"감사합니다, 해룡 케르카톨."

이리스는 머뭇거리면서 해룡의 코끝을 만졌다.

해룡은 눈을 가늘게 떴고, 그리고는 날 쳐다봤다.

『너도, 이 몸과 연이 있는 자로 인정한다. 이 아이를 행복하게 해다오.』

"하나 물어봐도 될까, 해룡 케르카톨."

『허락한다.』

"그쪽 힘으로 마왕을 쓰러트릴 수는 없어?"

계속 생각했다.

해룡이 신에 가까운 존재라면 마왕하고도 최소한 대등하게 싸울 수는 있지 않을까.

마왕이 없어지면 임금님도 『내방자』를 소환할 이유가 없어진다. 여러 문제가 해결될 텐데.

『그것은…… 다른 영역의 존재이기에 불가능…… 하다.』

어째선지는 모르겠지만, 해룡 케르카톨이 조금 망설인 것 같았다.

『그것에는 관여하지 마라. 내 핏줄을 지닌 자. 나와 인연을 지니게 된 자여. 현세를 살아가는 자와는 다른 영역의 존재다…….』

다른 영역의 존재……?

그렇게 말하고, 해룡 케르카톨은 물속으로 모습을 감췄다.

어느샌가 벽의 빛도 사라지고, 주위에는 어렴풋하고 창백한 빛만이 남았다.

"오빠."

내 배 언저리에 매달려 있던 이리스가 고개를 들었다.

"책임, 져주실 거죠?"

"책임?"

"이리스한테 많은 걸 가르쳐준 책임이요."

그렇게 말하고, 이리스는 기쁜 표정으로 눈을 감았다.

"처음 느껴보는 감각을 배웠어요. 이런 걸 알게 됐으니…… 이젠 돌아갈 수 없어요. 이리스가 준비가 되면…… 그때는 평범한 방법으로, 물리적으로 가르쳐주실 거죠?"

"……선처해볼게."

"앞으로 이리스는 오빠가 준 힘으로 새로운 삶의 방법을 찾아낼 거예요."

그렇게 말하고는 내 손을 꼭 잡고,

"부디 이리스를 지켜봐 주세요. 주인님."

가느다란 목을 장식한, 비늘이 달린 초커를 만지고,
이리스는 처음 보는 천진난만한 표정으로 웃었다.

단장 「어둠에 빠진 용사와 제8세대 용사」

나와 이리스가 성역에서 의식을 마친 다음날.

나는 에텔리나 하스브루크와 딱 한 번 이야기할 기회를 가졌다.

그녀가 마력 봉인 처치—마력을 사용할 수 없게 만드는 잠금 스킬을 심어 넣는 의식—를 하고 다른 도시로 호송되기 전이었다. 이리스가 손을 써줘서 경비병인척 하고 마차에 다가갔다.

리타도 같이 있고, 멀리서 세실과 아이네, 라필리아가 지원해 주긴 했지만.

에텔리나 하스브루크로부터 여러 이야기를 들었다.

그녀를 심문한 경비병에게도, 영주 가문 사람들에게도 알고 있는 것들을 말했다는 것 같다. 하지만 『내방자』와 관련된 말들이 봉인된 탓에 『이상한 인간』 취급을 받고 혼났다고 한다.

그래서 경비병인 척하면서 진지하게 말을 들어준 나를 미묘하게 환영해줬다.

에텔리나의 이야기를 정리하면 대략 이런 느낌이다.

"나는 원래 ——였고, 우수해서 특별한 길드로 파견됐다."

"내 상사는 엄청나게 강하다."

"반칙은 안 된다. 해룡과 계속 손을 잡으면 언젠간 벌을 받는다."

"해룡을 죽이고 드래곤 슬레이어가 되고 싶었다."

"상사의 실체는 아무도 모른다. 만날 때마다 다른 사람."

"이 세계를 지키는 사명을 지니고 있다. 우수하니까. 성과를 내고 있으니까."

이야기가 이리저리 왔다 갔다 해서 정말 이해하기 힘들었지만.

……분명히, 이쪽 세계 사람이 보면 『이상한 인간』이겠지.

알아낸 건 에텔리나 하스브루크가 다른 세계에서 온 『내방자』라는 것. 화이트 길드라는 조직에서 파견했다는 것. 후작 가문 사람들은 이 사람을 친딸이라고 생각한다는 것.

그리고 『길드 마스터』라고 불리는 의문의 상사가 있다는 것이었다.

정보를 일방적으로 받기만 하는 것도 미안해서, 일단은 나도 충고를 해줬다.

"그 상사를 조금이나마 의심하는 게 좋지 않을까? 가능하다면 그쪽의 호송 일정을 조정하고 코스를 변경하는 것도 제안하겠는데. 안전을 위해서."

"뭐라고? 무슨 소리야, 콱 뒈져버려 이 미개인."

—이라고 하네.

그리고 에텔리나 하스브루크를 태운 마차는 서쪽 도시를 향해 달려갔다.

—그리고 몇 시간 뒤. 숲에서 멈춰 선 마차 안에서—

"……으아, 아, 아아아아아아아악!"

마차 문에 등을 기대고, 에텔리나는 절규하고 있었다.

뜨겁다—뜨겁다—뜨겁다. 뭐야 이거. 뭐냐고, 이거?!

"비명은 됐고. 겁먹을 필요도 없고. 어차피 백지가 될 테니까."

포니테일의 소녀는 지긋지긋하다는 얼굴로 고개를 저었다.

오른손은 에리나의 가슴에.

왼손은 마찬가지로 이마에.

"『마왕의 부하』를 정화하는 게 제8세대 용사의 오리엔테이션이거든."

"마왕의…… 부하? 나는——에서 소환된——."

"미안해. 내가 초보자라서 그런 거 잘 모르거든."

포니테일 소녀는 따분하다는 듯이 대답했다.

"이런 형태로밖에 구해줄 수 없는 날 용서해줘. 하다못해 정화의 불꽃을 줄게."

화륵.

에리나의 심장 부근에서 창백한 불꽃이 소용돌이쳤다.

——!

비명은 소리로 튀어나오지 못했다.

후작 영애―내방자 카타기리 에리나는 미쳐 날뛰는 열기를 느끼며 의식을 잃었다.

"타키모토. 목표와 말을 너무 많이 했다. 그러다 오염된다."

"시끄러워. 오리엔테이션 주제에 과제가 너무 어렵단 말이야."

"그렇다고 사적인 감정을 대입해서는 안 된다. 우리는 이미 용사다.『마왕의 부하』를 방치할 수는 없다.”

“그래……. 빨리 세상을 구하고 비극의 연쇄를 막아야지.”

목소리는 공기 속으로 녹아드는 것처럼 사라지고—

쓰러진 병사들과 문을 다시 잠근 마차를 남겨두고, 두 사람은 모습을 감췄다.

그 다음에 눈을 떴을 때, **에텔리나**는 혼자였다.

“……지금, 그건.”

그녀는 반사적으로 가슴의 스킬을 만졌다. 치트 스킬『마기 작성』은 못 쓰게 됐지만, 스킬을 건드릴 수는 있다. 하지만——

“——윽!”

능력을 생각하려고 하기만 해도 에텔리나의 가슴이 타는 것처럼 뜨거워졌다.

자신이 뭘 하려고 했지?

그리고…… 이 스킬은 뭐지? 생각나지 않는다…….

나는, 그래, 나는, 에텔리나 하스부르크다. 후작 가문의 외동딸. 항구 도시에서 소동을 일으키고 호송되는 중. 지금은 여행 중에 쉬던 중이다.

죄를 짓기는 했어도 후작 가문의 인간. 못난 꼴을 보일 수는 없다.

“경비병, 물을 가져와라. 목이 마르다.”

에텔리나 하스부르크는 창 너머로 경비병을 불렀다.

"죄인이기는 해도, 이 몸은 후작 가문의 영애다. 나름대로의 대우는 당연하지 않은가. 평민이여."

가슴 속 깊은 곳에서 창백한 열기를 느끼며, 에텔리나 하스부르크는 그렇게 말했다.

제20화 「이제야 자리를 잡아서 친구한테 편지를 쓰기로 했다」

"서둘러 보고합니다. 이리스는 용의 피를 장악하고, 해룡 케르카톨과 앞으로는 제사에 무녀가 필요 없다는 약속을 받았습니다. 또한, 좋아하는 사람이 생겼습니다."

며칠 뒤에 이리스가 올린 보고가 이르가파 영주 가문을 뒤흔들었다.

해룡 케르카톨이 성지 중추에서 남긴 말을, 우리가 복제해서 온 시내에 뿌렸다.

그것이 사실이라는 것을 증명하는 것처럼, 앞바다에 나타난 해룡이 절벽 위에서 손을 흔드는 이리스에게 대답해줬고—

앞으로는 제사의 형태를 천천히 바꿔나가기로 했다.

"나중에 이리스가 이르가파 영주 가문을 장악하고 오빠를 편하게 살 수 있게 해드릴게요."

이리스는 그렇게 말해줬지만 아무래도 현실감이 부족하고, 어쨌거나 앞으로 한참 미래의 일이다.

지금으로서는 살 곳만 있어도 충분하니까.

"역시 오빠는 대단하네요! 집과 충실한 노예만 있으면 만족이시라는 거군요! 인재야말로 재산. 정말 훌륭해요. 역시 해룡의 용사이자 이리스의 『영혼의 오빠』!"

"그렇긴 한데, 용사는 아무 상관이——."

"아무 말도 하지 마세요. 앞으로는 이리스가 오빠의 수족이 돼서 『일하지 않는 생활』을 위해 노력할게요. 훌륭한 노예인 여러분들을 빨리 따라잡을 수 있도록."

그렇게 말하고, 이리스는 세실, 리타, 아이네, 라필리아에게 고개를 숙였다.

세실은 이리스와 키가 비슷해서 친근감이 들었는지, 웃으면서 손을 맞잡았다. 작은 아이들을 좋아하는 리타는 세실과 이리스를 한꺼번에 안아줬다.

아이네도 다시 한번 이리스와 인사를 나누고——

"잘 부탁해. 이리스한테 나 군이 『오빠』라면, 아이네는 언니라고 불러줘."

"예! 부디 『영혼의 언니』라고 부르게 해주세요!"

"자매인거지?"

"자매죠!"

꽉, 손을 맞잡았다.

혼자 쓸쓸한지, 라필리아는 같이 손을 잡고——

——어라? 어느새 파티 전원이 이리스한테 농락당한 것 같은데?

""""""(나기 님) (나기) (나 군) (마스터) (오빠)를 위해!""""""

다섯 노예 소녀들이 하늘을 향해 주먹을 치켜들었다.

""""""앞으로 목숨을 걸고 봉사할 것을, 여기서 선언합니다!!""""""

"미안. 내일부터는 쉴 생각이거든!"

갑자기 열심히 일하겠다는 사람들의 결의를, 황급히 꺾어버렸다.

실제로 이번 퀘스트가 끝나면 쉬려고 생각했다. 이쪽 세계에 온 뒤로 길게 쉬어본 적이 없었으니까.

다들 일하고 싶은 것 같지만, 이건 주인님 명령인 걸로.

그렇게 해서 오늘은 청소와 정리를 하고―

밤이 된 뒤에 이것저것 조사하기 시작했다.

이리스한테서 서쪽에 있다는『마법 실험 도시』에 대한 책을 빌려서.

에텔리나 하스부르크는 마력 봉인 처치를 받은 뒤에 이 도시로 보내졌다.

『마법 실험 도시』는 원래 마법 연구를 위해서 만들어진 연구 도시고, 지금도 최신 연구가 행해지고 있다는 것 같다. 거기에 가면『내방자』를 조종하는『화이트 길드』의 정보를 얻을 수 있을지도 모른다.

잘만 되면 원래 세계로 돌아가기 위한 마법도―

"아냐…… 그건 필요 없어."

이쪽 세계에 생활 거점이 생겼으니까, 이제 와서 원래 세계로 돌아가 봤자 소용없지.

노예 계약한 사람들을 두고 갈 수도 없으니까.

이번 퀘스트 덕분에 자금에 여유가 생겼으니까, 당분간은 느긋하게 지낼 수 있다.

여행을 가도 좋고, 시내에서 장사할 준비를 시작해도 된다.

다른 사람들한테『유급 휴가』도 주고 싶고.

그런 생각을 하게 된 건 레티시아 덕분이다. 저택을 받은 덕분에 살 곳이 생겼으니까. 이곳을 거점으로 앞으로의 예정도 세울수 있게 됐다.

정말로, 레티시아한테 감사해야겠지.

"……나 군, 들어가도 돼?"

그런 생각을 하고 있는데 노크 소리와 아이네의 목소리가 들려왔다.

"열려 있어. 마침 준비도 다 됐고."

나는 양피지와 펜을 책상 위에 올려놨다.

이제야 자리가 잡혔으니 레티시아한테 편지를 써야겠다고 생각했다.

그래서 아이네한테 대필을 부탁했고.

이쪽 세계의 글자를 읽는 건 간신히 할 수 있지만, 쓰는 건 아직잘 못 한다. 그리고 레티시아의 주소를 아는 사람은 아이네밖에없고, 아이네의 필적이라면 레티시아도 한 눈에 알아볼 테니까.

"실례할게……."

아이네는 세실을 보고 안심한 것처럼 고개를 끄덕였다.

그리고는 조용히, 방으로 들어왔다.

"레티시아한테 보낼 편지지? 뭐라고 쓰면 돼? 나 군."

"일단 별장에 자리를 잡았다는 것. 이르가파의 사건에 대해.누가 읽으면 안 되니까, 치트 스킬 얘기는 얼버무리고 적어줘."

"알았어. 다른 건?"

"그리고 근황 정도려나. 아이네한테 맡길게."

"아이네의 개인적인 이야기도 적어도 돼?"

"응. 그쪽은 안 읽을 테니까."

"알았어…… 그러니까, 『나 군이 용사가 됐습니다. 나 군의 노예가 늘어났습니다. 나 군한테서 「유급 휴가」를 받을 예정입니다. 나 군은……』."

"아니, 지금 여기서 쓸 필요는 없으니까. 그리고 레티시아가 뭐라고 반응해야 좋을지 곤란해할 문장은 빼고."

레티시아라면 그냥 싱글싱글 웃으면서 읽을 것 같지만…… 그건 그것대로 싫다.

"하지만, 근황을 써야 하니까, 어쩔 수 없이 나 군 얘기가 나와야 해. 그러니까, 나 군이 옆에 있어 주는 쪽이 더 잘 써질 것 같아."

의자에 앉아서 편지를 써나가려고 하던 아이네가 고개를 갸웃거리면서 날 쳐다봤다.

"그렇구나."

그런 얘기라면 어쩔 수 없지.

"알았어. 그럼 여기서 써도 돼. 하지만, 군이 소리 내서 말할 필요는 없으니까."

"왜?"

"왠지 창피하거든."

"……알았어."

"이해해줘서 다행이네."

"나 군이 창피하지 않게, 좀 더 작은 소리로 말할게."

"이해를 못 했나 본데, 누나?"

"아이네는 감정을 담아서 글을 쓸 때 소리 내서 말하는 버릇이 있어."

　아이네는 펜대 끝으로 귀를 찌르면서 중얼거렸다.

　그런 버릇이 있는 건가…… 본인이 그렇게 말했으니 정말로 있겠지.

　"뭐 됐고. 내가 부탁한 거니까, 아이네 마음대로 해."

　레티시아한테는 친구가 보낸 편지가 되니까.

　내가 너무 참견하지 않는 게 좋겠지.

　아이네는 다시 책상 앞에 앉아서 펜을 놀리기 시작했다.

　"『아이네는 즐겁게 편지를 쓸 테니까, 나 군은 쉬어도 된다고 생각했습니다.』

　"그건 쓰지 말고 직접 말로 해."

　하지만 뭐, 기왕 그렇게 말해줬으니.

　"…………흐암."

　나는 침대에 걸터앉았다.

　왠지, 잠이 오네.

　"『…………이 항구 도시의 사건을 해결한 건 나 군입니다. 하지만…… 나 군은 이리스 양을 도와주고 싶었을 뿐이고………….』

　아이네의 목소리와―잠든 세실의 숨소리가 들려온다. 왠지, 마음이 놓이네.

　"『레티시아는 아무 걱정 하지 마. 하지만………… 아이네는…… 저기, 레티시아.』

　그리고 보니 항상 사건이 끝난 뒤에는 바로 여행을 떠났었지. 이렇게 느긋하게 지내는 건 처음이네.

가족의 목소리를 들으면서 잠드는 것도 기분 좋구나.

……이쪽 세계에 올 때까지는………… 몰랐는데…….

『, ……아이네가, 세실 양이나 리타 양이랑 똑같아지고 싶다고 생각한 건―그건――.』

"……안녕~. 레티시아 님한테 보낼 편지지? 나도 적고 싶은 게 있는데――."

가볍게 문을 두드리는 소리와 리타의 목소리. 나는 "들어와도 돼"라고 말…… 한 것 같다.

몸이 풀렸는지 아이네의 펜은 엄청난 기세로 움직이기 시작했고―

리타가 이런저런 의견을 내고, 거기에 아이네가 대답하고―

그런 두 사람의 목소리를 듣다가, 어느새 잠들어버려서―

레티시아한테 보낸 편지에 어떤 내용이 적혔는지 알게 된 것은, 한참 뒤의 일이 된다.

이렇게 해서 항구 도시 이르가파에서의 해룡과 『내방자』를 둘러싼 사건은 끝나고―

우리는 편히 쉴 곳을, 간신히 확보했다.

작가 후기

오랜만에 뵙습니다. 센게츠 사카키입니다.

『이세계에서 스킬을 해체했더니 치트급 아내가 증식했습니다』 4권을 전해드렸습니다.

독자 여러분 덕분에 『치트 아내』도 4권째를 내게 됐습니다.

이번 권부터 맹한 엘프 라필리아가 본격적으로 참가했고, 마검 레기도 처음으로 표지에 등장.

이걸로 (현재의) 히로인이 전부 컬러 일러스트로 나왔는데……왠지, 너무나 기쁩니다. 자, 다음 권에서는 그 사람이랑 그 사람이 일러스트로 그려지기를 빌면서 원고를 계속―(자중하자).

그건 그렇다 치고.

이번 이야기는 나기 일행의 목적지, 항구 도시 이르가파가 무대입니다.

집을 얻은 나기 일행은 과연 평범하게 살 수 있을까?

무엇보다 생활력은 있는 걸까? 일은 구할 수 있을까?

『해룡 전설』의 진실은? 그리고 해룡의 무녀 이리스의 운명은?

―음모가 소용돌이치는 항구 도시에서, 알콩달콩하면서, 나기와 노예 소녀들은 더욱 높은 경지로 진화해갑니다.

여기서 공지사항입니다.

현재 일본의 잡지 『드래곤 에이지』에서 『치트 아내』 만화 연재가 시작됐습니다!

카타세 미나미 님이 그려주시는 귀여운 캐릭터와 소설판에서는 그리지 못했던 세계의 풍경까지 재현한, 정말 훌륭한 만화입니다.

그리고 만화에서『재구축』장면이 어떻게 그려지게 될지—

꼭, 직접 확인해주세요.

그럼, 마지막으로 감사 인사입니다.

항상 서적판『치트 아내』를 응원해주시는 여러분, 인터넷판을 읽어주시는 여러분, 정말 감사합니다!

토자이 님. 이번에도 멋진 일러스트를 그려주셔서 감사합니다. 히로인들이 더 증식할지는 아직 미정(현재로서는)입니다만, 앞으로도 잘 부탁드리겠습니다! 담당 편집자 K님. 항상 사소한 일만 신경 쓰는 작자를 도와주셔서 정말 감사합니다.

그리고 이 책을 구입해주신 모든 분들께 최대급의 감사를.

나기와 치트 아내들의 이야기를 앞으로도 계속됩니다.

만약 이 이야기가 마음에 드셨다면 또 뵙겠습니다.

센게츠 사카키

ISEKAI DE SKILL WO KAITAI SHITARA CHEAT NA YOME GA ZOUSHOKU
SHIMASHITA
Vol.04 GAINENKOUSA NO STRUCTURE
©Sakaki Sengetsu, Touzai 2017
First published in Japan in 2017 by KADOKAWA CORPORATION, Tokyo.
Korean translation rights arranged with KADOKAWA CORPORATION, Tokyo.

이세계에서 스킬을 해체했더니 치트급 아내가 증식했습니다 4

2019년 7월 7일 1판 1쇄 인쇄
2019년 7월 14일 1판 1쇄 발행

저　　　자 센게츠 사카키
일 러 스 트 토자이
옮 긴 이 김정규
발 행 인 유재옥
본 부 장 조병권
담당편집자 정영길
편　　　집 김다솜 김민지 이성호 정영길 조찬희
미　　　술 강혜린 박은정
라이츠담당 박선희 오유진
디 지 털 최민성 박지혜
발 행 처 ㈜소미미디어
제 작 처 코리아피앤피
등　　　록 제2015-000008호
주　　　소 서울시 마포구 토정로222, 403호(신수동, 한국출판콘텐츠센터)
판　　　매 ㈜소미미디어
마 케 팅 한민지 한주원
전　　　화 편집부 (070)4164-3962, 3963 기획실 (02)567-3388
　　　　　　 판매 및 마케팅 (070)4165-6888, Fax (02)322-7665

ISBN 979-11-6389-669-2 04830
　　　　979-11-6190-566-2 (세트)